张 剑 著

定西纪事

敦煌文艺出版社

图书在版编目（CIP）数据

定西纪事/张剑著. -- 兰州 ： 敦煌文艺出版社，2019.3（2022.2重印）

ISBN 978-7-5468-1720-0

Ⅰ. ①定… Ⅱ. ①张… Ⅲ. ①中国文学－当代文学－作品综合集 Ⅳ. ①I217.2

中国版本图书馆CIP数据核字(2019)第056065号

定西纪事

张 剑 著

责任编辑：杜鹏鹏
封面设计：陆志宏　马孝邦

敦煌文艺出版社出版、发行
地址：（730030）兰州市城关区曹家巷1号新闻出版大厦
邮箱：dunhuangwenyi1958@163.com
0931-8121700（编辑部）
0931-8773112　8773235（发行部）

北京一鑫印务有限责任公司印刷
开本 880 毫米 ×1230 毫米 1/32 印张 8 插页 1 字数 200 千
2019 年 5 月第 1 版　2022 年 2 月第 2 次印刷
印数 3 001~5 000

ISBN 978-7-5468-1720-0
定价：69.60元

如发现印装质量问题，影响阅读，请与印刷厂联系调换。

本书所有内容经作者同意授权，并许可使用。
未经同意，不得以任何形式复制转载。

绘定西意象　传时代足音（序一）

张剑同志在定西市委、市政府（地委、行署）机关工作了三十多年，酷爱文化，潜心于地方文史研究，尝试文学创作，终有所成。他的散文集《定西纪事》的出版，无论是对他本人，还是对地方文史研究，都是一件好事。

近两年，张剑的文学作品陆续在网络和报刊上发表，其中代表作《陕西背粮》在甘肃省优秀期刊《飞天》杂志上发表，引起了广泛的社会关注和好评。对于年过五十的他来说，可谓是壮心不已、笔耕不辍的一次小小成功与奖赏。

张剑同志是个"60后"。这一代人经历了国家天翻地覆变化的重要时期，从艰辛探索到快速发展，从保守封闭到多元开放，从积贫积弱到民富国强，是国家成长进步的亲历者和参与者，经历了诸多重大历史巨变。回眸过去，我们不难发现，许多时候，历史缺乏的不是框架，而是细节。民间小事、百姓生活，更能从细微之处反映一个时代的全貌。在物质文明快速发展的今天，我们不应忘记历史，更应守护好自己的精神家园。

《定西纪事》是一本散文集，分"生活纪实""人物纪实"

"生活随感"三个单元，写的都是与定西有关的人和事，而且大多是一些平凡的人和事。作者以亲历、亲见、亲闻的纪实手法，用饱蘸深情的笔触，对定西乡土乡音、民俗风情几近写实地再现；对原地委书记韩正卿、画家张卫平等进行了生动刻画，让人们在冷冰的历史之外，更多体会到定西人文和定西精神的鲜活温度。我相信无论是走出家乡远离故土的游子，还是守望这片热土的父老乡亲，都能从中感受岁月风尘、世事沧桑，感知历史变迁、时代进步，感悟生活本真、人生百味，也能从细微处看到一个国家、一个地区向前跨越的矫健步伐，听到一个时代发展进步的坚定足音。

愿这本《定西纪事》能带给读者文化上的愉悦、道德上的滋养、情感上的共鸣、觉悟上的升华！我也相信，这本小册子，能为宣传定西、发扬定西丰富厚重的历史文化、树立定西勤奋进取的崭新形象、促进定西文化旅游事业的发展，起到增砖添瓦、抛砖引玉的积极作用。

张剑同志长期从事行政管理工作，在知天命之年"投戎从笔"，埋头地方文史研究，探索乡土文学创作，这种自强不息、对生命负责的精神，是难能可贵的。

是为序。

2019 年 2 月 19 日

（戴超，甘肃省定西市委副书记、市长）

为定西立象（序二）

徐兆寿

无论从世界的哪个方向乘飞机而来，当机务人员提醒乘客飞机快到兰州时，我总会情不自禁地往下看。满眼都是光秃秃的山丘，看不到一根草，更别说一片绿意了。整个兰州，似乎是万荒千漠的中心，我们每一个人，似乎正要被送往科幻世界中一个隐秘的地下世界。

这时的机翼之下，多是苦甲天下的定西。那些亿万年来不断皱起的山峦，横亘在天地间，像个苦行僧的额头，万千苦难里藏着悲悯与大善。但我们年轻时一般读不出那善来，只看到苦难。我也是在四十五岁后才慢慢读出一丝丝善意来，知道这伟大的山峦只是一个还在静静修行的尊者，而我们，不过是三千微茫世界里的众生，有修行者，也有作恶者，当然也有茫然无明者。所谓道法自然，我们是已然忘却了。其实，天地自然万象都是一个象，谁的境界高，便能洞悉天地大道的高妙。《易经》与老子的《道德经》都是天地变化之象，其中藏着天地之至理，古人以为，这便是道。近代以来，西方的世界观和方法论把我们与自然分离了，将人高高树立于自然之上，自然不再是我们的导师，而是我们可以利用和征服的资源，于是，这苦难的自然也成为囚禁我们的炼狱。事实上，即使在古代，又有几人真的是以自然为师呢？黛玉葬花，是因为她知道人其实终究为一物，人是脱离不了自然界的，可多少人在嘲笑黛玉。

去定西。从平地上看，定西并非那样蛮荒，而是处处有生机，处处有绿意。从地理文化的板块来看，她其实属于陕西为中心的周秦文化的边缘。首阳山便在定西市的渭源县境内。古之贤者伯夷、叔齐就长眠于此。他们当年以为来到了天边，就像《狮子王》里小狮子到了善恶之界一样，再也不能多走一步了。兄弟俩本来是孤竹国国王的儿子，伯夷是哥哥，叔齐是弟弟。国王有意将王位传给叔齐，但国王死后叔齐要把王位让给伯夷，伯夷认为不妥便逃到了深山里，叔齐觉得这样伤害了哥哥，也不愿意接受王位，也躲到了深山里。后来他们听说西伯昌周文王是个有道德且有礼节的国王，便试图投奔周文王。不久，文王死，武王继位。文王还未下葬时，武王便举兵伐商，兄弟俩觉得这不合礼法，便挡在军队的前面，拉住武王的马缰绳劝谏道，父死未葬，就大动干戈，攻伐别人，这是不孝，况且，作为臣子，竟要去攻伐天子，这是不仁。但武王不听，继续去攻打纣王，终于赢得天下。武王以为这下两位贤者可以认可他了吧，谁知兄弟俩还是认为这是可耻的事，发誓不做周臣，不食周粟，于是逃离了。他们来到了边疆，在首阳山中隐居下来，最后饿死了。兄弟俩在死前留下一首名垂千古的诗歌："登彼西山兮，采其薇矣。以暴易暴兮，不知其非矣。神农、虞、夏忽焉没兮，我安适归矣？于嗟徂兮，命之衰矣！"大概此后，兄弟俩便做了这首阳山的山神了吧。当下也许会有无数的人笑他们迂腐，但他们精神之高洁，礼之大节，又怎能不令人心生敬佩呢。在那荒凉的边疆，他们种下了道德的大树。

定西的临洮县有个岳麓山，传说是老子飞升之地。我在2005年去拜谒考察，听着当地人讲解老子如何骑着青牛穿过秦岭来到这里，又如何留在这里传道授业并繁衍子孙，后世是如何祭祀老子的，也的确看见山下有几个李姓村庄。其实，整个临洮，姓李的人就像树木一样遍布那片山峦。他们都以老子为祖，在他们心中临洮便成为天下李氏的祖庭。其实，深究起来，这似乎经不起推敲。老子是晚年退休后才骑青牛缓缓进入茫茫西域的，传说只带了一个童子，在那样的年岁又怎么可以再娶老婆传宗接代呢？当然得另有传说弥补这个缺憾才行。临洮历代的知识分子为此殚精竭虑，苦苦追寻。他们在蛮荒的历史中试图要为我们投下清晰的一束光，并试图言之凿凿地诉说历史的细节。我望着浩如烟海的西边，看见《史记》的文字一颗颗碎去，化作边疆的雾霭。不论怎么说，这里也有圣人遗迹。

在临洮县，保存着人类史前最灿烂的文明：马家窑彩陶。我曾站在一片长满玉米的田野里，迎着亘古的长风，玄想过我们的先民是如何在那片山顶上烧制彩陶、开启文明之旅的。在殷墟未被世人发现时,甲骨文一直在地下沉默着。直到1899年,八国联军的枪炮打开国门之前,它才挺身而出,似乎想诉说什么,但至今未有几人能听懂。之后,西方人"发现"中国之时,他们不断地从中国的西大门进入,发现了楼兰、敦煌,最后,他们发现史前最辉煌的文明——彩陶文明。这一文明的中心就在临洮县的马家窑村。她的现身在一定程度上打破了中原为华夏文明起源的观点,而其不远处的天水伏羲文化遗存再一次说明,中原乃黄河文明成熟之地,而黄河上游一带才是中华文明真正的起源之地。这些都未有完满的诉说。

　　定西,以及其广阔的西域,在等待着新的发现。但就这些"发现"来说,定西已经是一个古代文化异常充盈的地方,并非飞机上看到的蛮荒之地。然而,就生民来讲,它的确就像文明的边地,很多地方山大沟深,因缺水而无法获得收成,确是不宜于人居的地方。中国神话讲,天地之初,地陷东南,西北崛起于世界。就近现代地理学分析,中国西部的青藏高原是从原来波涛汹涌的大海逐渐因为地质运动而隆起为今天的世界屋脊。就这个地理变化来讲,确是与中国的神话相吻合的。人类文明也正是在这些高原的隆起过程中诞生于水边。彩陶上的水波纹、鱼纹、蛙纹以及太阳纹等都是在大海退却时产生于高原之上的人类艺术,紧接着便是中国神话中的女娲文化和伏羲文化的诞生,也与水有极大关系,世界各地传说中的大洪水正是大海退去时的征兆,大禹治水的故事则是在大海退却而河流恣肆的时代诞生的，此时，河边的淤泥形成大地，人类聚众，文明诞生。除了华夏文明外，其他三大古代文明的诞生也与此类同。但随着世界屋脊持续上升，高原上开始缺水。

定西是最缺水的高原之一角。不说历史上如何缺水、苦甲天下的，单就在我知道的几十年中，似乎定西人的五行里单缺一个"水"字。报道定西的各种新闻里，"水"是定西人生活中最大的关键字。

从一些资料上来看，大禹应当是到过渭源的，可大致也就至于此了，他可能再也没往定西的深处走，或者在他看来，那时候定西这片山川很少有人居住生活，确是蛮荒之地，所以成为其盲区，不然的话，给定西再分一道大水，把那片山川浇透，就不信它会苦甲天下。

我在上海读书时，没有出门拿伞的习惯，常常看着外面阳光正好，便出门散步，谁知十分钟后，天气忽变，说风就是雨，只见那雨没头没脑地下，没心没肺地下，我被淋个湿透。但过后还是记不住，所以总是跑到附近的超市买伞，结果一年下来，屋子里好多伞。那时候我就想，老天真是没眼，为何这些雨不到大西北去下呢，比如到我故乡河西走廊下个痛快，比如到定西一带的高山上安家落户，没事就去下个十几分钟。

2005年去日本，飞机在大阪机场降落，导游告诉我们，这是一座人工填海而造的机场，以每年几厘米的速度下沉，不到50年它就会没入海中。那时我就想，我们那里多的是山，这里却多的是水，如果能互相换一点该有多好。但事与愿违，自然界的事往往就是如此。因为缺水，也因为阳光的丰富，更因为地貌的独特性，定西人的体格面貌也多具特色。

我的一些定西的朋友，面貌都有高古之象，面颊隆起，眼眶深陷，皮肤黝黑，一如定西高原。他们都有大才，或文气纵横，或书画傲人，但心底里都有一些沟壑要用一生度过。这便是童年因缺水、挨饿、贫穷等积累的一些沟壑。每个地方的人都如此，各自有各自的沟壑。张剑先生也是我见过的这样一个定西人。他的书中写出了他心中的沟壑，他的脸上则带着定西高原所特有的高古、朴厚、沧桑之象。

初见张剑先生，记得在一个快下班的正午吧。

我的办公室总是有一些特别的朋友出入，大多都是爱好文学的，也有爱好书画的，还有爱好中国传统文化的，甚至有一些江湖术士。我都待其如常，一杯茶，几句话。因为公务太多，常常是我一边与他们交流，一边得通过微信或其他方式处理事务。很少一起去吃饭，一般都是十几二十分钟就送走，最多也是半小时，极少的投缘的则长达一小时之多。往往是开会或其他事务打断我们。所以，我也记不清我们第一次谈了些什么，只是记得他与夫人来到我办公室后说，他女儿也会来，过了一会儿，便看见一个女孩子拉着行李箱出现在门口，说是刚从外地坐飞机赶到兰州，又要回到老家定西休假。我们谈了谈文学，然后因为他女儿要去赶火车就分别了。

在我印象中，他夫人是天底下最好的妻子之一，大方，贤良，顺从，毫无埋怨。我与张剑先生聊文学的时候，她一直含着微笑倾听着。有了观众，我们的谈话似乎更热闹了。

记得张剑先生说，他是来拜我为师的。我吓了一跳，我说，我可是早就听说了您的大名的，年纪又长我几岁，可不敢这样说。他认真地说，我是认真的。我则一笑了之。我看见他一张中年的脸上没有一丝的世故，一茬胡子正在拼命地生长，胡子间是弥漫的微笑。后来他向我讲了他工作上的一些事，说现在想认真地写些文章，所以问我如何写好文章。我已经忘了我向他说了些什么，但关于这方面的问题，我随口就能说上几十条，所以，说什么都不会有错。不久，他向我发来一篇文章，要我推荐。我因为太忙，匆匆看了一眼，属于纪实类的，能吸引人，便推荐给《飞天》的马青山主编。我还向他郑重地介绍了马主编，认为他们应当好好谈谈。他们都是定西老乡，定然有很多话可以聊到一起。不久，他说，那篇文章被录用了。之后，我们在微信上常常有交流。他不断地重复我是他老师的事，我总是一笑置之。我总是称他为张书记。

《金城》杂志社给叶舟、李学辉和我举办了一个"面向河西大地"的文学活动，消息通过微信早早地发出去了。张剑先生说他要来，我吓了一跳，说，太远了，就不来了。晚上，等我赶到现场时，活动已经开始，我赶紧上了台。往下一看，有一只手在向我示意，一看是张剑先生，旁边是他的夫人，一脸微笑。出人意料的是，那场活动中，还有一个父亲领着她正在上小学的女儿也从定西赶了过来。她朗诵了学辉兄的一篇文章，然后匆忙去赶火车回定西去了。那场活动持续了三个多小时，活动结束后，张剑先生说要请我们喝酒，我说，我来请。于是我们找了一家烤肉店，从夜里十一点又聊文学聊到一点半。张剑先生很高兴，频频举杯与大家喝酒。两瓶酒很快喝完了，他问我再要一瓶不，我一看表，已经一点半了，便说不了。当我结账时，他把我拉住说，走吧，酒是我从外面的商店里买的，烤肉钱另一位老师已经结了。我有些不好意思，他笑道，学生请老师喝点酒，这有什么。我说，张书记，以后可不敢再说是我的学生了。

后来，他又来过几次我的办公室，每一次来时我正好都在。我笑道，你怎么知道我就在办公室？他笑道，反正我是来看看，若你在就聊几句，若不在就回去，正好你每次都在。我笑道，说明我们有缘。

年底时，他在微信上说，他要出版一本书，要我作序。我自然得答应。这么有缘，怎能拒绝。

这大概是张剑先生第一本文学方面的著作。可放假那几天忙得要死，根本没时间去看，又哪有时间写作呢。我问他要来电子版，想抽时间看。结果，直到春节期间，才有闲时间打开他的邮件，阅读他的文章。

再一次认真地读《陕西背粮》，还是被震撼了。它再一次向我印证了我对定西地理、民生方面的判断，但那些苦难在他的笔端，犹如家常一样被轻轻说起，又轻轻放下。甚至于那些苦难被他当作一种人生的财富，微笑着讲述给后辈们和外人时，竟没有一丝怨天尤人，没有想象中的那么悲壮，相反，他觉得那是世间最浪漫的事。我被感动了。我知道，在他这条定西汉子的心中，那不就是家常事吗？是啊，在我看来，那是多么悲壮的生活，可在他来说只是稀松平常事。此篇文章中有很多人物采访，基本上都是纪实的笔触。可以看出，他并未将苦难刻画得冷气逼人，他笔下的苦难只是人生阅历，是历尽沧桑之后的忘情叙述。他把那些苦难中的人都描述成了一个个日常英雄。

当我读到《朝圣马寒山》时，我又被其豪情感染。这篇散文显然是受刘白羽、杨朔等名家的影响，既有老老实实的纪实，也有浪漫主义的抒情。读着读着，便深陷于其文字刻意留下的陷阱。我竟一字字读完了。马寒山，对我来说，也是一座神秘之山。好几次，我都驱车前往，但都只是抵达半山腰，终究无缘到达山顶。我真想跟着张剑先生的豪情抵达神圣之境。他说他原以为马寒山山顶是雪峰、是高不可攀的尖顶，但事实上，在马寒山山顶，他看见的是一片宽阔草原，因此顿时豁然开朗。是的，读到这里我也豁然开朗。我觉得我也终于抵达山巅。看完此文后，我立刻推荐给《金城》杂志社的副主编成志达。我说这是一篇美文，希望能发表。

再往下看，他写了两位值得纪念的好领导和几位可以记住的艺术家与文人，似一篇篇通讯。我不知道这些文章是他什么时候写成的，但看上去似乎有些岁月了。最好的文章还是"生活纪实"一辑中的文章，尤其是前面说到的那两篇。它令人过目不忘。那些文字就像刻下的，而非在键盘上敲出的。

张剑先生曾在我面前感叹说，他都五十有几了，才要学习写作，可能太晚了。我笑道，孔子晚年才开始修订六经。对于一个人文学者和作家，五十岁是一个分水岭。五十岁之前，大多数作家都不知天命，所以写的人物说起来有命运，其实不过是编造，因为那些人物没有天命。五十岁之后，伟大的作家才可能诞生，因为"伟大"二字里必定包含着天命。王羲之的《兰亭集序》之所以有那样的慨叹，也定然是其五十知天命时面对浩茫时空的感悟。再说，学问是为己的，不是为他人的，孔子的这种观点也只有到了五十之后才能洞晓，因为五十知天命后便要用尽一切力量获悉生命的奥秘，尽可能地依循着道的步调行动，再也不愿意用蛮力，再也不愿意简单地相信什么说教。天地有道，也只有五十之后才能凿空而探。张剑先生听后笑道，真的不晚吗？但愿如此。

年前最后一次见张剑先生，他告诉我正在做一件事，说他加盟西北师范大学甘肃省地名研究中心，被聘为专家库专家，正在做甘肃省地名研究方面的事情。我听后多少有些激动。那一天傍晚，我向他讲了我对《山海经》的新解，讲了草原文明与农耕文明如何在平凉、靖远一带和整个河西走廊慢慢融合的一些看法，讲了我对中华文明的重新解读以及与西方文明的融合之道。他和他的一位朋友就坐在我对面，而我竟然口若悬河地一气向他们讲了三个小时。直到我快要去给研究生上晚上的课时，我才停了下来。等他们走后，我感到了虚无，感到了无边的孤独。作为一个学者，探索这些问题是终极目的，但在平时，我竟然从来没有将它在学者们面前大谈特谈，因为他们会嘲笑我，现在，我竟然向一位比我年长的朋友滔滔不绝地讲了这么长时间。我问自己，这是为什么？只有一个回答，因为他能理解，能共鸣，且不会嘲笑我。

他说，他要为定西写一本书，立一个传。也是好大的口气，但我相信这是真的。他说，能做到这一点，就死而无憾了。

我说，当然，圣人有三不朽：立德、立功、立言。立言便是通往不朽的天路。为这亘古伟大的山峦立象，本身就是一件无比荣耀的大事。但愿张剑先生知天命之后的人生精彩无憾。

是为序。

己亥年正月初三草稿，初七晨修改
（徐兆寿，西北师范大学传媒学院院长、教授）

"立诚"与"辞达"的书写（序三）

高原

张剑先生《定西纪事》付梓之际，嘱我为序。推辞不过，只好以"母校老师"身份勉为之。虽为"母校老师"，与张剑先生初识却是在 2016 年秋月的渭源兰州师专（今兰州城市学院）校友聚会上。当时，我率学院数位同仁应邀赴渭源进行文化考察与交流，当地校友召集了在定西地区工作的十多位当年中文系的校友与母校老师见面。也是因缘巧合吧，张剑先生与我邻座。因此交谈甚多，一见如故。虽然他担任甘肃中医药大学定西校区高层领导，但却给我留下了真诚朴厚的印象。再后来，听说他"转业"定西地方工作，并且开始从事写作。一年来，他常常发来大作供我先睹为快。清晰记得第一篇是《陕西背粮》。"陕西背粮，是一段难忘的记忆。"《陕西背粮》一文，以工笔的笔触记录了当年陇中一带人民赴陕西背粮的经历以及深入骨髓的饥饿体验："饥饿的滋味不好受。饥饿是什么滋味，胃里难受！像猫爪子在胃里撕扯，像狗舌头仔细地舔干净了肠胃的角角落落。"

本人向来信奉"修辞立其诚""辞达而已"的写作圭臬。

在思想的深度与高度外,"真诚"的情感与"准确"的文字应该是最基本的标准,有时也是最高的标准。《陕西背粮》可以说做到了"立诚"与"辞达"。《陕西背粮》最可贵处,是作者在记述饥饿体验的文中,没有滞笔于现实主义的事实,还尽情展现了深具永恒的人性之美的细节。比如,作者与姐姐、弟弟合伙偷吃挂在家中房梁上肉臊子(炒制的肉丁)的经历:"我当时纳闷过,看着不翼而飞、不吃(共同做饭)而少的漆缸子中的肉臊子,难道大人没有发觉吗?现在想来,当时自己和姐弟们的自作聪明、沾沾自喜,其实都在父母亲的明察秋毫之下,起码在公社大队干部来家做上一碗令我们馋涎欲滴的臊子面的时候,或者一年中的重大节日,像端午节、中秋节的时候,或者家里某一个人生病的时候,像犒劳式地做臊子面的时候,总能发现啊!唉,父母亲是装糊涂啊!……"多么"经典"的父母,装糊涂中透着明明白白的对孩子的爱。同样关于人性之美的记述还有,赴陕西背粮的百姓在火车上逃票,列车长、乘警、列车员的仁厚对待:"像他们一样的背粮者比比皆是,列车长、乘警、列车员大多时候是网开一面,睁一只眼闭一只眼,放他们一马,让他们自由上车,免费乘车。有的列车员看起来很凶,但做起事来也是柔肠一片,只是罚他们打扫车厢的卫生,他们接到这个任务,好似接到大赦,就像受到了奖励,打扫卫生分外认真仔细,坐这个票车也理直气壮了许多,毕竟他们是勤劳善良的老百姓,知道白占公家的便宜是理亏的。"善良的乘务人员，可爱的百姓……张剑的《陕西背粮》，是一个对阳光、空气与水有着炽爱、一个对生养自己的大地有着深情的赤子的书写与记录。《陕西背粮》应该是那一段历史不可或缺的重重的一笔。这样的记录，绝不同于风花雪月的偶或抒情，而是一个良知未泯者对大地的赤诚责任。《陕西背粮》令人感动处还有："那一段时光，是我人生非常难忘的阶段，除了上学和参加生产队的劳动，印象最深的就是为了吃饱一口饭而期盼，而奋斗，而欢乐！即使现在回想起来，也是没有心酸，没有难过，没有抱怨，有的是知足与感恩，思考与奋进。"在经历了人生的苦难后，能有这样的觉知，显示了作者的精神已经升华、超越，并与过往的经历达成了和解，这就是人的成熟与高贵。

　　《定西纪事》所有的篇章皆是或记录作者所经历的事，比如《陕西背粮》；或记录作者所交往的定西文人朋友，比如《大风起兮——我所认识的西部文人张卫平》《这个女人不寻常——我所认识的定西文人汪航》《那一朵芬芳的百合花——我所认识的"定秦"》《一个尕老汉嘛哟哟——我所认识的定西文人史彦明》《像大海一样宽广，像高山一样峭拔——我所认识的定西文人汪海峰》《青年才俊，旱塬蛟龙——我所认识的定西文人夏野》。张卫平、汪航、史彦明、汪海峰、夏野、"定秦"，这些在全省乃至全国有一定知名度、为定西市文化事业做出贡献的人物和团体，在张剑的笔下有了更灵动的生命形象与更完美的精神风貌。

　　张剑说："我不是记者，不是作家，我仅仅是如实记录现实生活，并为有贡献于社会的人物'画像'。"借助张剑的"画像"，我们却可以清晰地看到，这些艺术家们看似走过了各自相异的艺术探索之路，实际上却表现出相同的对艺术真善美的永恒追求之心，令人感慨、感动，并深受启迪与激励。张剑的"画像"可谓神貌俱全、形神兼备，与这些艺术家的风采与成就既相映成趣，也相映生辉。

　　虽然，本人并未教过张剑先生，但作为"母校老师"，看到这部倾情大作，我自然欣喜欣慰，并诚挚祝贺作者精心结撰之作付梓。同时也希望，此作仅仅是作者笔耕的开始，期待不辍的努力之后，有更多令人眼亮心热的作品问世。是为序。

戊戌冬月

（高原，兰州城市学院文史学院院长）

目录

生活纪实

2　　陕西背粮——献给改革开放 40 周年

21　　朝圣马寒山

36　　俄大的树

50　　大树沟里人的丹阳节

60　　敦煌的定西亲亲们（外二章）

76　　哦，我的定西

106　　我的兰州师专，我的青春……

人物纪实

122　　韩爷，您好——贫困定西的领导们之韩正卿

145　　根扎西北——贫困定西的领导们之张国维

165　　一个至真至善至圣的追求者
　　　　——专家、评论家徐兆寿

175	大风起兮——我所认识的西部文人张卫平
185	这个女人不寻常
	——我所认识的定西文人汪航
191	那一朵芬芳的百合花——我所认识的"定秦"
198	一个夯老汉嘛哟哟
	——我所认识的定西文人史彦明
202	像大海一样宽广，像高山一样峭拔
	——我所认识的定西文人汪海峰
205	青年才俊，旱塬蛟龙
	——我所认识的定西文人夏野
208	来自嘉陵江边的感动
	——我所认识的重庆文人王余生
216	用真情连通民心
	——我所认识的定西"官员"赵贵成

生活随感

| 227 | 乡愁断片 ——丁酉除夕有感 |
| 230 | 后记 |

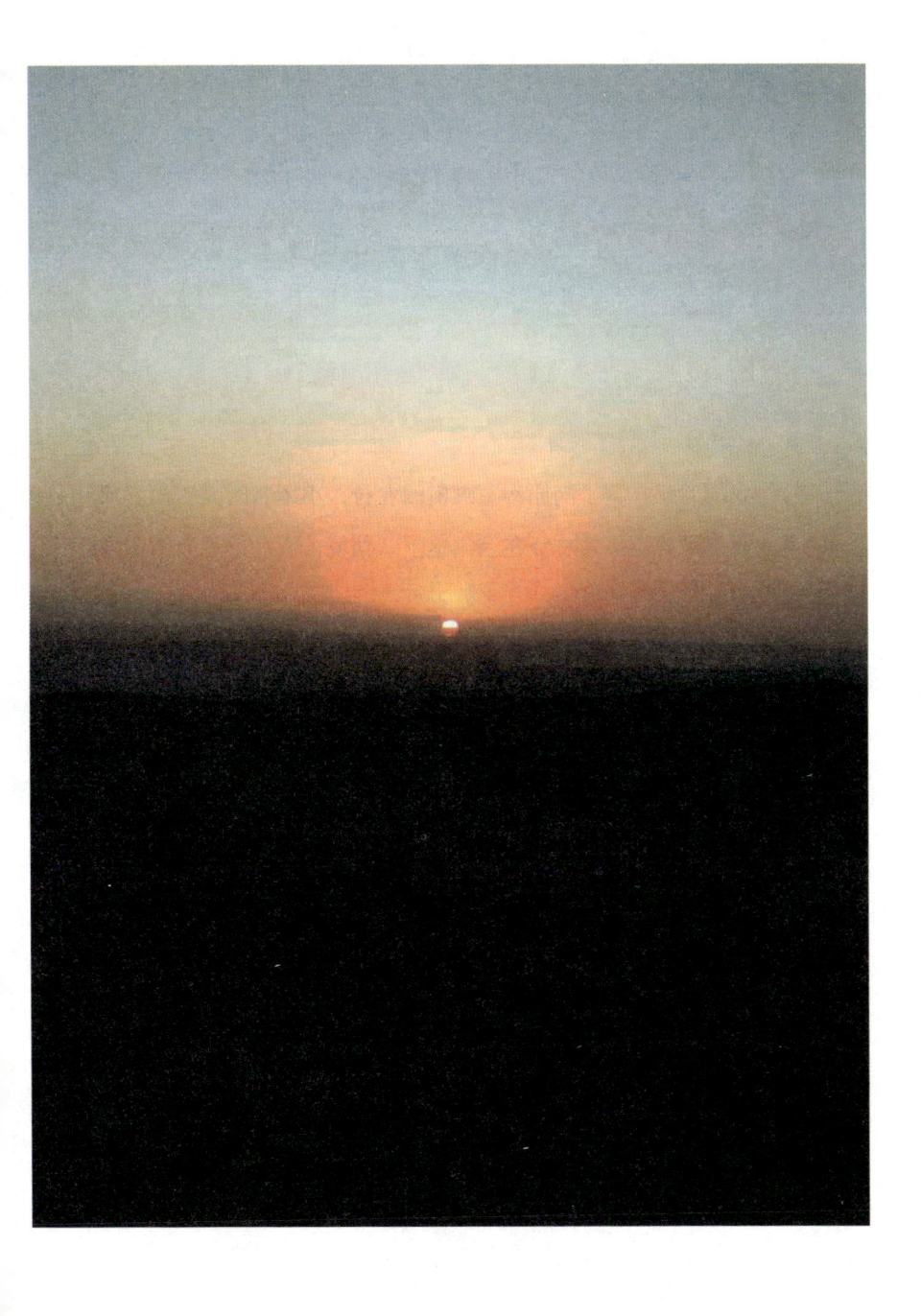

陕西背粮

——献给改革开放 40 周年

我的老家在黄土高原沟壑纵横的农村，小地名叫大树沟。那个地方正是清朝陕甘总督左宗棠笔下"辖境苦瘠，甲于天下"的代表性地区。

我上学的时候，大约是 20 世纪 70 年代后期和 80 年代初期。那一段时光，是我人生中非常难忘的阶段，除了上学和参加生产队的劳动，印象最深的就是为了吃饱一口饭而期盼，而奋斗，而欢乐！即使现在回想起来，也是没有心酸，没有难过，没有抱怨，有的是知足与感恩，思考与奋进。

饿，饿得很。每一天，都在饥饿中度过。

饥饿的滋味不好受。饥饿是什么滋味？胃里难受！像猫爪子在胃里撕扯，像狗舌头仔细地舔干净了肠胃的角角落落。

饥饿还有一种滋味，就是馋！看着别人吃饭香，吃馍馍香，吃啥都是香的，并想尽一切办法找可以吃的东西。有什么吃什么，吃什么都是香喷喷，味道好极了。

肚子好像老是空荡荡的，消化力特别旺盛，不知道是食物不经饱,还是小时候的肠胃像鸡胃,仿佛石子、砖块、秸秆等物,只要一进胃里,都能转瞬变成营养物质和剩余的废料。

  放学后照例是去放羊,在放羊前首先是到酸菜缸里捞一碗酸菜,用开水烫过,滴上两三滴快要见底的瓶子里的或者瓷缸子里的清油,攥上美美一筷子胡萝卜、韭菜、芹菜等腌制的咸菜,反复搅拌过了,三口两口吃完,然后从羊圈中赶出几只羊到沟里头的山坡上去放。羊儿早都"咩咩"地叫着了。躺在青葱翠绿又软绵绵的草地上,望着天空遐想。夏日的星空多美啊,天湛蓝湛蓝,还有各种各样的白云,像棉花包,像山峦,像龙,像大棉被,还是棉被亲切啊!起初很像很像,但那云是走着的,走着走着,先是拉长,后是似像非像,然后就变成其他的形状了……

  漆缸子里的肉臊子是最好的美味,然而那是高高悬挂在屋梁上的。漆缸子,口径有二十多厘米,高一尺,外表是油光润滑的黑漆,内部是粗糙的灰黄本色,有两个不明显的耳朵。用麻绳将其两端穿起来,它就享受起超凡脱俗的待遇:束在家里高而粗的屋梁上了。当然,让我们垂涎已久的是漆缸子里面装的东西,那可珍贵至极,是一年中全家人的希望和期待,是世界上最美最香甜的肉臊子。不管大人挂得多高,我们姐弟都能通过大凳子上摞小凳子的方法成功摘下漆缸子,然后偷偷用手抓着吃;或者谁先爬上凳子谁就用手挖出一把把的臊子,直接喂给下面翘首企盼的"同案共犯"。这种任务,一个人是完不成的,必须合作才行。当然,那种时刻我们往往是胆战心惊的,生怕正在"作案"的时候大人突然进来,因此每一次都不敢多偷,而是少量多次地偷,不

知不觉，经过我们多次的作案，那缸中之物是越来越少了。我当时纳闷过，看着不翼而飞、不吃（共同做饭）而少的漆缸子中的肉臊子，难道大人没有发觉吗？现在想来，当时自己和姐弟们的自作聪明、沾沾自喜，其实都在父母亲的明察秋毫之下，起码在公社大队干部来家做上一碗令我们馋涎欲滴的臊子面的时候，或者一年中的重大节日，像端午节、中秋节的时候，或者家里某一个人生病的时候，像犒劳式地做臊子面的时候，总能发现啊！唉，父母亲是装糊涂啊！……偷吃的东西就是香！那肉臊子，带着皮的小方块特别耐嚼，回味无穷；那瘦的小方块也是很有韧性，可是味道完全不同；真舍不得把这人间宝物从喉咙里咽下去啊，如果能让甜、咸、香等味道久住口舌与喉咙之间该是多么的幸福啊！可是那时的自己真没有绅士风度，焦渴的大嘴中的口水分泌特别旺盛，那不管肥的瘦的臊子，在口中嚼不了几下，就被"洪水"冲进了一望无际、干得快裂了的"黄土高原"！然而力气是大大增强了，不管是放羊放牛，还是拾（方言，意为割）猪草，帮大人干其他的活儿，力量都是无穷的，仿佛孙悟空吃了太上老君的仙丹！

挖辣辣（辣辣，学名荸荠）。那是万物复苏的时候，拿上小铲子，挖起小绿叶下面的细长白根，攒上一两把，两只手相对着搓几下，上面的泥土也许已经干净了，急急忙忙跑回家，撒上一点盐，再在掌心反复揉搓，就可以下肚了。味道好辣好辣，胃里好空好空。

铲圪佬（圪佬，学名蒲公英）。早春二月或者是阳春三月，确切时间是记不清了，那时候的地埂畔、山路边、小河旁、山坡上，生长着很多的圪佬，叶子是锯齿形的，有一两寸长，经过了一个冬天的孕育，攒足了营养和力气，颜色绿油油的，个头非常健壮，刚冒出地皮的还有一些嫩黄。我和同学们（都是一个村子里的邻居和本家）拿一把小铲子，胳膊弯挎一个小筐（家乡的一种农具，用藤条编成，有弓形的把儿，可以装很多东西），哼着在学校学会的各种歌曲，像《学习雷锋好榜样》《三大纪律八项注意》等，到绿草茵茵的地方去铲圪佬。小铲子从圪佬的底部平铲过去，一朵有七八瓣叶子的圪佬就成群结队地进入小筐。圪佬不能生吃，需要用水煮一下，然后用筷子捞出，稍微凉一下，再调一撮咸韭菜，滴几滴红辣椒油，然后大快朵颐。

仅仅吃辣辣、圪佬、苦菜，胃中还嫌不足，要是有一疙瘩馍馍和在一起吃，该有多好啊！

5

当然也有意外，就是有一次高峰学校的陈世珍校长给我吃了最好吃的甜醅子。陈校长来自附近的大镇内官营，他非常敬业，还爱护学生，而且治校有方、管理严格，在高峰学校、高峰乡乃至全县教育界享有至高的声望，大家对他非常敬畏。不知是哪位家长给他送了一碗用当地特产莜麦新做的甜醅子，他在喝了一遍用凉开水冲过的甜醅子水以后，将剩下的半干半湿的一碗甜醅子全部给了我，让我辘辘直叫的饥肠不仅有了饱腹感，更是让我的全身都充满了暖烘烘的感觉。甜醅子，现在是城里大街小巷随处可见的平常小吃，可在那时，却是只有端午节才能偶尔吃到的稀罕之物。那味道，甜甜的，酸酸的，既有浓浓的汁液，又有可嚼可咽的柔软颗粒，吃上一碗，口舌生津，香甜半年，回味一生。为什么叫我吃而不是别的同学吃呢？或许是因为我偶然撞上，抑或是他有意为之，因为我那时的学习成绩在全校名列前茅。后来我顺利升入高中，再后来考入大学，我认为不仅是和老师们的谆谆教导、循循善诱相关，更是与陈校长的那一次的奖励有着很大关系……

有愿望就有希望，有希望就有各种各样的馍馍。

各种各样的馍馍果然来了。有白面黑面和着麸皮的蒸馍馍（馒头）、花卷、饼子（老家地道的馍馍），有荞面、豆面、谷子面、糜子面做的碗托子、干炕子（死面饼子）等。后来，出现了干透了的锅盔、馒头、饼子、花卷等纯白面的馍馍。以上各种馍馍，大多不完整，而是或大或小的碎块，新鲜的发霉后长了一两厘米的白毛，干燥的有一些褐色的霉点。当这些馍馍从母亲和哥哥姐姐的白布袋中倾倒而出的时候，我们这些年龄小的弟弟妹妹如获至宝，大饱口福。

起初，馍馍是要（方言，意为乞讨）来的。那是20世纪70年代中后期，大树沟还有邻近的麻地湾、牛家湾、贡马、窑儿湾等村的农民，就开始走出本社本村外出要馍馍了。

要馍馍的队伍，由零零星星的几户几人发展到每家每户，人群主体由中老年人发展到全村老小，涉及区域由个别村社发展到所有村庄。我们庄里也来过外庄外社的要馍馍的人，有拄着棍子领着小孩的老年人，有领着腼腆少妇的中年妇女，也有单独行动的年轻人，问他们要馍馍的原因，都说是遭了年成（方言，意为遭灾），那时候暴雨非常频繁，鸡蛋大的冰雹可以让全大队和生产队的希望化为泡影，仅依靠几两的救济粮是明显不足的。

先是到本乡和近邻的地方讨要，如红庄、大寨子、连儿湾、临洮等。

同村的陈永红说，有一次从家里出发的时候穿了一双新鞋，走着走着鞋底磨透了，鞋帮也裂了，没有办法，只能赤脚走，走到连儿湾的时候几个脚指头冻僵了，完全不听使唤，路也走不成了，在一个好心人家里的热炕上，歇了好半天才缓过劲来。腊月三十回到家，生产队分配的口粮只有半袋子，洋芋只有两堰子（堰子，意为可以装三四十斤粮食的小筐），感叹这个年莫过何着（方言，意为没有办法过）。

后来要馍馍的行程越来越远，简直是走州过县了，如本省的永昌、张掖、高台、酒泉，远一点的甚至到了外省的西宁、宝鸡、

咸阳、洛阳、郑州等地。那些干透了的各种白面馍馍就是从这些地方要来的。

干透了的馍馍直接吃是嚼不动的，需将它们使劲掰碎后搁入大粗碗，用滚开水浇满淹过，过上一会儿，干馍馍吸足了水分，就变得松软了。深深吸一口气，那些来自迢迢远道的五谷精华就灌入焦渴已久的肠胃，营养和滋润着青春年少、急需养分的躯体，生发出生命本源体旺盛蓬勃的阳刚之气。有的时候，一大锅碎面的面汤太清太淡，将这些馍馍泡入面汤中，弥补面条不足的缺憾。在放羊、放牛还有上学的时候，口袋中装入几块干馍馍，蘸着清清的山溪水或者学校旁边、中梁山树林子里的泉水吃，没有水的时候，只好拼命用手掰或用牙齿慢慢咬着吃。

纯粹的要馍馍的日子大约持续了三四年。到20世纪70年代末的几年，人们便去陕西背粮。

当时的生产大队和生产队，已经开始普遍推广使用化肥，主要有尿素、硝酸铵、氨水、土磷肥这几种。氨水是用密闭的大铁桶装的，只要打开顶部的小盖子，一股强烈的气体直冲鼻子，刺激得让人打喷嚏、流眼泪、头晕眼花。土磷肥是散装的，生产队用十二马力的手扶拖拉机从公社供销社转运到生产队的仓库。氨水和土磷肥是生产队比较喜欢的，它们能帮助果实生长，所以总是被施进各种庄稼地里。我们那个地方属于南山二阴地区，雨水较足，当时全县就有"宁叫高峰烂，不叫全县旱"的说法，因此大家都爱用磷肥，不爱使用催长叶子和长秆子的氮肥，也就是尿素和硝铵（硝酸铵的简称）。有好多社员偷偷地背着公社干部，把尿素、硝铵倒在两块地中间的地埂子上，致使地埂边上的冰草、野蒿子、马齿苋疯长一气，比不施化肥的杂草高出许多。

穷极思变。一样的缺粮，严重的口粮不足。这时候村里的几个头脑比较活泛的人，像李进林、王珍妈妈、黄桂英、连克俊、郭志江等，不知道他们从哪儿得来的信息，自发组成一个团队，背着当地不需要（当时也许是观念未转变）的尿素、硝铵，辗转几百上千里路，爬火车（大多数时候是敞篷的货车，有时候是客车）去农业较发达、急需化肥的陕西关中平原，进行物物交换，换回本地缺少的苞谷、红薯干和少量的麦子等粮食。我们那个地方的人，将这种长途跋涉、艰辛换回救命口粮的生活方式叫作"陕西背粮"。我们的老一代人普遍经历过陕西背粮，我们这一代靠着从陕西背回的粮食度过艰难成长阶段的人，对陕西背粮的情景历历在目、迄今难忘。

背粮的区域有陇海铁路沿线的宝鸡地区的千阳、凤翔、岐山、扶风、眉县、武功，咸阳地区的杨凌、兴平，西安的长安、临潼，还有三门峡、洛阳、郑州等地方。主要集中在八百里平川的关中平原一带。

我对铁路、车站的初步印象，就来自当时大人们口里的叙述和用汗水、眼泪"测量"过的实际情景……日后我每一次乘坐火车经过天水、宝鸡、武功、咸阳、西安等地时，那些对别人来说极为普通的地名、站名，对于我来说却显得格外亲切、温暖——是关中平原的苞谷、甘薯和馍馍养活了我和我的父老乡亲，是关中平原的乡亲帮助了特殊困难时期的甘肃老乡。

1983年获得全国优秀短篇小说奖的王戈在《树上的鸟儿》中写道："下车了一批，上车了一批……猛不防，嗵的一声，一个老头儿将一条沉重的口袋放在他眼前……老人自我介绍起来，甘肃人，背的洋芋，到汉中换点大米过年……"看来，那时候到陕西背粮已经成为甘肃大部分地方的流行风尚。

背粮的时候住在哪儿？大哥和许多亲身经历过的人说，主要是住在换粮食的村庄附近的火车站候车室，候车室的木头长凳子就是他们夜眠休整的床。有时候长条凳子被先到的人占据了，自己只有和衣而卧在墙角的地上。那时的铁路候车室就是陕西背粮老乡们的家，是候车室遮住了风雨、挡住了严寒、减弱了酷暑，给为嗷嗷待哺的全家人谋生计的老乡们满足了基本的"住"，使他们在腰酸腿疼、饥肠辘辘、身心困顿、夜色降临的时候有了一个踏实的落脚的窝、一个临时的温暖的"家"。衣服是破棉衣加一件油汗煮透了的对襟衬衣（俗名汗褟子），一年四季都是这个行头，由于常年不洗，污垢不堪，夏天还好过一些，到深秋和冬天的时候，老乡们在候车室就冻得瑟瑟发抖了。有时候也到陕西农村的庄前屋后和打麦场上的麦垛边歇宿。那时人口管理严格，本地人对外地人心存戒心，担心这些一半是交换一半是要饭的外地人危及他们的安全或者偷盗行窃，天黑以前是不允许外地人进村落脚的。等太阳落山、天色黑暗之后，他们偷偷地溜进村子周围的安全地带，或屋后，或麦垛中，熟睡一觉，以缓解一天徒步跋涉的辛劳。大哥张勤说有一天夜里渴极了，半夜爬起来看见光亮亮的一池清水，就放开肚皮直接用手捧着喝，第二天起来才发现那是堆满牲畜粪便、沤得发绿的污水坑。有一次过宝鸡境内的一条河（当地人叫它"禹河"，后来我请教了专家，也查找了资料，才知道那条河其实就是渭河），河水看起来浅浅的，但在挽起裤脚赤足过河的时候，发现平静的河水快到了腰部，那里的河道看起来不宽但走起来却要走半天。王珍背起他妈妈过河，他个子小，结果把老人家的裤子也弄湿了，过河后，他妈妈拿起棍子就将他打了一顿。

　　吃什么？逮着什么吃什么。主要是吃家家户户送的各种干粮，碰到当地人正在吃饭的时候，有的人家还会端出一碗或者半碗有菜有肉的拉条子。也会经常到县城人民食堂吃顾客们剩下的半个馒头花卷，半碗的面条、水饺，还有月牙形的剩包子，也顾不得人家的口巴子（方言，意为嘴巴咬过的痕迹），好的时候还有半碗烩菜和白白的大米饭。在几个顾客吃饭的时候，三五个背粮的人眼睛直勾勾地瞅着他们筷子的每一次起落，当其中一个人放下筷子的时候，手脚快的老乡便会捷足先登，捧起剩余的饭菜吃个精光，完全顾忌不了客人们或怜悯或鄙视的目光。抢剩饭还需要脸皮厚、胆子大，下手要快，有时候也会忽视本团队的年长者。但总体上来说，他们的团队是团结的，顾全大局的，抢得多的分一些给胆子小、面皮薄的，老的会护着小的，小的照顾着老的。也有些好心人，看见这些面黄肌瘦的外地人，不管自己吃饱吃不饱，匆匆吃上两口，就装作吃饱了，把宝贵的饭菜故意留下了，也许他（她）家里也并不宽裕。

背粮的路途中大部分时候是爬火车。去的时候，每个人至少要身背分别装了八十斤重的两袋子化肥，来的时候每人平均要肩扛换回的一两百斤粮食。煤车（货车）拉到哪儿算哪儿，只要是陕西地界的大站小站，他们随便在哪儿下车，都能走进农家，实现"物物交换"，完成背粮的大半使命。

绝处会逢生，山重水复无路可走时也会柳暗花明。他们怎么进的村，怎么找到可以交换的人家，怎么背起汗水浸透并融化了一部分的化肥，又怎么千辛万苦地"背回粮食"，完美地完成这一壮举，对现在的年轻人来说仿佛是"唐僧取经"般的神话，而在他们那里，竟然就像轻松地走了一回内官营街，最多也是去了一趟县城暨专署所在地定西，时间也就是一趟十天半个月。

转运粮食是一件难度较大的事。三五个人的团队前后接应，一趟接一趟地搬到车站，碰到停靠的煤车，不管车站和车上工作人员的反复警告，奋不顾身地背、扛、抬、拖到黑乎乎的平板车或者敞开的车厢中。煤车上什么东西都有，最多的是煤炭，其次是木材，还有一些包装严密的东西。而错过定西车站是常有的事情，有时候煤车在定西不停，有时候是老乡们在夜间困得实在不行而睡过了头,这样就在梁家坪、高崖车站卸下粮食,又像蚂蚁搬家似的搬上东去的煤车,然后焦急地期盼在定西停车、卸粮。煤车有时候在一些小站一停就是几个小时甚至一夜,他们只有耐心地等、等、等……

偶尔也坐票车(客车)。他们一般都没有票,不到万不得已不买(补)票。上车是硬挤上去的,不是轻省的单个人上车,而是瞻前顾后、帮助其他成员上下多次地把粮食搬上车。将几袋十几袋粮食放到座位下、车厢连接处后,就是提心吊胆地接受查票。像他们一样的背粮者比比皆是,列车长、乘警、列车员大多时候是网开一面,睁一只眼闭一只眼,放他们一马,让他们自由上车,免费乘车。有的列车员看起来很凶,但做起事来也是柔肠一片,只是罚他们打扫车厢的卫生。他们接到这个任务,好似接到大赦,就像受到了奖励,打扫起来分外认真仔细,坐这个票车也理直气壮了许多,毕竟他们是勤劳善良的老百姓,知道白占公家的便宜是理亏的。遇到上级检查或者个别执法如山的人,在苦苦哀求无效和遭到扣留粮食的威胁后,他们会从夹袄中,或者跑进厕所,从缝在棉裤里的夹层中,掏出零零碎碎的"毛毛钱"和分币,进行补票。

最难场的是千辛万苦换回的粮食在火车站被市管会的人员没收。那沉甸甸的苞谷、薯干关系着全家人大半年甚至全年的生活,拴着他们的心肝肺,当然是不能轻易也绝对不能放弃的。于是只好采取没有办法的办法:一是哭,女人们尤其擅长,先是假装着哭,哭诉着家里的老人娃娃没有饭吃,哭着哭着就变成了真哭,那种如泣如诉的细长哭和痛彻心扉的号啕大哭令执法人员手足无措,最后只有放行加"下不为例"的警告了;二是缠,反复的缠,不管市管会的人员怎么讲道理讲政策,他们就是不走,三天四天五天六天,不出七天,在他们锲而不舍的执着磨缠下,最终结果也是放行。当长辈和哥哥姐姐们讲述、交流怎么要回粮食的经验时,他们很是欣慰、开心,但我分明看见他们眼角的泪花儿呼之欲出。

背粮的乡亲们对经过的车站如数家珍。一般煤车到了虢镇,他们就知道已经属于陕西地界,距离背粮目的地近在咫尺了;换回粮食往回走,到一个叫拓石的小站就是甘肃了,不仅距离"家"近了许多,仿佛背粮也成功了一半,心里也"踏实"了(后来我查了地图和资料,发现拓石其实属于陕西,处于陕甘交界处,乡亲们当时误以为属于甘肃)。拓石是由陕西进入到甘肃的第一个火车站。母亲说,拓石车站在山沟里,两面的山很高很陡,山上长的树很大很密,有一次半夜到了拓石煤车停下不走了,四面黑黝黝的啥都看不见,山上的狼老娃(方言,意为野狼)叫声瘆人,让人害怕极了。

到陕西背粮,开始是用化肥换,后来发展到用当地出产的党参、当归等药材换。再到后来是到西安、郑州等市场上变卖了药材,用现金籴粮食。这比肩扛身背先进了一大步,也轻省了一半啊。

王珍说起和我大哥张勤跟着大人去陕西背粮的一件"憾事"。蔡家坡是陕西背粮的重要中转站,也是背粮最方便、最主要的区

域。一次，他俩跟着大人在蔡家坡火车站下车后，沿着狭窄、土旧的街道爬北山，跃过位于半山腰一条很宽的河渠，就到了宽展展的塬上的一个村庄。在庄子外面，王珍妈妈和张勤妈妈分为一组去了村子东头换粮食，留下十八九岁的他们两个去村子西头换粮食。在一个已经记不清姓名的好心人家里，家里的掌柜的、中年男子和热情好客的中年妇女给他们兑换了比平常分量还足的苞谷，看他们憨厚老实，说他们家有三个女儿，大的一个出嫁外村了，还有两个年龄和他们差不多，提出让他俩当上门女婿。听了中年男子的话，他们面红耳赤，内心特别激动，但是想到这里毕竟距离定西老家比较远，还担心大人不同意，于是他俩借口要和家里父母亲商量，就匆匆忙忙离开了这户好心人家。离开了蔡家坡，也没有给父母亲和任何人说过此事。

为了回味和体验陕西背粮的艰辛，铭记当年父兄辈谋求生存的甘苦，我今年去了两趟蔡家坡。一趟是拉着王珍，这位当年的毛头小伙子，现在已六十多岁，孙子都已经上了幼儿园，头发花白，身材硬朗。我们沿着他回忆的当年背粮路线，穿过西北机械工业公司厂区街道和建设得风景秀丽、规划得井井有条的北山公园，跨过渭河引水渠，再钻过一片毛树林子，就到了"八百里秦川"的关中平原。我们沿着田间小路，欣赏着刚破地皮的麦苗和平整广袤的地块中已然抽穗的麦田，就到了别墅区式的村庄。我问王珍大哥，你当年背粮和差点"招亲"的村庄是哪一个。他含糊其词，说不出个准确话。我看百度地图上显示这里是垚庄、吊庄、张头、太平庄，我问老乡，再去东边是哪里，他说是雍川镇。我想，假设当年王珍和我大哥张勤入赘在这儿，他们的生活会怎么样；那好心肠的一家人，现在生活过得还好吗？阡陌纵横，道路交织，麦田茁壮，车来人往！另一趟去蔡家坡是和妻子，区别是夜宿宝鸡，第二天清晨搭上班车去凤翔县，先去拜访东湖公园的左公柳，然后去岐山，最后徘徊在蔡家坡的街道和北山公园，望着汤汤东去的渭河大渠沉思。

大哥说，除了背粮，还去过外地"挣钱"，当时还没有"打工""农民工"这些词。

"在银川，帮一个老头割稻子，只割了半天，老头就悄悄给每人塞了五块钱，还做了一顿较丰盛的饭，又背着儿媳妇给我们一人装了一碗米打发我们走，我们就黯然并且感谢地离开了。后来才想明白当时是因为老头子在家里做不了主，儿媳妇是想省下工钱,不想雇外人。

"在酒泉一个叫清水的地方给别人打墼子(建房用的土坯,相当于砖),先用水浇透,和成泥,反复搅拌,然后用沙子沾过,填进墼圈子(一种砌砖型长方形土块的建筑构件模具),最后打开模具,再换别的地方重新填充重新打。有一家给了工钱,我和张寿每人 50 元;另一家嫌我们做的质量不好,不给钱,张寿气愤至极,想推倒墼子墙,但是我胆小,害怕人家报复,最后只能含恨离开。

"在大沙坪洗砂场,差点被坍塌的山体埋掉。老板是皋兰人,给他爸买了肉,张寿也拣了几片,老板眼睛直瞪。

"去靖远煤矿打工。把全年的收入精华三十斤清油卖掉,凑了几十块钱做盘缠去靖远大寨子煤矿。张寿、陈永红等从井下爬出来的时候,除了眼睛和嘴巴,全身其他部分都是墨黑,完全不像个人。我只想回家,想着无论如何,即使饿死,这个钱也不敢挣了。同一个生产队的有些人还去过陕西韩城煤矿下井背煤,然而干的时间都不长。"

今冬一个寒风凛冽的日子,在一个庄里人的丧事上我碰到陕西背粮的元老陈永红,当时他是跟着父亲的十几岁耍娃子(方言,意为年轻小伙)。现在应该是六十岁左右了,但他的头发油黑,白发很少,中等个子,神情欢快,穿着厚厚的黄色棉大衣,笼着手站在大门口当迎宾。乡里迎宾的职责是眼望着大路上来的吊唁客人,等他们快到东家大门口的时候,高亢而悠长地喊一声:"亲亲到,上香——"然后院子里就响起唢呐声、孝子的啼哭声,迎宾送他们进大门、进灵堂祭奠亡人。从我记事起几十年来，陈永红似乎一直就是这么个样子，乐观、年轻、见了谁都是笑哈哈的。我问大树沟的"要馍馍"和陕西背粮的阶段持续了几年，他说，前后总共五六年，到1980年包产到组时出去的人已经不多了，到1981年包产到户的时候，庄里的人基本不出去了。回忆起往事，他说比起以前腊月三十晚上的"莫过何"，现在日子好多了，以后生活宽裕就宽裕点过，生活窄扁（方言，意为拮据）了就窄扁点过，无论如何，与陕西背粮的时候是没法比了。他说着话，两个孙子扯着他的腿摇晃着，缠着要和他耍，他笑容灿烂，幸福美满的知足感洋溢在他的身上、脸上。

我姑且把要馍馍、用化肥到陕西换粮食、出售药材籴粮食和离开乡土、"外出挣钱"买粮都纳入"陕西背粮"这一概念和事件。因为那些在特殊困难时期的事情像太极拳中行云流水的连贯动作一样，本质上不可区分不可割裂。同时从那几个步骤也可以看出以激发劳动者积极性、创造力和等价交换为基础的市场化改革开放的历史必然性，以及广泛而坚实的群众基础。

陕西背粮的老一辈中，李进林、连克俊、郭志江、王珍妈妈等已经作古。母亲头发全部变白了，推算起来，1978年的时候，她才三十九岁，正当中年。跟着长辈背过粮的陈永红、张勤、王珍、张民、陈俊等，现在已经六十出头，他们的孙子们都上了幼儿园和小学，而且生活无忧无虑、衣着时髦光鲜，完全摆脱了太爷太太、爷爷奶奶，甚至爸爸妈妈辈当年的窘迫生活。

陕西背粮，是一段难忘的记忆。当时波及的地区，不只大树沟、高峰、定西,还包括了甘肃省以陇中为主的大部分地县。

忘记过去意味着背叛。咀嚼回味一下曾经有过的坎坷和困难,也能促使人们不忘来时的路,并且凝练为成长历程中的宝贵经验、升华"人为什么活着、怎么活着"的精神境界。20世纪80年代初期,我上大学的时候,全国正在进行人生观的热烈讨论,那个时期思想活跃,大学生们都在为自己、为实现个人价值活着还是为他人、为社会活着争辩得不亦乐乎,然而最终雷锋精神又一次成为全社会的共识,张华、张海迪、蒋筑英等用亲身经历折服了那一代渴望学习知识、期盼为自己谋发展、为社会做贡献的青年们的赤子之心,从而创造了在希望的田野上青春与时代风雷激荡、拼搏与奉献交相辉映的"金色80年代"。

不忘初心,对执政党而言是振聋发聩的警钟,又何尝不是催人奋进、开启新时代的晨钟!

对于个人而言,知足、惜福、感恩、报恩、做一个对社会有用的人,应该是一辈子的理想信念和追求。

2017年12月21日

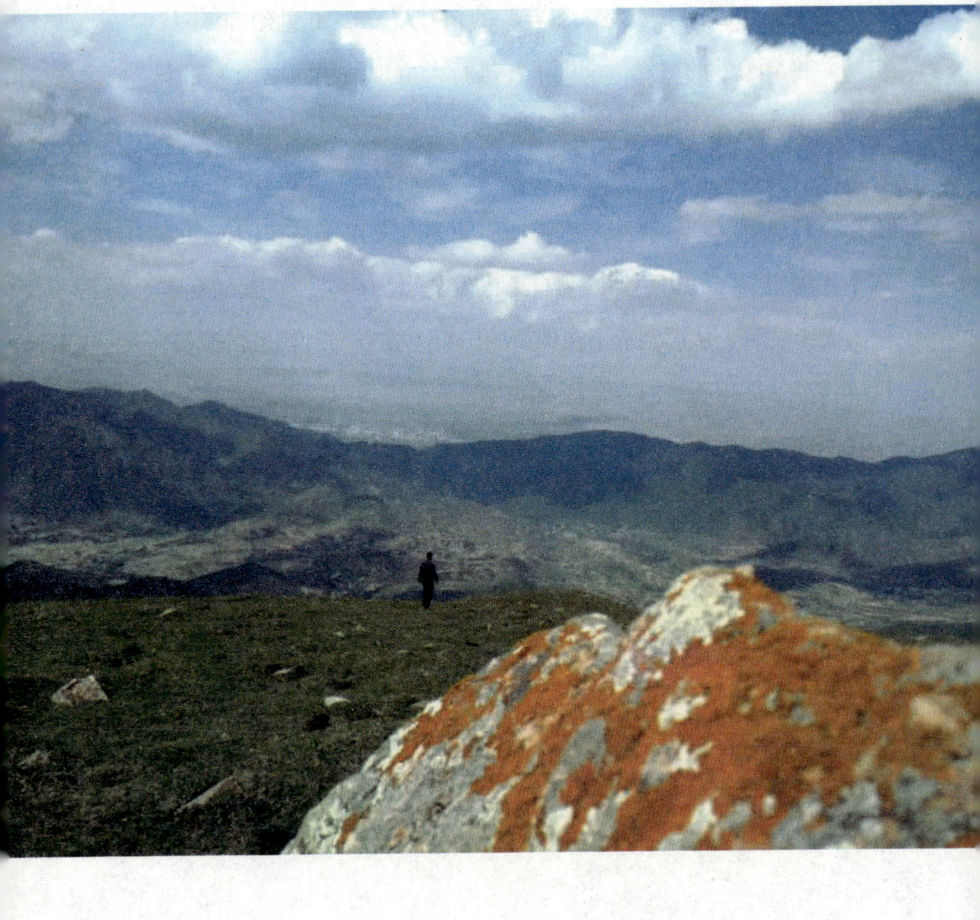

朝圣马寒山[1]

马寒山,是我心中神圣的山。

走近马寒山,看到它的尊容,探究它的秘密,是五十几年来一直萦绕在我心中的梦想。

从我的家乡——定西高峰山大树沟向西北方向眺望,马寒山远在天边,近在眼前。只不过中间隔了数不清的山峦,数不清的沟壑。我小时候常常想:从大树沟走到马寒山,需要几天时间啊,还需带多少路上吃的干粮?

耸然屹立的马寒山,被万山簇拥,雄踞云端。它高大雄伟,周围大大小小无数的名山高山,在它跟前仿佛小娃娃跪拜在巨人脚下,毕恭毕敬,俯首称臣。而马寒山,则像弥勒大佛,绵延广大,巍然端坐,涵容深沉,变化莫测,使人肃然仰望!

---

[1] 马寒山,即马衔山,因旧时名称为"马寒山",如今很多定西人依然习惯性地称之为"马寒山"。

马寒山是神秘的。夏秋之际滚滚雷声带来的发雨、白雨①，起先来自马寒山的一片云彩。那云彩刚开始并不大，颜色也不是凶恶的黑色。随着云团的不断长大，颜色就会越来越深，由灰色、深灰色，到深沉的黑色。这时候，在地里拔麦子的大人就会朝着沟沟岔岔的草坡上放牧牛羊，挖丹参、捉蝴蝶，任意挥霍青春的娃娃们喊道，白雨来了，白雨来了！我和伙伴们就急急忙忙地赶着牛羊回家了。大人们也收拾了镰刀，背上休息时割好的牛草快速地往家跑。这时候雷声响起了，先是低沉悠长，轰隆隆，轰隆隆！后是响亮坚决，轰轰轰，轰轰轰！最后是果断加回旋，嚓，轰隆隆！嚓，轰隆隆！伴着雷声的是闪电，像长蛇盘旋，似龙跃大海！还有大风，来不及回家的人们必须拼命地用手摁住头上的草帽，原本静若淑女的高大白杨树、柳树、杏树的枝叶朝着一个方向倾斜，就像弓着腰的驼背老汉，那声音也是凄厉的呜，呜，呜……风来了！雨来了！倾盆大雨，从天而降。我们坐在炕上，打开纸糊的窗子，看着房檐水连成线，灌进木桶，灌进水缸。有时候，雨变成密密麻麻的白柱子，有时是密集的白钻石，我们称之为冷子，这种冷子打得屋顶的瓦噼噼啪啪，撞击铁器时叮叮当当……大人们在祈祷：老天爷饶命，老天爷饶命，保佑我们的庄稼！持续的发雨和白雨大约有十几分钟就会减弱，变为中雨、乔雨②，然后停止。乔雨，是我们这种十年九旱的地方最欢迎的一种

---

① 发雨、白雨，在定西方言中，发雨意为雷阵雨，白雨意为夹杂着冰雹的暴雨。

② 乔雨，定西方言，意为时间较长的雨。

雨，淅淅沥沥地能下上半天。而白雨过后，院子里会积下厚厚的一层冷子疙瘩，大人们顾不上清理，第一件事就是怀着忧虑的心情提上铁锨查看自家的庄稼，未拔完的金黄色的麦秆子躺倒一地，饱满的麦穗子被打破打烂了，地里的冷子覆盖了躺倒的麦子，红色的麦粒与泥水和在一起，几家的大人们在摇头叹气。

发雨，一年总要来上十几回，而由发雨变成的白雨就有六七次。

发雨，从马寒山起云起，到大树沟落下雨来，时间就是一到两个钟头。

只要大树沟下雨，马寒山顶就有积雪，不管是炎热的夏天，还是阴晴不定、冷暖莫测的春秋，更不要说本该有雪的冬季了。

马寒山，从你那里过来的白雨，让我心惊胆战、刻骨铭心，也充满好奇；从你那里过来的甘霖，让大树沟的麦子、大豆、胡麻、洋芋郁葱葱，开花结果，养育了生在大树沟、长在大树沟的我，和我的乡亲！

马寒山，我心中神圣的山，你那里住着白胡子神仙，还是住着奶奶、妈妈的故事里讲的美丽又善良的仙女？马寒山，我心中纯洁、神秘的山，你那里藏着无尽的黄金、宝石、一切人间财富，还是住着传说中腾云驾雾、神通广大的龙王和它的家族，从而使那座山令人向往，伴我一生——我在攀登黄山的时候想起你，在畅游十万大山的时候想起你，在寻访秦岭的时候想起你；不管我是懵懂无知、梦想翩翩的少年，还是在而立、不惑、知天命之年，都会时时刻刻想着你！

马寒山，你的使者，那朵云彩，还有与她一起来的闪电、雨珠，到达大树沟仅仅需要一两个时辰，而我，从记得闪电雷鸣之年到拜倒在你的脚下，却用了五十多年！

来晚了，马寒山，大树沟的那个放羊少年来看你了。

这一天，是戊戌年戊午月乙亥日，仲夏将至，天气晴好。

感谢榆中陈校长的鼎力支持，是他相邀促成了这次寻梦之旅；是他，协调管理部门，使我们能以自然科学考察的名义，走近了马寒山；是他邀请两位挚友刘先生、郭先生全程相陪，使我们融洽交流，增长见识，让单纯的自然考察变成了文化交流；是他好酒好肉伺候，并使最新鲜的野菜做伴，更是他，学识渊博，一路讲解，为我的朝圣之旅奠定了坚实的文化基础！还要感谢来自定西的小吉朋友，他英俊潇洒，机灵勤快，为我们的交通提供便利。

越野车从榆中县城进入兴隆山景区再前行五六公里，有一个岔路口，这儿有两条路，一条通往黄坪乡，另一

条通向马坡乡。沿着左边通往黄坪的油路走三公里，靠右手有一条硬化了的窄路，从水泥路前行，沿途的村子名叫上庄，处在一片河滩上，这里两面山上有稀稀落落的植被，路边有小河流过，近几年村民搭起了蓝色、红色的彩钢房，办起了农家乐。远处有山脉横亘，远近错落，颜色不同。陈校长说，远处拦路的就是马寒山。

继续前行，就到了红庄子。村庄建在河滩右面地势略高的平坦之处，这里有传统的土木房、砖瓦房，也有黄蓝顶子的彩钢房，一家与一家的房子并不连在一起，而是三三两两，错开排列。庄子周围是耕地，种着玉米、油菜、洋芋，以及其他的庄稼和蔬菜。以前的农家耕作品种是以填饱肚子、解决吃饭问题为主，现在不仅仅有粮食作物，而且多了好多增加经济收入的蔬菜、药材。红色的马、杂色的骡子、姜黄色的本地牛和黑色长角长尾巴的牦牛零零星星地散落在草地上。还有两三顶圆形的帐篷，搭建在河滩上。

车在崎岖不平的石头路上颠簸了一段后，停在了绿色的铁栅栏外面。陈校长说，前方远处的山就是马寒山。

那就是我梦里惦记、魂里向往、心里牵挂的马寒山吗？

抬起头向前望去，马寒山从两边的山脉上拔地而起，许多高峰相邻为伴，山顶圆浑，蜿蜒伸展，顶住了蓝天！满目苍翠，一片生机。

刘先生是科考站负责人，是马寒山专家和守护人，他指着左前方的一座高峰说，你看你看，那个山嘴下有一片白色，是常年不化的冰雪，叫金龙池，面积约有篮球场那么大。与浑然博大的整座马寒山比起来，那片白色区域只是一个小点，就像一颗仙女撒下的珍珠，在绿色山坡上醒目地熠熠发光。我说马寒山的顶峰在哪儿，陈校长指着右前方的一座山峰说，就在那座山的后面。我说爬到最高点那儿需要多长时间，刘先生说走到沟垴子上去需要三个小时，我看手表当时是十点四十分，于是信心满满地说今天一定要爬到马寒山顶。陈校长没有说话，只是意味深长地微笑着看我。

走，走，走。

越走景色越好，越走路越难行，越走速度越慢，越走人越兴奋。

走到一片草滩。溪流淙淙，清澈见底。石头个性十足，安逸地躺在绿草地上晒太阳。那绿色的草地保持着野性，没有遭受车轮之刑，舒展着自由的身躯。草与花，是天然的朋友和兄弟姐妹，相伴而生，相依相靠，牵手拥抱。花儿，当然是受宠的小妹，绿草心甘情愿地衬托着，使各种各样的花朵艳丽地绽放，娇嫩地成长。

穿过一片树林。这是人工种植的落叶松，密密麻麻，遮蔽了天空。林间分布着各种各样的植物和野生药材。足下是松软的枯枝落叶，沿着弯弯曲曲、高低不平的小路前行，我们像搜寻地雷的侦察兵，两只眼睛保持着高度警惕，时刻准备着收获奇迹。刘先生承担了向导与专家的双重职责，一边带路，一边帮助我们发现奇迹。在林中光影斑驳的地带，他指着一株像城里人花盆里栽植的如同橡皮树一样的植物说，这就是高山杜鹃，她的花朵非常漂亮，不过现在还没有到开花期。树林子老是走不出去，明明知道马寒山就在眼前，但就是看不见它的尊颜。在藤条缠绕的小溪边，刘先生说前面过不去了，要上马寒山，必须绕道右面那边小路上再往上爬。如果强行往前走，藤条挡路，无法穿越，偶尔能看见太阳，但是辨别不来方向，非常容易迷路。手机在这里就变成了手表，只能用来看个时间。

翻越那一片花海般的山冈。没有办法，只有乖乖地听从专家向导的话，向右穿越。看起来有路，走着走着就没有了路，我们几个人像蛇一样在林间缠绕，高一脚浅一脚地艰难走出了松树林。马寒山就在眼前，颜色深沉，凝重威严。绿色包裹，头顶蓝天，几朵白云在它的肩膀、胳膊、胸前悠悠地飘，像白衣仙女在款款地散步。山的下面是一片云杉林，墨绿本色仿佛黑色，与周围灌木林的靓丽绿色形成对比。收回目光，继续前行。这里是缓慢隆起的平坦山冈，各种各样的灌木完全统治了这里。前面的草地石林中灌木只是零零星星、一簇一簇地生长，而这里却是灌木的世界，高的齐胸，低的齐腰，各种灌木全身开花，我们在花海中蹒

跚前进。五瓣小白花的是油点点（学名银露梅），白色是这里的主基调。黄色小花、身上带刺、叶子能吃的是黄檗，我们大树沟里有，我们那里叫酸揪揪，小时候口渴的时候摘上几片它的叶子吃进嘴里，马上可以止渴。在这里，我的浅薄无知暴露无遗，进山前我给陈校长说今天我计划认下三十种植物，他说今天你能认下五种就不错了。一路上，我老是问，这是啥，这是啥……起初他耐心作答，到这儿我指着白叶白秆、头顶一团白帽子的品种问这是啥，他笑了笑，说："这个你都问了五遍了。"我惭愧得不敢再问，就给他取名野棉花吧。

终于到了那条小路边。我说现在爬到马寒山山顶需要多长时间，刘先生说从小路到山脚下还要两个小时，爬山需要三个小时。时间已经十二点半，我计算了一下，单程需要五个小时，往返需要十个小时，还要考虑休息时间、身体状况和安全问题，看来今天徒步登上马寒山是明显不现实的了。我们在科考站吃午饭，酒是最好的，肉是最好的，灰菜、黄狼菜是今天早上采摘的，人是最好的。三个人一斤半西凤典藏，酒意微醺，我执着的倔劲又出来了。我说今天住下，明天一大早再登马寒山成不。刘先生说那没问题。陈校长看我朝拜马寒山的心情这么迫切，他也被感动了，说那我咨询一下路线，开车上去。听了他的话我自己奖励了满满的两杯酒，然后兴奋地随他们登山。马寒山，我终于有机会到你跟前看望你了。

原路返回到刚开始的岔路口，向右经过马坡乡政府街道，继续向南行走，经过一个豁岘，又是向下盘旋，有一个叫阳寨的村

生活纪实

子,在一个被房子完全遮住视线、陌生人基本上发现不了的路口左拐,就进入通往马寒山顶峰的专用公路。在半山腰被一道铁栅栏门挡住去路,右边的墙上贴着一道《兴隆山自然保护区管理局关于马衔山风景区停止开放》的告示,我又隐隐担心起来。刘先生电话协调后,一个操着兰州口音的老头从左边的平房里走出来,给我们开了锁。铁门打开了,我的梦马上可以实现了。

  盘旋向上,山路弯弯,道路是红色的砖横着立起来铺成的,非常防滑,行驶的车辆非常稀少。两边是乔木和灌木林,绿意盎然,生机勃勃。越往上面走,人就越激动,刘先生和郭先生侃侃而谈马寒山的神奇,这里的天上只要有云就下雨下雪,夏天还经常下冰雹。两边的积雪出现了,这是十天前马寒山下的雪,消融不完全的残雪,呈现不连贯的一大片一大片。正在说下雨的时候,刚才没有一丝云彩的天空马上下起了雨,生硬冰凉,接着乒乒乓乓,又转成了固态的冰雹。马寒山,这是您派出的欢迎我的使者吗?

到了山顶，是一大片草原，平坦，宽广，左右两边又是遥远的高峰。到了这儿，我明白，心中、眼中的那个最高峰是一片广阔的区域，而不是一块巨石，或者一座山峰，正因为它平坦广阔，所以才成其为大，然而在几百公里以外，出现的是巍峨壮观的马寒山主峰。在这里下车，我的激动心情达到了顶点，拿出西凤酒，倾倒在酒杯中，跪倒在山顶，泪流满面，长长地磕头，敬酒，磕头，敬酒，磕头，敬酒！马寒山，我心中的神山、圣山，在大树沟天天遥望你、发下到你跟前看望你真容誓言的放羊少年来了，他来到了你的怀抱，给你磕头敬酒来了……

这里就是升腾云彩，给大树沟降下发雨、白雨的那个龙王居住的地方，就是白胡子神仙和仙女居住的地方，就是有无穷无尽宝藏的神秘地方！

我奔跑到一处较高点，面朝东南，认真辨别着大树沟的山梁，然而，群山莽莽，重重叠叠，都是一个面孔，根本认不出来我的大树沟山梁梁，我们大树沟山顶最高的那个土包插牌，渺小得了无踪影。无论能否看到大树沟的山梁，我的心愿已还，虽然耽搁了五十年；无论能不能看到家乡的山梁梁，我知道我家乡的土地神已经褒扬了我的赤诚与顽强。

山顶上有大大小小的水池子，这正应了"山有多高，水有多高"的那句俗语。最惊奇的是山顶上除过草皮之外，还有七八种各色小花，叫得出名字的有高原毛茛、广布红门兰、紫花地丁。它们玉茎纤弱，但撑起的美丽花朵却经受住了刚才的冰雹袭击，前几天刚下过雪，你的娇嫩是怎么熬过那寒冷的？我想赞美这几种小花，借着贾平凹的《极花》，权且称它们为极花。极花，你给马寒山装点极美的容颜，你的勇敢显示着面对严寒的铮铮傲骨，极花，你真的是超凡脱俗的仙女的再生或者转世吗？假设你是女人，我把你比作白山黑水中勇斗日本侵略者的赵一曼，比作歌乐山渣滓洞中一心追求真理和光明的江竹筠。

那块珍珠般常年不化的金龙池就在眼前，但是要到达那儿，却不是一件容易的事。马寒山上，果然有龙。将那块冰雪取名金龙池的人，他的心情肯定和我一样，对马寒山是敬畏的、崇拜的、爱护的。我突然感悟到，马寒山的主峰既然是一片广阔的区域，那到不到金龙池跟前又有什么实质性区别呢？任何山峰，任何大海，只要你仰慕它、向往它，那么到了它的广阔区域，就算是在边缘，只要找到了它的灵魂，与你的心灵相契合，发生共振，产生共鸣，从而让你的精神境界有所提升，有所净化，那就足矣。向南是临洮县区域，因为是北麓，属于阳坡，植被明显稀少、单调，洮河川一目了然，临洮县城也能隐隐看见。向北看，榆中县城的高楼清清楚楚。从上往下注视，植被分布错落有致，山顶的浅绿，山坡的松树林，山脚的灌木井然有序。我们上午走过的地方好像也很近很近。

马寒山太高了。主峰海拔 3670 米，比拉萨市的海拔还要高。它是祁连山的东部支脉，与祁连山血脉贯通；东望六盘山，遥望秦岭，与秦岭主峰太白山的高度接近。祁连山、马寒山、六盘山、秦岭，这道天然坚实的生态屏障挡住了西伯利亚的寒流，改变了寒冷的气候，改善了先民的生存环境；涵养了黄河、洮河、渭河、泾河等西北广袤水系，孕育了黄河农耕文化；拱卫了河西走廊、陇中陇东高原、关中平原主要经济区和兰州、宝鸡、西安等中心城市，保障了西部的安宁、稳定与繁荣。

马寒山太美了。这里是鸟类的天堂、动物的栖息地、植物的博物馆。树林子里，蝉在鸣叫，鸟在歌唱。听刘先生说山里有狼，我说狼吃什么呢，他说吃牛，就是山下村民养殖的幼年牛犊，失去大牛的庇护后，单独行动或者体质较弱的小牛就成了狼的美餐。

各种植物无疑是令马寒山骄傲和自豪的子孙。高大的云杉、落叶松和各种乔木如家里的长子，老成持重，默默无闻，然而却似中流砥柱，遮风挡雨；各种灌木，带刺的，不带刺的，开花的，不开花的，藤蔓缠绕，绵绵密密，枝柯茂盛，犹如其他较小的子女，为他们的家园织成了一道严密的防护网；草本类的植物品种最为繁多，争奇斗艳，满地繁星，算是马寒山的孙子辈了。高大的树，中等的藤，低矮的草与花，形成了马寒山植物大观园，高低搭配，层层叠叠，相依相伴，加上溪水的"叮咚"声，知了与鸟儿的鸣叫声，组成了美丽、和谐、生动的"马寒山画卷"，演奏出了优美、浪漫、迷人的《马寒山交响曲》。马齿苋、驴耳朵草、牛耳朵草、猫耳朵草、草莓、马莲花随处可见；野芍药的花儿红艳艳；林间像扇子的植物是大叶子羌活，荷叶般的是大黄。陈校长在草滩上寻寻觅觅，他找出一种长着梳篦一样的叶子，开着红花、蓝花、黄花的植物告诉我，这就是野生黄芪，他兴致勃勃，一口气找出了其中不同花色的黄芪；贝母的花儿是纯黄色，花朵像只灯笼，这可是花中的贵族；柳兰，矮金莲花，银露梅，大麻，长柄唐松草果、蓝翠雀花……陈校长不厌其烦地给我一一介绍；树林中还遇到七八朵野蘑菇，平顶圆形，有的错开重叠着三四层，刘先生说这种蘑菇不能吃；铺满浅滩和山冈，伸展长蔓、叶子短小的最普通的草是蕨麻，对这种植物，陈校长也给予了较多的关注，价格贵上好几倍，城里人趋之若鹜的蕨麻猪，就是吃了这种植物长成的；哈班岔村开着金黄色花的植物是甘肃农业大学药材种植基地的板蓝根……陈校长说马寒山的植物有七百多种，我的一次朝拜肯定只能是认真记住简单的几种，仿佛是窥探冰山之一角。《诗经》中提到的一百多种植物，大部分在马寒山都能见到，如白茅、艾蒿、卷耳、薇菜等。《诗经·王风·采葛》中的"彼采葛兮，一日不见，如三月兮"，《诗经·周南·桃夭》中的"桃之夭夭，灼灼其华；之子于归，宜其室家"，这些诗情画意般的描述，让人魂牵梦绕。

马寒山太大了。它脚跨榆中、临洮两县，是两县交界的分水岭，主要分属甘肃省兰州市榆中县马坡乡和定西市临洮县上营乡。山脉呈西北、东南走向。据有关资料，马寒山宽约八到十公里，长约四十到五十公里，面积大约四百平方公里，是名副其实的陇上名山。关于马寒山的名称来历，据《榆中县志》记载，唐代《故交河郡夫人慕容氏墓志序》中称马衔山为"薄寒山"；宋、明时称之为"马御山"；明太祖洪武二十五年（1392年），肃庄王朱楧将"马衔山"辟作避暑山庄；清代称"马寒山"，以"寒山积雪"列入榆中八景；民国年间改称"马衔山"，沿用至今。从小到现在，我们定西人和榆中本地人一直把马衔山叫作"马寒山"，加上有历史佐证，因此我在本文中习惯性地把这座巍巍名山称作马寒山。

  我匆匆地来了，又匆匆地走了。虽然时间仓促，但是收获颇丰。我给您敬了酒，磕了头，朝圣的缘分成熟，心中的夙愿初步实现。可是，我并不为能够乘坐现代化交通工具轻松到达山顶感到高兴，而是觉得有所缺憾。假如以后有机会再来朝拜马寒山，前一晚上我将住在山下农家，第二天起个大早，一步一步，一深一浅，迈着坚定而踏实的脚步，走向山脚，爬向山顶。每一个脚步都是发现，每一瞬间的思考都是虔诚。就像居住各地的藏族朋友那样，不管距离多么遥远，经济条件多么有限，都会把朝拜那尊少年释迦牟尼的铜像作为神圣的目标，于是磕着长头，用身体丈量家乡与拉萨大昭寺的每一寸土地，那份专注，那份执着，那份幸福，那份甜蜜，就是支撑他们镇定前行、不达目的地誓不罢休的巨大力量！再一次朝圣，我的内心将更加宁静，那七百多种植物，我再慢慢辨认；金龙池、大石马、小石马、石棺材，这些民间传说我再细细寻访。

  我走了，一步三回头，没有留下一个小纸片，只带走了山顶的一块小石头。这种石头，山顶分布比较多，质地坚硬，颜色洁白，放在不同角度察看，会出现晶莹的反光。陈校长说，这叫云石。我会珍藏这块云石。

2018 年 6 月 14 日

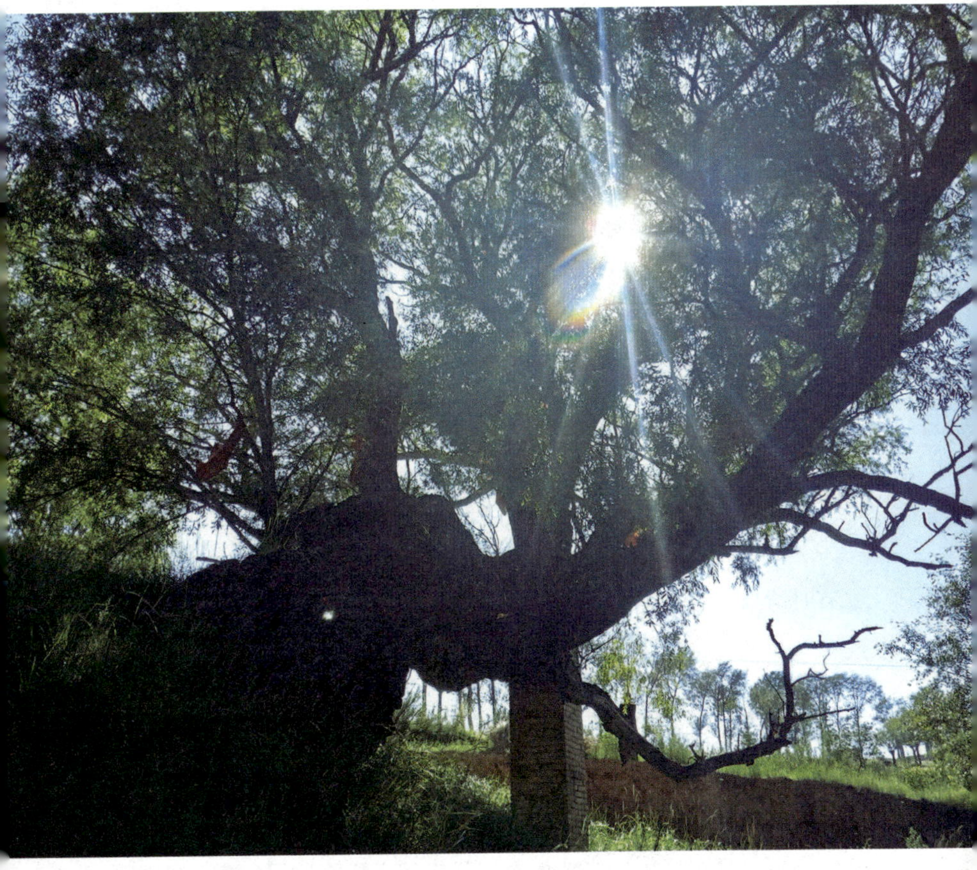

俄大的树①

大,你躺在梁背后那块自己喜欢的肥沃土地里已经整整九年了。你在那边还好吗?

我们大树沟麻地湾宋家沟和尚泉的张家,是从河州(具体是和政县城北的红崖乢)迁移到定西的,时间大概在民国以前。我们把父亲叫大,将大伯父称作大大,二伯父称作阿大,将叔叔们按排行称作几爸几爸。

从你离开我们后,你几乎年年都要进入我的梦中,有时模糊,有时清晰,有时我们共同在做一件事情,你还给我在说着什么。

可是,今年你为什么很少进入我的梦中?

自你走后,我一直想写一篇关于你的文字,题目起了好几个:我的父亲,我的父亲二三事,回忆父亲……内容是记述你有意义的历史,缅怀你拉扯子女的不易,珍惜继承你优良的品德,等等,可是自己都不满意,仿佛找不到我与父亲情感的契合点,也找不

---

①俄,定西方言,意为"我";大,定西方言,意为"父亲"。

到写作的切入点。

每一次回家，从双插牌最高点拐过弯，首先看到的是眼下密密的树林，远处是马寒山。直到今年我情不自禁地写出《朝圣马寒山》《大树沟里人的丹阳节》后，我的思路才越来越清晰，描写你的愿望越来越迫切。

十几天前是你的大侄儿、我的大堂哥去世后的"百日"。对面连家坡姑舅二嫂子过来了，她拄着拐棍，头发花白，她是你的侄女也是你一辈子的挚友加战友郭志江的婆娘，这个女人当年可不是一般的女人，她曾经努力学习毛主席著作的优秀事迹上过《甘肃日报》。我叫她二嫂子，我问他，俄大和我姑舅哥（她男人）一辈子干得最壮（方言中读去声）的事情是啥？她不假思索地说，你大和你姑舅哥干得最壮的事情，就是这一沟里的树！听到这句话，我心里更有底了，因为我思想上回旋了几个月的题目就是"俄大的树"。有了树，我的回忆就有了主题，也就和俄大心灵上有了感应，也就找到了解读俄大的密码和钥匙！

大树沟，应该有大树。多少年来，我孜孜以求证。几年前微信刚兴起的时候我发过几组关于大树沟的风光照片，临洮一位贤弟戏言："大树沟的大树在哪里？"我经过几年的刨根问底，证实大树沟确实有大树，就在连家坡沟底连四爷坟上，有几棵非常大的白杨树，树干多人合抱，树冠蓊荫遮天，只可惜最后被人为地砍掉了。

与鹤立鸡群的大树相比，最可称道的是大树沟的树林，从双插牌往下一沟两坡，栽满了白杨树，这才称得起真正的大树沟，绿树填沟，满坡苍翠，树映人家，绿围庄稼，而这，与俄大有关。

那是1970年，高峰公社有一个绿化项目，有好几个大队小队在争，俄大当时是大队文书，他与大队干部王华、郭志江以大树沟生产队土地广阔、气候湿润的理由据理力争，使这个绿化项目落户大树沟，经过全生产队男女老少的辛勤付出，终于使大树沟梅开二度，呈现出了沟沟岔岔、坡坡岀岀栽满白杨树的壮观景象。有了两坡的白杨树，大树沟才能叫作名副其实的大树沟，虽然树种有些单调，但面积有几百亩。作为一个生产队的集体林场，那在全公社是面积最大、独一无二的。至今，我每次回家，都以我们村有这一片绿色的树林而自豪。冬天，树林里的落叶、枯枝给大树沟里人提供足够家家户户过冬填炕的燃料，让大树沟里人能过上一个温暖的冬天。夏天，那填满沟壑、参天蔽日的满眼绿色，给大树沟里人带来了美丽的绿装和无尽的清凉。

大树沟的这一片白杨树林啊，是麻地湾村的自豪，是高峰的自豪，是定西人的自豪！她曾经给高峰人争了多少的光，又让多少邻村邻近公社的人们羡慕。大，这一沟的白杨树，你倾注了说不清的心血，流下了量不完的汗水。

　　七眼泉高峰公社林场，俄大是第一任护林员。七眼泉梁，既是高峰公社与临洮县漫洼公社的交界处，也是关川河与渭河的分水岭。七眼泉，是渭河上游支流的发源地，三山环绕，形成一个天然的簸箕湾，据传说很早以前这里就有七孔泉水涌出，由此向下，汇集沟沟岔岔的小溪流，最终浩浩荡荡地汇入渭河，为中华民族的母亲河黄河，贡献出力量。

　　那是1977年，由高峰公社党委决策，集全乡之人力物力，搬迁了七眼泉的十几户社员，分散安置在临近的姬家湾、周家窑等生产队，动员了全公社的青壮劳力、机关单位干部、中学学生，经过几年的努力才建成的。由七眼泉梁顶向下俯瞰，三面山坡都被平整成了一台一台的条状梯田，每条台面上栽满了整齐茂密的白杨树。我还清清楚楚记得当年造林的火热场面，各个大队划分了区域，插着标有大队名称的红旗，互相比拼着栽树速度和质量，全公社有官庄、贡马、牌坊、明星、马营滩、红堡子等十几个大队，十几面红旗插满七眼泉的上上下下、左左右右，那个场面和阵势，真的是红旗招展，锣鼓喧天，人山人海。高峰学校也组织了一两百人的造林队伍，由校长带队，汇入热火朝天的造林激流。公社供销社派出了便民小分队，那时候没有汽车，可能是拖拉机或者人力挑担吧，东西很多，有肥皂、毛巾等，品种很多，我只记得筐子里花花绿绿的是上海大白兔奶糖，当然我更钟情的是外面裹着白砂糖、一毛钱能买八颗的大裸糖，我没有足够的钱，只能和几个学生凑上五分钱，买上四颗。那种糖个头较大，大家一人一颗吃了，满嘴的充盈，满嘴的香甜，吃上一颗，回味无穷，力量无穷。

四十年过去了，当年的七眼泉水已经不复当年的旺盛，但满沟郁郁葱葱的苗壮白杨树林证明着当年红红火火的造林盛况，诉说着营造一片几千亩集体林场的壮举、辛劳和高峰人民改造自然、美化家园的万丈豪情。

俄大，就是在林场建成后，成为首批光荣的护林队员的。他们共有四五个人，都是从全公社范围内选拔的，前提是必须热爱林业、勤快、有点儿文化、政治觉悟高、责任心强。他们住在半山腰已搬走的社员的庄子里，用没有拆除的旧房屋做宿舍兼办公室，也用树枝搭了交易的窝棚。护林点有两处，分布在东西两面山坡，为的是便于观察，防止周围社员或者生产队的牲畜钻入树林，啃坏树木。俄大，就住在靠东面的护林站。我的任务当然是按照妈妈的吩咐，隔上几天给俄大送饭。所送的饭，主要有两种：用苞谷面、荞面、黑面做的馍馍，用和茬面擀的疙瘩、青稞面片片子。从大树沟到七眼泉，大概有八九里路，我手里提着馍馍、手擀面，一个人顶着大中午的骄阳，路过传说有迷魂精出没的小湾里的时候，我一点也不敢耽搁，急匆匆不敢左顾右盼，听见后边有一辆自行车的铃铛响，就瑟瑟发抖，躲在泥土公路一边。好不容易到达七眼泉林场东坡护林站，见了俄大，把馍馍袋子放下，才觉得长出一口气，仿佛到了伊甸园。俄大拿出山杏、李子和周围社员送的糜面碗砣子，吃上几口，多少的辛劳、恐惧与抱怨便烟消云散。后来，俄大为了给大哥找媳妇，主动让大哥接替他的

护林员岗位,因为这毕竟是一个出人头地、脱离"二牛抬杠"的"显赫"角色。当时,公社林场护林员每月有十块钱的工资,生产队还给记 10 分(满分就是 10 分)的工分,这足以让不少农家姑娘抬头仰望,仿佛栽下一棵吸引凤凰的梧桐树。我的角色当然是继续送饭,大中午、艳阳天、小湾里的迷魂精、苞谷面的馍馍、青稞面的棋花子……直到我大嫂入了家门。

大,你是多么爱你的儿子,不惜放弃自己已有的尊荣、清闲与体面?!果然,我的嫂嫂,我的大嫂,就来自七眼泉林场山背后的姬家湾。原来,俄大是有私心的,也是有远见的,那就是为了让子女们拥有一个幸福的家,能过上比较如意美满的好日子!

以包产到户为标志的单干,调动了大树沟里所有人种树栽树的积极性。几十年来生产队集体耕种、统一经营的田地被分割成了家家户户单独种植,"自负盈亏"的块块、条条、溜溜责任田。这种"耕者有其田"的最原始发明或者回归,鼓足了广大劳动者的干劲,大家纷纷拉鸡粪、牛粪、羊粪和大粪进入各自的责任田,

41

深耕、除草、播种、施肥，巴不得将一切的心血倾倒在土地上，广袤无私、宽阔无垠的土地当然也极力配合，给予辛劳的子民们以最丰厚的回报，那就是小麦、洋芋、胡麻、大豆等农作物产量的成倍增加。乡民们并不以此为满足，而是将大自然的馈赠运用到极致，那就是将田间地头、埂埂边边、庄前屋后，只要是能与地块、庄廓挨上边的地方，全部栽上树。树种是单一的，不是杨树就是柳树（百分之九十是杨树）。暮春时节，该种的庄稼都种上了，这时候，余下的时光和精力就是选（砍）树枝，剪去树梢，将一大捆树枝泡入大水缸里，或者插进屋后的涝坝中，过上十几天，看到树枝发芽，便栽植到适宜种树的所有地方。一夏炎热一冬寒，到第二年春季，俄大的那些树便同雨后的春笋一样，毛茸茸，蓬蓬勃勃，长满在沟沿上、梁背后、烂磨沟的地边、沟旁、泉畔。这是一次全民自觉自愿的，迸发出积极性、创造性的造林热潮，弥补了以前大树沟集体林场的空白，俄大，是这次造林行动的先行者、受益者、勇敢者，因为，他造的林最多、占的地最广！

后来国家对荒山造林的政策放宽了，允许谁栽种、谁所有。俄大在农活之余，在距离村庄较远、水草丰茂的蕨菜屲栽植了一大片白杨树林。时间大概在20世纪80年代中后期，他那时四十多岁，正是身强力壮、信心十足、一心一意创家业的时候。蕨菜屲在连家坡的前山，左有石门砚，右有洗羊泉和大石嘴，中间是一片开阔舒缓的山坡。这里到庄里有三四公里，许多人家嫌路途遥远，都没有将目光和注意力放在这里。俄大自小吃惯了苦，加上他一辈子爱栽树的情结所致，他毅然决然地从老远的家里背来了树苗，一个人吭哧吭哧地刨刨挖挖，硬是把那一片只有草皮和酸刺的荒坡栽满了白杨树，造就了一片白杨林。而今，那坡白杨树已经有牛腿般粗，完全可以做盖房用的椽子了。

勤劳辛苦的俄大，你的二儿子近年一直在努力探究你的内心世界，追寻你几十年生活的光彩照人之处，特别是你爱树、护树、栽树背后的思想根源、精神动力。

妈妈说，你念的书、识的字来自于20世纪50年代大树沟的扫盲班，"吃了饭，洗了锅，抱上娃娃上冬学，学写学算学唱歌"，当年的夜校老师，有我二舅，还有田宝荣大；一位退休十年的县级干部陈顺录说你给他和当过老师的贠怀文教过书；妈妈说当年大树沟的文化室很红火，你曾写过剧本，剧团工作人员段希文给你做记录，当年大树沟文化室天天都有人来参观，省文化局刘局长参观后高兴地说大树沟文化室就是好，当年大树沟文化室的先进事迹还上过《甘肃日报》；你还当过公社农机厂的会计，多年担任麻地湾大

队的会计、大树沟生产队的队长；你经常在公社舞台上扮演《智取威虎山》中的栾平、《红灯记》里的鸠山，还有群众甲乙，匪兵丙丁等角色；你还修过胡麻岭梁上的公路（定临公路，距离大树沟有七八公里）；你爱看书看报听广播，经常向我要各种报纸和书籍……哦，我的大树沟，那么多的故事，可惜我以前了解得太少太少。

俄大，你那么爱树，对栽树几十年一往情深，一定与你所受的教育、你的经历、你所处的时代与环境有着必然的联系。

我查了资料，是在1956年，毛主席发出了"绿化祖国""实现大地园林化"的号召。中国当时开始了"12年绿化运动"，目标是"在12年内，基本上消灭荒地荒山，在一切宅旁、村旁、路旁、水旁，以及荒地荒山上，即在一切可能的地方，均要按规格种起树来，实行绿化"。看了这段历史记载，我便明白了，大树沟里人，高峰人，还有东岳人，唐家堡人，我走过的定西许多地方，绿树绕庄，苍翠填沟，都是因为踏踏实实贯彻了伟大领袖毛主席和党中央的号召，开展了不折不扣的全民义务植树实践活动。高峰公社有一个有名的造林书记张恒，他从1974年到1985年在高峰任职，发明了"山底穿靴子（沟沟岔岔）、山腰系带子（公路林带）、山顶戴帽子（大面积荒山造林）"的造林创举，有力地推动了高峰的绿化发展，他也因此而担任定西县林业局局长好多年。他的另一个爱好就是唱戏，春节期间、丹阳节期间，高峰必定连着唱几天戏。也许张书记的文化程度不高，但他认准一件好事（种树造林）、持之以恒干下去的果敢毅力与坚忍不拔令人敬佩，他对丰富社员文化生活的主动性、积极性值得好多现在的基层官员学习。俄大,就是生活在那个时代、那个环境中。我们队上有好多人热爱栽树,像姑舅哥郭志江、阿大张殿明,还有郭志远、连克俊、退伍军人张福、李进林等等。他们这一辈人,虽然对栽树没有提高到生态建设的角度、层次去认识,但客观上起到了保护关键、改善生态、美化家园、乡村振兴、建设美丽中国的作用。苏东坡曾说过:"宁可食无肉,不可居无竹。"冯玉祥将军驻守徐州时写过一首闻名的诗:"老冯驻徐州,大树绿油油。谁砍我的树,我砍谁的头。"左宗棠平定内乱、反击侵略经过陕甘时,军旅所过之处,遍植柳树,引得"春风度玉关"。俄的大,普普通通的一个老百姓,仅仅做了一件"多种几棵白杨树,多给放羊娃炎热天乘阴凉"的小事情。

俄的大,你急匆匆地走了,俄没有很好地和你拉过家常,没有亲耳听你完整讲过你的人生,还有俄爷爷、俄太爷的故事;没有请你吃过一顿火锅,就是定西的牛肉面也没有吃过几次;儿子的暖气楼房,你没有住过一个晚上,更没有陪你到定西剧院看过一个本子戏……

你更没有留半点遗言,没有交代身后之事,也没有提醒我们怎样做人做事。

你是一个胆小怕事的人。妈妈说你曾经上过"农大",就是"大跃进"时期县办的农业大学,你上了大约半年,在皋兰县上的。我问妈妈,既然他上过大学,为啥没有吃上皇粮?妈妈说,都是他胆小怕事。

你是一个热情好客的人。家里经常来县上公社的干部,后来经常来我的同事同学朋友,你都是笑脸相迎,笼火泡茶,跑前跑后,和大家打砂锅(方言,饮酒时的一种游戏)喝酒。

你是一个内秀善良的人。从不和别人骂仗打架争高低,你的人际关系很好,没有得罪过一个人。出了庄,问任何上了年纪的人,他们都会说你是一个好人。

你是一个勤劳的人,爱动脑筋的人,积极追求上进的人。筑淤地坝,带头种植当归、党参等中药材,兑换优良品种,致富路上你在拼搏。紧跟形势,关注国内外大事,那年暑假我从兰州师专回家,你问我:"听说深圳(你读作 xun)的改革搞得很好,发展快得很?"

你是一个窝窝囊囊的人。不抱怨,不发火,不打人,不骂人,不发牢骚,不怨天尤人,有了任何委屈自己心里装着、担着、藏着……你唯一求我的就是两样事情:让我给你理发,再就是把单位上的旧报纸给你多带些回来。

俄想解读你的内心世界,但现在只能是臆测和妄断,从你的生活经历,从你所做的每一件事,从别人口中的评论,我可以大体推断,你给我们的嘱咐应该是照顾好我们的老妈妈。给我们的提醒应该是:干公事要认真,一碗饭来得不容易,要珍惜;要夹着尾巴做人,胆子要小一点;要善良待人;要做好事。现在给大汇报的是:我妈妈身体状况很好,还能自己包饺子,做浆水面。你的五个子女、九个孙子生活都正常、平顺。

大,你离开我们九年了。自从你回归大地,喝了孟婆汤,过了奈何桥,在阎王爷那儿你待的时间应该不会太长,按照你在阳间的所作所为衡量和评判,你应该早都超生了。你超生后,肯定还是一个心地善良、勤劳耕耘的好人,好的劳动者,还会一辈子只做有益于大自然和社会的好事。你的忌日快到了,像有些人一样,我给你准备纸做的金碧辉煌的楼房、高档小轿车。有些人给自己的先人买来"小姐"、成堆的"万元大钞",让生前不管贵贱、贫富,是否受到理解和尊重的先人,享受上"帝王"般奢华、潇洒、快活的待遇……这些,你喜欢吗?我知道你不会喜欢,我也不会准备,因为我是一个唯物主义者,知道那样做,丝毫无助于你的超生,也无助于你对后人的"护佑"。我知道,你想听我和你拉家常、讲古今,再讲讲你孙子们的学习、工作和成绩;你想让我们继承你诚实、善良、上进的品质,姊妹兄弟们团结互助友爱,不做有辱于你,有辱于爷爷、太爷的事情,这样,便是对你最好的怀念!可以让你欣慰的是,我也爱树、爱护树、爱栽树,我的QQ和微信昵称"左公柳",就是这一内心价值追求的外在体现。我也会将你的精神讲给身边的朋友,更重要的是讲给你的孙女,让她将这一精神继承下去,因为,我们的血管里流着你的汩汩热血。

陶渊明曾说:"死去何所道,托体同山阿。"俄的大,你的身体也许已经与你生前劳作的土地融为了一体,你的精神我们记下了,并会永远遵守。大树沟的那一片树林,地埂上和庄前屋后的白杨树、杏树、酸果子树、李子树,园子里的牡丹花、芍药花,蕨菜岿的白杨林,你栽种了它们,它们就是你的灵魂转世,就是你的丰碑！

　　哦，俄大坟上的一棵柏树在今年清明的时候被干草引燃的山火烧死了。我和大哥会补栽上一棵，让坟前坟后的两排常绿翠柏陪伴俄的大！

　　心香一瓣，献给生俄养俄教育俄期盼俄有出息的大！

　　伏维尚飨！

戊戌年己未月甲子日

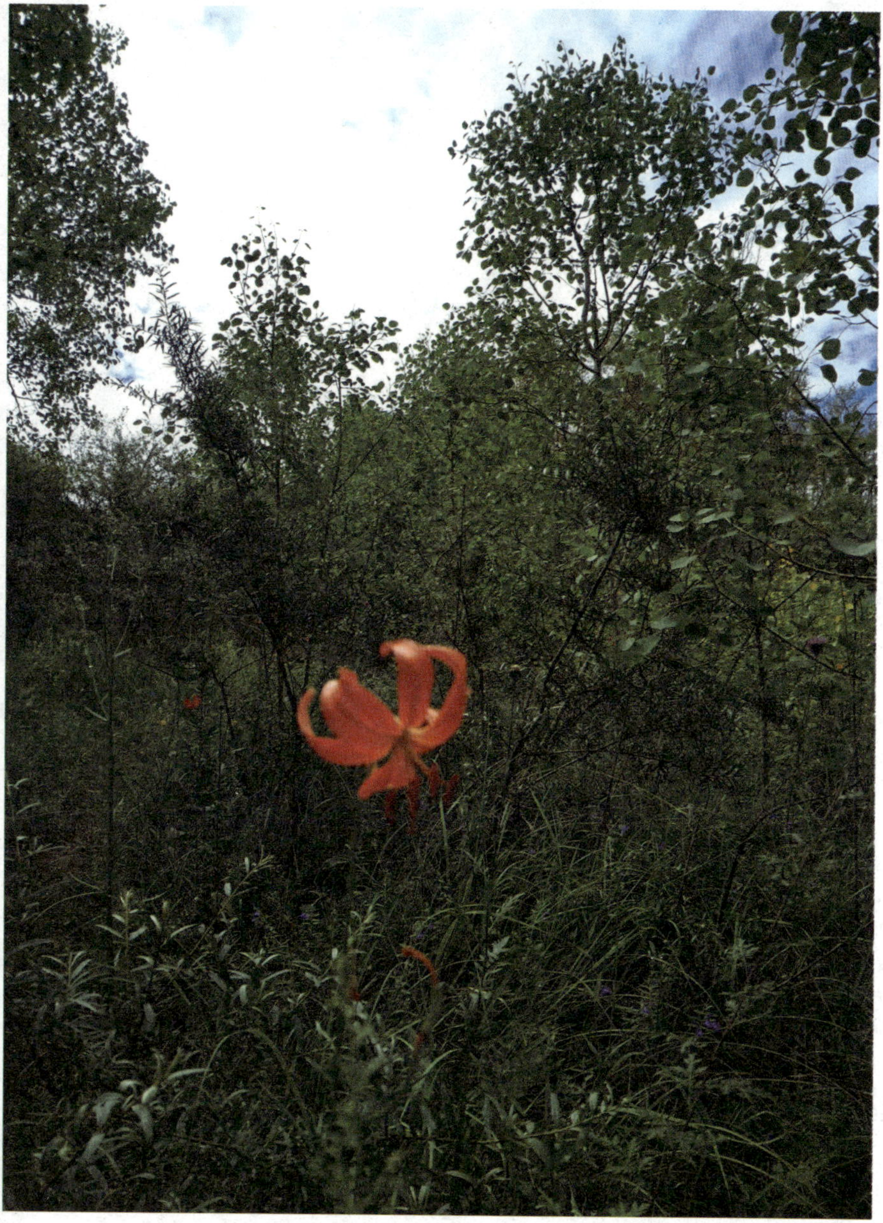

大树沟里人的丹阳节

丹阳节，是乡里人一年中的隆重节日之一。丹阳节，是我们老家大树沟里人的叫法，书本中、城里人，将其叫作端阳节，或者端午节。

农活似乎消停一些了。清明前后，栽瓜点豆。经过了两个多月的发芽、成长，到了仲夏之月，花花草草、各样庄稼也像从一个小娃娃长成了十七八的小伙子、大姑娘，该长的个子都铆足了劲，飚高了，长壮了，绽放出了最饱满的青春气息。从过年到现在，中间虽然有二月二、三月三、四月八等节令，但那都不是一年中的重要日子，既没有好吃好喝，也没有人认真地去在意。可是，丹阳节，那可是马虎不得、必须庆祝，而且要认真对待的节日。

孩子们当然是节日的主角和宠儿。一般来说，学校在这个日子都要放假，那时候既没有各种补习班，也没有来自家长、老师们的过分压力。乡里学校在丹阳节放一天假，那是约定俗成的，也是学生们早就期待着的欢乐之日。

大树沟是一个自然村,由双插牌制高点分岔延伸出的连家坡、大树沟以及大树沟插牌分岔延伸出的大树沟与姬家山三架山和三架山夹着的两条沟组成。我所在的庄子在中间大树沟山的最上面,因此也叫上庄。对面是连家坡,最远处是令人敬畏的马寒山,我们的山背后是梁背后,梁背后对面是姬家梁。大树沟大约有四十来户、两百多人。

到了丹阳节跟前,天气已经开始炎热,而在地势处于安定区(原定西县)最高处的高峰乡,气候也自然是独领风骚了。前一天如果下了一场雨,丹阳节那天清晨的露水肯定是异常丰盛的,如果没有下雨,那里凉爽的气温和潮湿的地理环境所奉献的露水也绝对不会少。早晨太阳还没有从遥远的东面山上爬出来,大树沟的大人们便会吆喝催促着睡眼蒙眬的孩子们赶紧下炕,要是在平时,孩子们没有睡醒的时候,一定会赖炕,但在丹阳节这天,孩子们仿佛注射了兴奋剂,会立即跳下炕的。那时候男孩子几乎都

没有裤衩，没有背心，胡乱地套上褶皱密布的裤子、油汗浸透的汗衫、常年不下身的黑灰棉衣就出门了。

这天第一件事当然是用露水洗脸。据说用丹阳节清晨的露水洗脸，可以清心明目、醒脑提神，让皮肤白净美丽，还有使头发保持油黑光亮的特殊功效。这个习俗，大树沟里人无论走到哪里，都继承着、享受着。麦子已经出穗了，满地的绿色和苗壮；豌豆长得一尺多高，叶子较宽，茎蔓娇嫩，末端还有几层细丝卷儿；洋芋遮住了地名，已经到耘的时候了；甜荞开的是红花，苦荞开的是白花……随便瞅准一种庄稼或者花草，蹲下身子，两手向中间一掬，就有多半把的甘露，由额头到脸蛋，由耳朵到脖颈，由脸部到头顶、后脑，反复地搓，尽情地洗，顿时觉得清凉无比，好似醍醐灌顶，一股浩然之气从丹田弥漫到全身，一种开窍了似的清醒从大脑发散到每一个细胞。美好的一天从享受大自然的甘露开启了。

男人们的罐罐茶今天喝得比较潦草，心不在焉地象征性喝上几盅子，然后去下地干活。无非是拔去麦田里的稗子，扛起锄头耘洋芋。

孩子们怀里揣上几块白面馍馍，手拿羊鞭赶上羊，临走还必须带上铲子和镢头，这些工具是前一天和伙伴们商量好、分头准备的，然后雄赳赳气昂昂地出门了。放羊的地点就在连家坡、大树沟、姬家山三座山的几块固定地方，像蕨菜山、烂磨沟、石门硫、黄鼠沟、白土窑、大屲等，洗羊泉、神仙老奶奶的脚印、石嘴上，距离太远，今天是肯定不去的了。把羊群赶到宽阔的山坡

生活纪实

后，由羊儿们自由行动，挑选着去吃喜欢的嫩草。伙伴们干起了今天惊天动地的大事来。那就是挖榉狸猫（学名松鼠）。漫山的姹紫嫣红，遍地的灌木野草野花。在柔软的索索草、坚硬的石头缝隙中寻找榉狸猫出入的洞口。然后两个人轮换着往深处挖，那个洞子不会太深，一般挖上三尺多深，就会挖出一窝茸毛还没有长全、皮肤发红、眼睛迷离、婴儿似的小榉狸猫的来。挖出榉狸猫的时候，大家会欣喜若狂，那是丹阳节的最大礼物，是最有成就的劳动成果，比在学校里获得满分还要高兴。因为第二天在教室里，来自麻地湾、贡马、官庄、牌坊、葛家寨、窑儿湾的男娃娃们都会从袖筒里、衣袋里掏出各自挖出的榉狸猫比较、交换、炫耀，那种把榉狸猫带在身上，放在书包里，天天与榉狸猫一起生活、互相做伴的日子要持续几个月，直到榉狸猫长出漂亮的长尾巴，开始咬人，再不百依百顺地听任我们侍弄，我们不得不把它们放归田野，放回属于它们的天堂为止。要是不巧，从小洞子里挖出长虫来，那将会被吓得半死，半天缓不过劲，紧张的心理会延续好多天，以

53

后看见草绳都后退几步。将红滋滋的榉狸猫娃娃仔细地装入棉衣的插插（方言，意为口袋），算是今天的大功告成，然后才有心情干别的事。

　　折蕨菜。蕨菜在蕨菜岘最多，在其他山山坡坡上都有。这个时候，蕨菜刚透出地面一寸多长，头部像婴儿的小手攥在一起，胖乎乎的，还浮着一层微黄色的绒毛。茎干很嫩，一折就断。我们出门都提着堰子，拾下的牛粪、折下的蕨菜、挖榉狸猫的铲子，都放在筐筐里了。

　　马莲花一簇一簇，片片茎叶有粗筷子一样宽，根部紧紧地依偎在一起，然后向上自然散开，中间是艳丽的花朵，蕨菜岘还有别的山坡上马莲是大片成长的，那里就成为马莲滩。狗蹄子花在相对较干的坡上生长，细长的茎干上支撑着硕大的花骨朵，我们还会用狗蹄子花编成一个花环，戴在头上当帽子。各种带刺的灌木品种较多，酸刺，酸溜溜，油点点，一不小心就会剐破裤子，要是刮破屁股后面，那就羞羞的了。带刺的植物长得蓬蓬勃勃，密不透风，虽然粗

粝，但却忠厚老实地守护着各种各样的花朵，花儿在缝隙间绽放，松鼠在树枝间跳跃，蝴蝶在刺丛中跳舞。马齿苋也开出漂亮的花，仙麻草会偷袭我们半裸着的黑腿，青芨、丹参、黑婆娘（学名地榆）千姿百态，尽展风采。朴子（学名野草莓）长满沟沟坡坡，地埂上，泉水边，石门硫和烂磨沟的莓子（学名山莓，和草莓明显不同，长在一种多年生木本植物上，果实形状像圆顶蘑菇，由颗粒组成，味道酸甜）是最香甜的，在丹阳节它还是白色的小伞盖。最美丽的簪簪花（学名野百合），它往往开在让人难以企及的地方，超凡脱俗，鹤立鸡群，叶子比人工种植的瘦小，花瓣五片，向下蜷曲，瓣瓣硬朗、娇艳，花蕊向上，黄色的花粉衬托得红色的簪簪花更加突出，醉人。

花朵是世界上最美丽的事物，蜜蜂是最能欣赏美丽的精灵。她是花的知音，花的伯乐，花的伙伴，花的鉴赏者，花的精华的采撷者，人间珍品的创造者。百合花、马莲花、狗蹄子花、蓝雀花、田旋花、香薷花……高大的，娇小的，单个的，丛生的，高贵的，普通不知名的，形形色色，林林总总，只要是花儿，蜜蜂都会光顾，辛勤奔波，拼命吸吮那花朵的蕊粉。嗡嗡嗡，嗡嗡嗡，蜜蜂翅膀扇动的轰鸣声响彻山谷，与蝉的鸣叫遥相呼应。

如果前一天下了雨，山坡草窠间还会有马皮泡（学名灰包），白色滚圆，和农村的大馍馍一样大。还有各种小蘑菇。

累了，乏了。赶着吃饱了草儿的羊群回家。

丹阳节的女人们是最辛苦的，因为要为全家人准备最受期盼、最为隆重的丹阳节午饭。韭菜，是自家园子里割来的；鸡蛋，是庄前屋后、附近的树林子里奔跑、吃小虫、吃粮食的鸡下的蛋；腊肉，是年前腊月里杀的年猪。杀年猪时，一般会专门留上两三块五花肉，在肉的表面抹上厚厚的一层盐和花椒，用麻绳子穿起来悬挂在房檐下，经过冬天的冷冻、春天的发酵和夏天的暴晒，到丹阳节这天，也就正式登场了。

韭菜炒鸡蛋，蛋黄和蛋白糯嫩又有质感。

韭菜炒腊肉，瘦肉几乎成了肉干，特别耐嚼，嚼在口里舍不得咽下，咀嚼半天不得不咽下的时候，咕噜一声很响亮，还带下去了好多口水；以前的肥肉炒出来以后变得透明、清亮，没有一丁点的油腻，滑滑的，柔柔的。

洋芋粉、豆粉儆出来的凉粉，白亮，柔软，切成长短、宽窄适宜的长条，浇上炝好的浆水，调上绿色的韭花、红色的油泼辣椒，那口感也是丝绸般的滑溜。

甜醅子，是莜麦做的，发酵充分，汁水半溢，舀上半碗甜醅子，兑上半碗凉开水，搅匀了，先美美地喝上半碗甜醅子水，再慢慢地、一口一口地吃完甜醅子颗粒，大半天的辛劳过后，这是犒劳的先奏曲。

还有韭饼，鲜嫩的韭菜切成小段，和上各种调料搅匀成馅，圆形的面皮上撒上厚厚的韭菜馅料，对折起来，就成半圆形的韭饼了。锅烧得很热了，沿着锅坡，用瓷调羹舀上几勺清油泼下，锅里立刻响起"哧溜"的声音，将包好的韭饼放入油锅，翻烙三遍，香气立刻弥漫厨房，飘到院子里。

擀了大半天的长面细细的、长长的，可以用来做凉面，也可以用来做臊子面。

肚子空了半天了，肚皮从过完年后好久没有填充过油和肉，口里的滋味很淡很淡了。来吧，在厅房里放上炕桌子，将所有的美味端上来，爷爷奶奶坐在炕桌子最后面，那里是上席，爸爸妈妈坐在左右两边，他们盘腿坐在炕上，大哥与嫂子跨在炕沿边上，其他姐姐哥哥弟弟妹妹们站在地下，男女老少一起美美地吃，饱饱地吃，一大家子人以炕桌子为中心，围坐在一起，吃着，喝着，聊着，笑着，给长辈碗里添菜，给娃娃们碗里加饭，大家过一个团圆、祥和、喜庆、知足、幸福，美得很的丹阳节！吃饱了，喝胀了，和富汉家的娃娃一样了。

货郎担在前几天就出现了，销得最快、最多，最受欢迎的是各色彩线。红的，绿的，黄的，七色的花线都买上一些，给娃娃们手腕上系一条彩线手镯。耳朵上抹上雄黄，可以在放羊、挖药材的时候防止长虫咬伤。条件好的家庭会自己缝制蝴蝶形的香包，佩戴在身上；还有艾虎，缝在衣服的肩头。

……

大树沟里人的丹阳节，贫穷但欢乐幸福的丹阳节，让人惦记着、回味着、难以忘却的丹阳节。

走出大树沟已经很多年。以前怕别人瞧不起自己，怕别人说定西贫困、甘肃落后，自己只要出外，都要把自己高峰人的身份说成是"内官人"、把定西人说成是兰州人、把甘肃人说成是陕西人或者山东人，而现在我可以坦坦荡荡地说自己就是大树沟里人，是农民的后代，是乡旮旯里走出来的人。

现在不管到全国哪个地方，我都敢理直气壮地说自己是甘肃人、是定西人、是高峰人、是大树沟里人。

假设以后有机会到了国外，我也会大大方方、自信满满地说自己是中国人。

贫穷和落后不是耻辱，自己的农民、农村、山区出身也不是罪过。

我最近常常在思考大学时期的那个原始问题：人为什么活着？也在寻求"人从哪里来，又到哪里去"的最基本答案。

我可以告诉所有的朋友们，我从大树沟里来，到该去的地方去。我找到了答案。

《礼记·月令》中讲道："是月也，日长至，阴阳争，死生分，君子斋戒，处必掩身，毋躁。止声色，毋或进。薄滋味，毋致和。节嗜欲，定心气。……半夏生，木堇荣。"又说："是月也，毋用火南方。可以居高明，可以远眺望，可以升山陵，可以处台榭。"

明天就是丹阳节了，各位朋友们，想必家家户户的大门上早都插好了芬芳宜人的香柳。

戊戌年戊午月庚辰日即兴

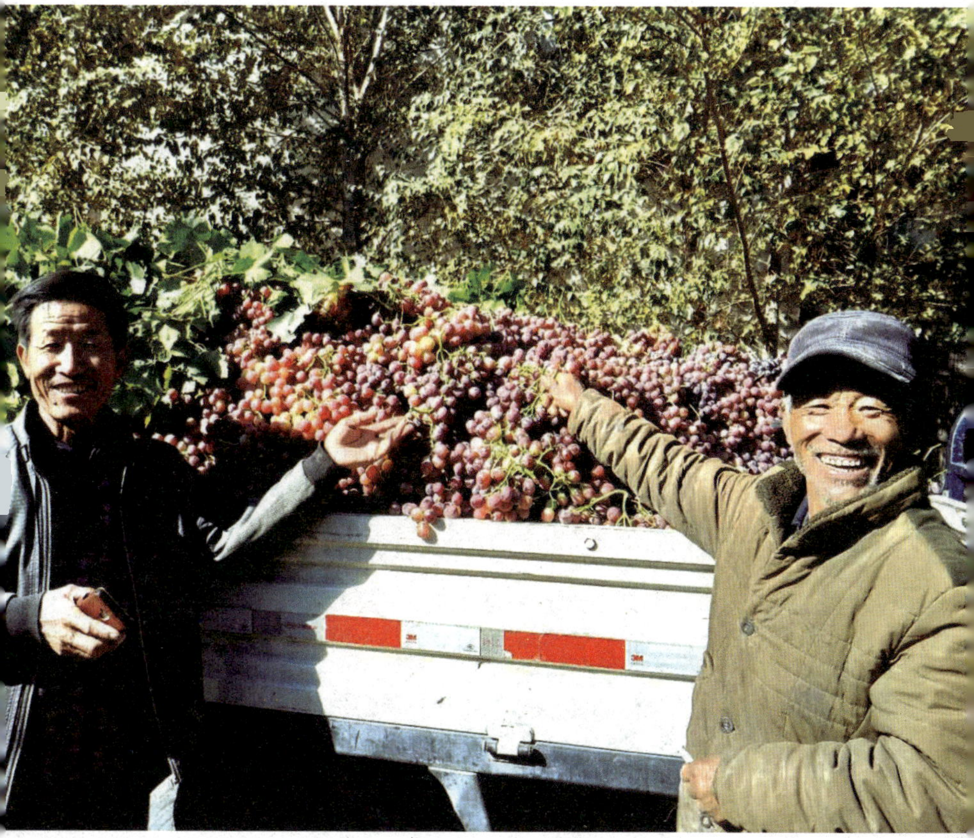

敦煌的定西亲亲们

（外二章）

敦煌，在所有中国人的心目中，是神圣的、受人仰慕的。作为一个甘肃人，如果没有到过敦煌，一定会被外地人用诧异的目光审视！

一千两百公里的路程，两个挚友轮换驾车，早五点半从安宁专家楼出发，下午五点半到达敦煌市区。一路向西狂奔，一路高速驰骋，就因为心中对敦煌充满了向往。然而，此行并不是以宗教徒般虔诚的心去朝圣驰名中外的莫高窟，更不是到鸣沙山骑着骆驼去探险，而是去给定西的亲亲——我的三姨娘烧纸，给她献上一块定西最好的点心，带去外甥愧疚而真诚的心意。

敦煌的三姨娘是我妈的三妹妹，原籍定西县（现安定区）高峰乡城门寨村，小地名叫东坡上。小时候，每一年的春节，或者丹阳、八月十五等节令，我都会跟着父母、大哥、姐姐去三姨娘家走动。穿过大树沟的插牌，走过葛家寨的小湾里，下了城门寨的陡坡，爬上一面山坡，就到了三姨娘的家——东坡上。三姨父很温和，三姨娘很善良，每一次都拿出最好的饭菜招呼我们，有油馍馍、油饼、臊子面，我现在仍记忆犹新。三姨娘没有生育儿子，只有两个女儿，一个是我的表姐，一个是我的表妹，他们两个都是聪明伶俐的孩子，后来听说三姨父的侄儿牛宝过继给了三姨父和三姨娘当儿子，那么牛宝自然而然就成了我们的至亲表弟。

我由于忙着上学和工作，后来就很少见到他们一家，只听说表姐姚桂珍、表妹姚金莲都去了敦煌，三姨父三姨娘也跟着侄儿牛宝（我不记得他的官名了，只记得小的时候有一个很精干、内秀的小伙子，名叫牛宝）去了敦煌。

几十年岁月沧桑，多少年音信不通，想必身在敦煌的亲亲们身康体健，五谷丰登，子孙兴旺，万事如意吧。

大约八九年前的一天，我去高峰大树沟老家，三姨父和三姨娘在我们家，他们是从敦煌来的，这是他们去敦煌十几年之后的第一次省亲。三姨父说他身体不太好，但是三姨父和三姨娘的心情好像很不错，回忆了许多往事，讲述了好多他们在敦煌的经历，依稀记得妈妈说这一次是三姨父自己觉得从敦煌到定西来一趟确实不容易，加之身体欠佳，是"断（定西人读作 tuan）路"来的。在定西的风俗中，"断路"就是最后一次看望最亲最亲的人，是人生的最后之旅、告别之行。我诚恳地邀请三姨父到定西来的时候，一定到我们家做客，我请他吃一碗定西的牛肉面。然而，最终他没有到我们家里来，也许是他认为面已经见了，也许是怕打扰我们。果然是"断路"之行，三姨父返回敦煌后大概一两年，就一语成谶，撒手人世，永远长眠在远离家乡的敦煌荒漠戈壁滩了。

去年三姨娘因车祸卧床半年，最后一病不起，接着也去世了。得到消息后，尕姨娘的儿子陈普连夜赶到兰州，坐早上第一班动车到柳园，换乘汽车，第一时间到了敦煌。我是第二天知道消息的，急急忙忙查询火车车次，看到当天下午有三趟兰州到敦煌的火车，都是夜行晨达，时间非常合适。但是爱人牙龈发炎，半个脸肿得老高，这时我犹豫了，最后选择了关顾眼前，陪爱人去市医院检查，医生说需要做手术切开牙龈排脓，所以，对远方的亲亲，我只能让表弟代为表达心意了。虽然是迫于无奈，我总是觉得对不起从小关心我们的姨娘姨父，特别是对不起表姐表妹。

三姨娘的一周年忌日快到了，刚开始我记错了日期，以为是10月2日，后来和表姐一核实，才知道是农历九月初二、阳历10月11日。去一趟敦煌，给姨娘烧个纸，到姨父的坟头上去看看，这是我的心愿。心愿，是一种承诺，既可以给活着的人承诺，也可以给亡去的人承诺，既然是一种承诺，就必须兑现，这是我一辈子做人的原则。许了心愿，就去实现。

表妹在位于敦煌市区的她家楼下等候。她们家的晚饭非常丰盛，吃的是火锅，菜品重重叠叠，花花绿绿。多少年前孤单的姊妹俩人，现在是家族和谐，子孙繁茂。表姐姚桂珍领着姐夫王国智、二儿子王刚、大儿媳、孙子；表妹姚金莲领着妹夫——会宁人李永乾、女儿、孙子……加上未在场的牛宝（表弟）一家，和表姐妹的子女，算来算去，三姨父三姨娘一家，已经由当年的五人（包括姨父姨娘），发展到现在有十五人（不包括去世了的姨父姨娘）的大家族了！

灵堂设在三姨父三姨娘的侄儿牛宝家。没有遗像，只有香炉和供着水果、饭菜的主桌。上一炷香，烧几张香表，奠几滴水酒，磕三个头，算是看望嫡亲的亲亲来了！心里叫一声姨父姨娘，算是道个歉、了个愿，也算是给表姐表妹送来定西亲亲的问候来了。

皮卡车颠颠簸簸、摇摇晃晃十几分钟才到达三姨父三姨娘的坟地。这里是一望无际的荒漠滩，长着一撮撮、一簇簇的白刺芽、骆驼蓬、芨芨草；最多的是大片的芦苇草，时间已经是十月中旬，寒风渐起，芦叶金黄，芦穗飘荡，附近不见村庄、耕地与人群。两座坟头，靠着低矮的沙坡，算是有了一点点"靠山"，远处是祁连山，坚硬，刚毅，与定西的黄土山是两个世界，两种风格！仪式自然是由姨父姨娘的侄儿牛宝主持，和定西传统的丧仪如出一辙。点燃了香表、纸钱，献上几片面包、桃酥、水果，在后土上叩头燃香，几声呜咽，几舌火苗，几缕青烟，一大群孝子们叩头之后，我的姨父姨娘的肉体便永远地留在敦煌了，成为敦煌的人，敦煌的鬼，与他们出生的定西永远告别了！相隔几千里的路程，以后只有他们的灵魂，才能到生活了几十年的定西，看望自己的爷爷奶奶、大大妈妈，以及祖先们了！此时此刻，我的内心异常纠结，分外感慨，不知是喜，还是惆怅！

定西向敦煌、向河西的移民始于20世纪80年代。主要方式有打工定居、婚姻定居、投亲靠友。大规模的移民是政府主导的"兴河西之利，济定西之贫"的有效举措，也是定西地区"水路"（水利工程，搞灌溉）、"旱路"（修梯田打水窖）之外的"另找出路"的主要方式。据新华出版社《"三西"扶贫记》一书记载，在整个国家"三西"建设期间（1983年至2013年），定西、天水、白银、临夏等地县向河西走廊地区的各县共移民二十多万人，其中政府组织的有十五万人，投亲靠友等形式进行的自发移民有几万人；甘肃省累计移民九十四万七千八百人。移民高峰期，就是20世纪八九十年代。我的姨父一家，就是80年代末到90年代初期的时候，先是投亲靠友，后是通过政府组织，才全家上来敦煌的。

到敦煌的第二天上午我们一行去吃早饭，在一家名为"党记驴肉黄面"的馆子里，我们要了四碗敦煌特色面食——驴肉黄面。精明强干的女老板一口地道的天水话，聪明伶俐的小服务员满口的正宗岷县方音，我一问，确实如此。后来来了一位中年女客人，一直听我们在用定西的方言土语说着来敦煌的感受。后来她情不自禁地说，你们是不是定西人，我们说是。当时她感觉很亲切，说她是定西石峡湾人，娘家在白碌乡拽碾村，嫁到了石峡湾清水村张沟队杜家。我们邀请她跟我们坐到一起聊天，她愉快地过来了。吃完后她要为我们付账，我们说已经结过账了。我请她给我们带路去定西村的表弟牛宝家，她非常高兴，说今天刚好不太忙，愿意给我们带路。本来我和表姐姚桂珍、表妹姚金莲约好十点半在万盛广场路口汇合的，有了新的向导，我们便在"向导"的热情导航下，去往定西村。

这位热情的"向导"叫谢映芳，对我们毫无戒备，见到老乡就像见到了久违的亲人，虽然我们是第一次见面，但她的话匣子一经打开，便侃侃而谈，给我们讲述了她自己、还有好多定西人在敦煌的奋斗历史。她说敦煌有个村子叫"定西村"，敦煌市的出租车司机问顾客"去哪里"，只要听客人说"定西"，那自然不会有错，司机就会顺顺溜溜地将客人送到定西村。定西村，属于转渠口镇，距离敦煌市区十来公里。现在有七个社，两千多人。居民主要来自当时的定西县。

从市区出发，拐过转渠口镇，一直向东，全部是柏油马路，道旁高高的钻天杨排列得整整齐齐；耕地平展展望不到头，如果不是挺拔的白杨树在地畔像"井"字样相隔，那会是怎样的巨大地块？那是沟沟岔岔密布、出门进门不是山坡就是洼地的定西山区无法比拟的。沿着杨树掩映的柏油路行驶，这位女老乡给我们讲述了她家安扎敦煌的过程。

她原是定西县县乡道路管理站的一名正式职工，和靠天吃饭、胼手胝足的乡亲们相比，她的条件应该是比较好的。但是她不甘心在山大沟深的村子里过无想无望、没有尽头的日子，在移民敦煌的高峰时期，她坚决地要求去敦煌。当时亲房伙子里（方言，意为同一个家族里）有个长辈嘲笑她

说："敦煌人苦便宜着等你们吃去哩?!"定西县的北乡葛家岔、石峡湾、新集一带山大沟深，几乎年年干旱，一年苦出头，有时候连籽种都收不回来。她下定决心，不畏人言，义无反顾地移民敦煌，并且内心立下誓言，如果在敦煌立不住脚，就上新疆谋生路。敦煌当地政府给他们这些定西来的外来户划了庄廓，分了耕地。他们就此安营扎寨，日出而作，汗珠子八瓣似的掉在地上，开始创家业了。起初的确是艰辛的。因为没有地方住，有的暂住亲戚朋友和以前的老乡邻居家，有的租住敦煌老户宽裕闲置的房子，有了落脚点，远方飞来的倦鸟，总算是有了栖身的地方。可是有好多人耐不住辛苦，看不到前途，经受不起"金窝银窝，不如自己的狗窝"和"穷家难舍，故土难离"的"诱惑"，又返回原籍了。而更多坚持下来的人们，凭着吃苦耐劳的精神，靠着长期积累的知识技术，像定西大地上耐寒耐旱的柠条一样，顽强地生存下来了，并且生活得越来越好，越来越兴旺。谢映芳就是这样，她还叫来了自己的兄弟姐妹到敦煌安居。我的表姐姚桂珍、表妹姚金莲、表弟牛宝也是坚持下来的坚定分子代表。

敦煌这个地方，表面上看是广阔荒凉的戈壁滩，一旦有了水，昔日的戈壁滩就变成了米粮川。政府帮他们引来了党河的水，加上自己的汗水，一份辛劳就有了几倍甚至十倍的收获。盖房子，越盖越时髦，土坯房变成了水泥楼板房；抓产业，由习惯种洋芋、小麦的大手粗掌，变成了搭葡萄架、培育棉花、种植瓜果的行家里手。自家地里的活儿干完了，本地人是享清闲去了，而定西移民常给当地人摘棉花、摘葡萄，这样又可以多一份收入。

几十年过去了，谢映芳一家经历了从种植养殖到专业化服务的发展之路，目前在敦煌市，她的史丹利化肥连锁店发展到十四家，在敦煌市区她就有四套楼房，汽车也有两辆，儿子有两个经营店面，女儿有自己的事业，现在他们一家在敦煌家大业大，已经是"八匹马也拉不到定西"了。

谢映芳一年要去几次定西老家看望双方的老人，许多当年熬不下来的人和嘲笑她的长辈都说这娃娃有出息。

听着谢映芳充满自豪的讲述，我们到了"定西村"七队，水泥街道的两旁是规划整齐、风格相近的别墅式住宅，家家门前杨柳依依，花草环绕，红门大檐。进得门来，房屋四五间，用的是自来水，烧的是液化气，家具家电齐全，字画壁上挂，室内人气旺。屋后是较开阔的地块，可以当花园，也可以搞养殖。想必定西村家家户户的情况大体相似。

在路过定西村一社的街道上，我们碰见两个老乡正在往货车上装葡萄，他们说这是最后一茬葡萄，要交给葡萄酒厂做酒。我让他们两个人站在车的旁边，给他们拍照，他们欣然答应，脸上洋溢着幸福的笑容。后来谢映芳说这两个人她认识，就是高峰人。

从敦煌市区往定西村走的路上，我们看到了连片的棉花地，植株有一米左右，枝干像葡萄藤，然而枝枝向上，粗壮有力。我是第一次见到棉花的本来模样，洁白的棉团像团团白云漂浮，挂满枝枝杈杈。以前定西市政府和兰州铁路局每年九月、十月间，都要组织拾棉工乘专列去新疆、敦煌摘棉花。他们戴上手套，替种植面积较大、忙不过来的人家（或农场）摘下一朵一朵的洁白棉花，然后换回崭新的钞票。农家（或农场）收获的大量白花花的棉花交给现代化流水线后变为千家万户必不可少的棉衣、棉被、衣服、日用品。

从三姨父三姨娘坟地回来的时候，我看到了牛宝家的棉花地，还有葡萄架，收获旺季已过，还剩最后的果实等待主人的爱怜、采撷。

返回途中，在玉门市区，我看望了20世纪80年代嫁在玉门市赤金镇新民村的大姨娘的二女儿郭桂芳，她的娘家在定西县内官营镇锦花沟村。二表姐说，当年的农活实在是干不下场（方言，意为苦得干不下去），地都是坡坡地，靠着人力给地里拉粪，跪着趴着除草拔麦子，一年到头苦不完，吃不饱，实在是苦怕了。她目前在玉门城里帮儿子带小孩儿。两个女儿都嫁给了本地人，儿媳妇也是玉门本地人。

我和挚友、一位大学教授，分别与牛宝划了二十四拳，每一杯都是满满的，每一杯都没有让别人代替，牛宝明显有了醉意，但还是执意挽留我们再坐一会儿，休息一会儿再划几拳，殷殷惜别意，写在憨厚脸……

敦煌市转渠口镇还有秦安村、阶州村、漳县村，高台县骆驼城也有定西移民点，酒泉夹边沟也有武山的移民……

感谢广袤的河西大地，容留了大批的中部移民；大批以定西人为代表的十八个中部干旱县的移民，开垦了荒滩，促进了当地经济发展，带动了教育文化事业的繁荣，可以说他们的移民经历，和历史上饥寒交迫、备受歧视、被动迁徙的移民生活经历，有着本质的不同。他们是新时代河西建设的拓荒者，扶贫和小康路上勇敢前行的探索者、创造者！看着他们现在幸福美满、安乐健康、笑容灿烂的样子，我们真是羡慕，并为此献上更多的祝愿和祝福！

敦煌的定西亲亲们的长辈们陆陆续续长眠于河西大地，和我们平辈的表亲兄妹们、弟兄姊妹们安逸地当了爷爷奶奶，他们的子女们一般娶嫁了本土女子本土男人，自己的定西乡音明显淡化了，已经完完全全融入当地，成了实实在在的敦煌人、玉门人、高台人了，他们叫我们"姑舅爸""姑舅妈"……但是他们骨子里流淌的是定西人的血，我们是亲亲，血脉贯通的亲亲！

古谚语云："一出嘉峪关，两眼泪不干；往前看，戈壁滩，往后看，鬼门关。"这句话充满了无限的凄凉与悲观。但是新一代的定西移民，却是生活富裕安康，日子蒸蒸日上，只要想回定西老家，每天都可以坐朝发夕至的动车，想走就走，想来就来。

一代伟人、开国领袖毛泽东同志说过："埋骨何须桑梓地，人生无处不青山。"定西的亲亲们，你们就像生命力旺盛、意志坚强的种子，只要哪里适合生存，就在哪里把家安，把根扎，哪怕是天涯海角。

敦煌的亲亲们，咱们一辈要常来常往，要教育咱们的后辈们，也要常来常往，咱们的血缘关系亲着哩，咱们是亲亲。

三姨父三姨娘安息吧！

敦煌的亲亲们安好，定西的亲亲盼望着你们，热烈地欢迎你们和你们的子孙来老家看看定西的亲亲们。

夹边沟哀思

夹边沟是酒泉市三墩镇的一个村。但是这个村的名气远远超出了三墩镇。

从地图上看，夹边沟就在酒泉市东北面，鸳鸯湖水库南面，长城遗址就在该村经过。

我们怀着复杂的心情前往夹边沟。从酒泉市出口下高速，有高德地图引导，我们毫不费力地找到了距离酒泉市区三十多公里的夹边沟村委会，还有村保健室等。沿路阡陌纵横，水渠交织，白杨成网，是标准的绿洲农业区。在村委会路边向当地两个农民打听，他们说继续往前走就能看见"夹边沟林场"的路标，往那个方向走，就到了。我们顺利找到了夹边沟林场，公路右侧是高大的新疆钻天杨，左侧是一排砖土混合的平房，前面是一片较大的广场。有一个妇女在晒摊在水泥地上的玉米，后面有一个水泥茶几，两个老年人闲坐在茶几旁边聊天。我们向那个妇女问路，但她半天没有反应，我们问左边头发花白的一个男同志，他说往来的方向折回，有一条小路，步行上去就到了。

我们没有听从他的话步行，而是开着越野车，找到林场围墙边缘的土路往里走，在林场后面一排不太规整的平房后面，我们找到了窑洞，找到了沙丘旁边成排的窑洞，也就是此行的目的地——夹边沟农场"右派"们生活过的窑洞。

这里是巴丹吉林沙漠的边缘。让人惊奇的是，应该以大风扬沙、沙石滚动为主要景象的地方，还出现了有一定高度和落差的低矮土山。正因为如此，一排排的窑洞才能在结构相对稳定的土质山坡上挖掘、探进、加固，并成为供人住宿和生活的场所，从而避免寒风刺骨、狂沙掩埋。

在一片山坳里，被好心人用铁丝网围着的地方，我们找到了一排保存比较完整的窑洞。深约五六米，高约两米，穹隆形的顶子。窑洞内有杂物和烧纸的余烬。哦，当年因种种"右派"言论在此进行改造的大批教师、大夫、记者编辑、机关干部，原来在此日出而作、日落而息。

猛一抬头，发现这儿的窑洞是双层的，我们踩着疏松的沙土爬上去，在隔着下面五六米的地方，又开挖了一眼略小的窑洞，只是窑洞们被沙土湮没，洞口狭小，须弓着身子才能看清里面久无人烟的潮湿、鸟鼠踪迹。

在山坡的最高端，我们眺望东面的林场，掩映在白杨树丛中，建筑物隐隐约约，没有高大的楼房，仿佛还是以前的几排砖瓦房，林场前面的公路随着白杨林伸向远方。

转过身向西，沙丘无边无际，植被稀少，一片灰白色，只有巨大的高压铁塔耸立荒漠，证明着这里与外界存在着密不可分的逻辑关系。

"二层窑洞"左侧的低洼处，有两个太阳能念佛机，声音舒缓，"阿弥陀佛"的音调不绝如缕，密密绵绵，无日无夜，无冬无夏，常年在回绕着纪念者、好心人的祈祷、祝愿与超度！

转过另一个"小山头"，赫然发现又一片窑洞。六七眼排列在一起，只是岁月和风沙双重作用下，窑洞门更加狭窄、低矮，窑洞内更加阴暗。

山后的坡地上长着沙漠地带独有的骆驼蓬、盐茎草、白刺。靠近林场附近有一块开阔沙地，有一个农民在晒红辣椒，规模很大，鲜红、艳丽、热烈，香辣！

沙枣树遍布道路旁边和村庄周围，树上的小红果实缀满枝头，这是劳动者改造大自然、大自然回馈劳动者的最佳证明。

我手头有两本反映夹边沟的书籍，一本是杨显惠的《夹边沟记事》，另一本是邢同义的《恍若隔世——回眸夹边沟》。我们仅仅是按图索骥，凭吊在夹边沟农场挨了饥饿、受了风寒的书中主人公们。他们为了开发河西，辛苦了！

纪念的最好方式是知足。我们为有今天的幸福生活而知足。

纪念的最好传承是感恩。感谢中国共产党勇于纠错、正确领导，始终代表最广大人民群众的利益，带领中国人民实现伟大的中国梦，也是老百姓自己的梦。

纪念的最好做法是创造，是奉献。我们要感谢生活在这个新时代，更要砥砺品质，增长才干，团结同志，善待亲朋，发挥出最大的聪明才智，做一个善良的、对社会有贡献的人。

河西畅想

乌鞘岭（李德贻在《北草地旅行记》中将其称作乌骚岭，"四十五里镇边驿。上山三十里，有古浪、平番分界碑，过此即乌骚岭，时有怪风冰雹，虽盛夏亦不能免。"）到玉门关，北面是龙首山、合黎山等山脉，南面是祁连山脉，两边相夹，绵延约一千公里的狭长地带，就是举世闻名的河西走廊。

说起河西走廊，不能不说祁连山。它们都是甘肃的名片，陇原的瑰宝。祁连山与河西走廊，是孪生的兄弟，并开的莲花。

祁连山，绵延千里，广袤无边；巍峨高大，峻峭挺拔；石质坚硬，刀削斧劈；白雪皑皑，卓尔不群。它不同于黄土丘陵的平庸，有别于江南五岭的翠绿。

祁连山，是甘肃的神山。它孕育了绿洲，生发了走廊，是甘肃的命脉，西北的天然屏障。"失我焉支山，令我妇女无颜色；失我祁连山，使我六畜不蕃息。"千古的咏叹，衬托出祁连山在军事国

防、经济文化、生态自然各个方面无与伦比的战略价值。

我感叹于汉武大帝的雄才大略,河西四郡的设立,沟通了中原,王化于西域!我敬佩于张骞班超玄奘,仰望于去病卫青文襄……铮铮铁骨,远播文明,家国天下,志在中华,扬我神威,赫赫功勋!

甘肃由来,张掖酒泉。金银铜铁,肃凉丹台。河西之利,济我陇中。祁连乳汁,润我陇原。

河西汉子,辈辈人杰。马援伏波,华夏脊梁……
……

戊戌年壬戌月己丑日于定西

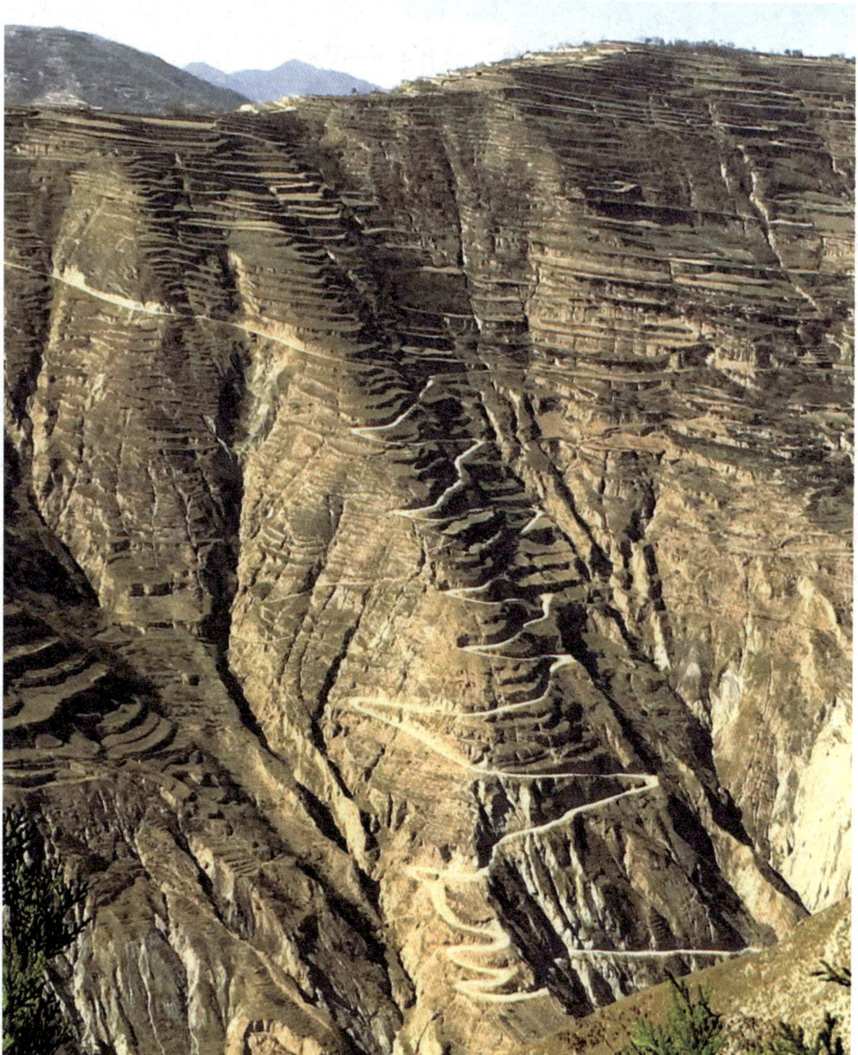

哦，我的定西

定西，生我养我的家乡。

应该说，对于定西，我是心情复杂，爱恨交加。

我曾经把她当作跳板，期盼着跳出定西，就像当年跳出"农门"一样迫不及待，急切地想和她告别，奔向那遥不可知然而魅力无穷的远方，去实现那青春的畅想与火热的理想。畅想是什么，理想是什么，远方是哪里，是深圳，是省城，抑或是熙熙攘攘的上海、北京，也许是，也许又不是，最终，我只能与我的定西同呼吸、共命运，看着她的筚路蓝缕，和着她的低沉、高昂，伴着她的蹒跚艰难，跟着她的沉重脚步，承受着我和我的定西共同的命运。

孔子说五十而知天命。我对自己的命运无法知晓，更不可能妄自尊大地说自己"知天命"，知天命，那是圣人才能做到的伟大使命。回旋在凡夫俗子心中的是：五十而过，必须对自己、对社会、对人生、对事业、对家乡有所反思，就像过去做小本生意的小商小贩，会在年中的时候大概做一个"盘点"。"盘点"的结果令我大吃一惊，那就是我愧对了我的家乡定西——我小瞧了她的深沉与伟大、绚丽与多姿,至今未识"定西"黄土真面目!更对不起她的是,我自以为是、自高自大,吸吮了富足的定西乳汁,而又内心鄙视、轻看了定西这个伟大的母亲,而回报甚微,贡献渺小。"盘点"至此,我汗流浃背,面红耳赤,仿佛自己是家乡定西的一个叛徒,在茫茫人海中被熟知的老乡揪着耳朵牵了出来,也好似不肖之子被知根知底的庄里人给以白眼、嗤之以鼻、不屑一顾!

我的良知发现,源于贵人相助、良师指点,还有生活的意外启迪,这些使我自觉地低下了浅薄而自视甚高的"得脑"(方言,意为头),去对家乡定西进行一番新的审视、剖析、学习和思考,以窥得家乡定西之真面目,从而树立起对定西的新认识,确立起自己新的人生坐标,荷担起生而为人、人而为家乡定西的新使命、新责任。

丝绸古道情悠悠

翻开历史画卷,辉煌甘肃,由"两西"主宰。近者,20世纪80年代初期开始的甘肃以河西、定西"两西"建设开局的扶贫开发,让河西"地利"名天下,而定西,则以官方命名的"贫困地区"而"驰名"全国,"享誉"世界。那就是当时的定西,是中国贫穷、保守、落后、愚昧、孤陋寡闻、不思进取的代名词。由此,奠定了改革开放以来定西的新基调、新"形象",那就是自身难以摆脱、外界先入为主的固定模式。于是,我自惭形秽、自视卑微,在外界,在他人面前抬不起头、没有自信,常常羡慕外界的精彩。

让我振作精神、重树信心的是戊戌年的河西之行。巍巍祁连山,

定西纪事 DINGXI JISHI

开阔悠长的河西走廊，广袤无垠的大漠戈壁，让我对河西刮目相看，对河西之于甘肃之战略地位，河西之于甘肃经济之举足轻重，河西之于甘肃生态屏障之生死攸关有了新的认识，甚至感到震撼。我惭愧于我以前的鼠目寸光、坐井观天！河西，是甘肃的根，甘肃的魂，当之无愧；由河西，而让我脑海中灵光一闪的是陇西，那就是定西市下辖县陇西，由此使我想起中国历史上大名鼎鼎的陇西郡。提起甘肃不得不给予浓墨重彩描述的陇右、陇西、陇山、陇水、陇坂，这就是甘肃的由来、甘肃的历史、甘肃的辉煌、甘肃的崎岖坎坷和激荡风云。

陇西，原来是与河西并驾齐驱的鸟之双翅、大鹏冲天之两翼，一左一右，一东一西，支撑着甘肃，拓展着甘肃，才使甘肃横跨几千里、绵延几千年，使西域与中原贯通，让汉唐的丝绸、玉石、瓷器、医药、合和天下的文明传布中亚，影响欧非。没有陇西，哪儿来的河西；也是因为有了河西，陇西才更加熠熠生辉、光彩夺目。

"陇西,陇山之西也。""陇山,在陕西陇县,西北跨甘肃清水县,亦名陇坻、陇坂、陇首,山高而长,延亘陇县、静宁、镇远、清水之境。《三秦记》陇坻,其坂九回,不知高几许,欲上者七日乃得越。《秦州记》陇山东西百八十里,登山岭东望,秦川四五百里,极目泯然。山东人行役升此而顾瞻者,莫不悲思。山下有陇关,即大震关,为秦雍喉咽。""陇水,《水经注》陇水出陇山。""陇右道,唐贞观初置,西逾流沙,南连蜀及吐蕃,北界沙漠,领秦、渭、成、武、兰、河、洮、岷、叠、宕、鄯、廓、洮、甘、肃、瓜、沙、伊、西、庭等州。今甘肃陇坻以西,新疆迪化以东及青海东北部地。""陇西郡,秦置。今甘肃旧兰州、巩昌、秦州诸府州之地。"还有后来元代的巩昌都元帅府,管辖区域都在陇山陇水以西,范围相当于现今大半个甘肃省,甚至更广阔。我之所以不厌其烦地引述民国年间的《中国地名大辞典》,就是我发现,"陇西"的核心区域就是现在定西的管辖地域。有了这个发现,我欣喜若狂,仿佛打通了几千年的血脉相连,完成了历史纵深的"穿越",原来习以为常的定西地名复活了,变成了一个个鲜活的故事;从此我再不轻狂,也不自卑,而是像发现了新大陆,走进了定西的尘封过去,探寻那远古、昨天与现实的遥遥呼应,牵手相依……

中国历史上丝绸之路在甘肃分为两段,即河西走廊段和陇西段。河西走廊段线型基本固定,即跨兰州,越乌鞘岭,穿越凉、甘、肃、瓜、沙、西出玉门关的传统大道,而以兰州、西宁,再到扁都口,汇合到张掖,以及西出长安,经泾州、靖远、景泰,到武威汇合的两条路线为辅。丝绸之路甘肃东端即陇西段分为北、中、南三条,其中中、南两条都经过今定西市。

据《甘肃公路交通史》记载,陇西段通往河西走廊的中线,从大震关(今清水县东陇山东坡)越陇山,向西北经略阳(今秦安县东北)、平襄(今通渭县西北)、定西等地到达金城地区(今兰州),再由金城(今兰州市西固区,汉代称金城)渡过黄河进入河西走廊。

丝绸之路陇西段南线,由长安沿着渭水西行,经陇关,沿着渭河谷道,过上邽(今清水县)、陇西、渭源、狄道、枹罕(今临夏县),由今永靖县渡过黄河进入青海,然后出大斗拔谷(今扁都口),再入甘肃的河西走廊。

定西境内还有东起仇池,沿故道至祁山(今礼县),南行到武都,再北行经羌道、临洮(今岷县)、狄道、枹罕,由永靖进入青海的羌氐道;以及三国时邓艾屯兵狄道,沿着洮河溯源而上,经临洮(今岷县)、临潭,顺白龙江栈道抵达文县,翻越岷山山脉——马阁山,再经武平以东的左担山到四川江油,完成伐蜀任务的阴平古道。

从汉代丝绸之路正式贯通开始,陇西境内中、南两条交通干线,就一直承担了中原与新疆(西域)、中亚、西亚、欧洲之间东西交通的主要任务,中间虽经历了"三绝三通"、五胡十国等地方割据的暂时中断,但是从隋唐、宋元、明清等朝代的更迭与延续,这两条战略要道的重要位置和积极作用却丝毫没有减弱。

元代经过定西的主要驿站有通安站(配置马匹289匹)、首阳站(马匹148匹,距离前站90里)、临洮站(马匹230匹,距离前站90里)、赤咀站(在首阳和巩昌之间,马匹80匹)、巩昌站(马匹140匹,距离前站100里)、定西州(马匹60匹,距离前站130里)。

明朝定西地区的驿站有通运驿、通安驿、秤钩驿、延寿驿、西巩驿、甘沟驿、郭城驿、青江驿、窑店驿、摩云驿;清代定西境内有驿站洮阳驿、窑店驿、庆坪驿、沙泥驿、秤钩驿、延寿驿、西巩驿、通远驿、陇西县驿、通安驿、通渭驿。

这些枯燥的地名、数据等资料后面是活生生的故事。

中国道家学派创始人,倡导"人法天,天法地,地法道,道法自然"的伟大思想家,中国文化奠基人之一的老子,在西出函谷关后,沿着哪条路线到了狄道,也就是现在的临洮县,并在临洮隐居、授徒、采药、隐居,然后在"超然台"羽化升天?

孤竹国的伯夷叔齐兄弟,又是行走在陇西的哪条官道,或是崎岖羊肠,又是怎样携手并进、胼手胝足、风餐露宿、忍饥挨饿,抱着坚定而纯洁的伟大志向,共奔理想中的世外桃源,从此,在人生最终的栖息地,求得心灵的安慰、价值的坚守?

有据可查的是秦始皇文韬武略,在位十二年,巡行天下凡五次,第一次就到了甘肃的陇西北地二郡。公元前220年的这次出巡,他带领大队人马,从咸阳出发,北上经今淳化,过旬邑西北行,越子午岭入甘肃,经过今合水、宁县、泾川、秦安,再沿渭水经冀县(今甘谷县)和今陇西、渭源而到的陇西郡治狄道,再自狄道经榆中境,沿长城过今定西、静宁境,登鸡头山到达北地郡郡治义渠(今庆阳市东南),再由义渠西南行,过今镇原、平凉境回咸阳。这次西巡,宣示了中国第一个统一的强大王朝的权威,展示了中原文化的高度文明,巩固了国家政权,加强了民族团结,促进了经济贸易的发展。

雄才大略的汉武帝在元鼎五年至元封四年(公元前112年至前107年)两次西巡都到了甘肃,第一次就是越陇山(六盘山)登崆峒山，然后沿着祖厉河西行，经今会宁到靖远，再循原路回长安。第二次巡行"行幸雍，祠五畤，通回中道，遂北出萧关……"回中道，就是当年关中通往陇东北地郡的一条重要交通大道。

这里还得提一下历史上被当作反面人物的隋炀帝杨广。大业五年（公元609年）春，隋炀帝率领大军，从长安出发，经陇关，过成纪（今秦安县）、天水至陇西；四月孟夏，大猎于陇西。之后，从陇西经狄道（今临洮县），度洮河，过枹罕，由临津关渡过黄河，行至西平（今青海西宁），陈兵讲武，操练军队，准备进击吐谷浑。在浩亹川（今大通河）出兵击败吐谷浑伏允可汗，吐谷浑十余万众降隋。自西平以西、临羌（今青海湟源东南）以西，且末以东，祁连以南，雪山以北，东西四千里、南北两千里的土地尽归隋有。取得这次胜利后，隋炀帝在金山大宴随从群臣，然后率众挺进张掖，在张掖耀武扬威，使高昌王伯雅和西域二十七国使者伏路旁谒见，突厥官员被这种盛况所震慑，当场颂扬，表示归服，并献西域数千里之地。隋炀帝西巡，贯通了战乱中断的东西交通，使丝绸之路包括陇西境恢复了道路运输、商业贸易、文化交流的繁荣、发达盛况，才有了北宋司马光在《资治通鉴》216卷中所说的"是时中国盛强，自安远门西尽唐境凡万二千里，闾阎相望，桑麻翳野，天下称，富庶者无如陇右。翰每遣使入奏，常乘白橐驼，日驰五百里"。

遥想当年，还是这条穿越陇西的丝绸大道，在盛唐盛世，大唐文成、金城两位公主，肩负着联姻吐蕃、和睦边疆、文化交流的神圣使命，踏着渭水古道，照样是翻越陇阪，经成纪、天水、陇西、巉口、榆中到兰州，再由兰州渡黄河，经鄯州、河源、柏海进入西藏。这两位来自大唐的妙龄美少女，自身的命运根本不由自己做主，也许大唐的英贤君臣、勇武战将、热血百姓内心充满着无奈和隐痛，也许她们自身根本无暇欣赏关山的险峻、渭河的旖旎，但她们是大唐的英雄、大唐的功臣！她们客观上完成了融合中华民族、传播大唐文化、巩固边陲安宁、促进内地与边疆交流的神圣使命！

还有，在中国佛教史上必须大书特书，在中国文化基因库中必须浓墨重彩、留下光辉一页的那位"唐僧"——伟大的圣僧玄奘，他的"西游"线路，依旧是离开西京，沿着渭河西行，越陇山，过秦州，经渭源到达兰州，然后再由兰州金城关渡过黄河，沿着庄浪河西行，翻越乌鞘岭，穿过古浪峡，到达凉州。此后的路线，便人人皆知了。

彪炳千秋，功垂史册，为中华民族的统一、主权的完整、国家的尊严、人民的安居乐业做出历史性贡献的民族英雄左宗棠，他在平定内乱、反击侵略、保家卫国的艰险征程中路过陇西、陇右、定西，走的还是丝绸之路的主路，即西安、彬县、长武、泾州、平凉、固原、六盘山、静宁、会宁、安定、金县、皋兰、平番，再入河西走廊。伟大的左公拓道路、架桥梁、广种树，使破破烂烂、崎岖坎坷、狭窄曲折、荒凉干涸的丝绸古道变成了清王朝驾驭统帅西部边陲的西进大道、胜利大道、经济大道、文化大道、生态大道、和谐大道！如整治自静宁至安定"七十二道脚不干"的河沟弯曲地带，架设和加固"利济桥""履顺桥""平政桥""王公桥（永定桥）"等。左公大道，就是历史对他的最美褒扬，而今的平定高速、西兰公路（国道312线）就是当年的左公大道、丝绸古道！

难以忘怀，红一、红二、红四方面军长征时期先后经过岷县、漳县、渭源、陇西、通渭、临洮、安定七县区，走的也是古阴平道、羌氐道、渭河丝绸南路，只不过方向是由南到北、由西向东(北)，正是在定西这块拥有丝绸古道、历史古道的神奇地方，由于哈达铺邮政所的旧报纸的启发(宕昌县以前归岷县专区管辖)和岷州会议、榜罗镇会议的正确决策，红军和中国共产党由战略转移实现战略主动，在原定西地区会宁县实现三军大会师，中国革命由此走向新的历史阶段。解放战争时期，西北野战军也是沿着西出长安的"左公大道"，横扫定西，以定西为大本营，解放兰州，摧毁马步芳西北地方军阀反动势力，为解放新疆、解放大西北打下了坚实的基础。

东去关中的渭水，北上临夏的洮河，这两条黄河的一级支流，还有关川河、龙川河、清源河、莲峰河、散渡河、葫芦河、榜沙河、漳河、叠藏河、漫坝河、东峪沟等无穷尽焉的子孙河，滋润养育了陇西(陇右、定西)的百姓，使他们繁衍兴盛，耕耘斯土，奔向中国和世界的四面八方。高耸入云的马寒山，孤傲挺拔的露骨山，绵延横亘的华家岭、胡麻岭、牛营大山、分水岭、太白山、鸟鼠山，数不清的山峰，是河流的兄长，定西人的脊梁！水、山相隔，便是小路弯弯，就是大道通衢，由坪、塬、岔、沟、川、岭、梁、峰、岘、嘴、尖、坡、崖、台、岞、湾等独具地方特色的地貌、地形、地势组成的多样化地名，讲述着定西属于陇西黄土高原和西秦岭末端、青藏高原东缘，三种地理形态构成的自然景观和悠悠沧桑的古道情怀。

远去了鼓角铮鸣

陇右自古是多民族聚居交汇的地区。从先秦以来,这里就是羌、氐、戎、匈奴、华夏族(汉族)等各民族为了生存发展而争斗、狼烟四起、战火纷飞的征伐之地。

长城,是战国古代抵御外侮最伟大的军事战略工程,也是中华民族坚强不屈精神的象征。有意思的是,战国秦长城和秦长城的起首都在陇西,也就是现在定西市的行政区域。战国秦长城,也称秦昭王长城,是我国西部最早修筑的长城。《史记·匈奴列传》记载:"秦昭王时,义渠戎王与宣太后乱,有二子。宣太后诈而杀义渠戎王于甘泉,遂起兵伐残义渠,于是秦有陇西、北地、上郡,筑长城以拒胡。"《水经注·河水(二)》记载:"汉陇西郡,秦昭王二十八年(公元前279年)置。"当时陇西郡治在狄道,即今临洮县。根据当时秦国战略防御

和军事用兵形势分析，这段长城的起首就是陇西郡郡治所在地狄道，为的是加强军事优势。战国秦长城起于今临洮县北部新添乡三十里墩洮河东岸的杀王坡，爬上东山，经窑店、渭源庆坪、七圣山、陇西德兴、福星、通渭榜罗、文树、第三铺等进入静宁，在定西市境内长三百余公里。迄今，长城巷、长城岭、长城梁、城墙湾、长城湾、城壕、烽墩梁等地名还在使用。秦长城，是指秦始皇统一六国之后修筑的长城。《史记·蒙恬列传》记载："秦已并天下，乃使蒙恬将三十万众北逐戎狄，收河南，筑长城。因地形，用险制塞，起临洮，至辽东，延袤万余里。"《史记·匈奴列传》说："后秦灭六国，而始皇帝使蒙恬将十万之众北击胡，悉收河南地。因河为塞，筑四十四县城临河，徙适戍以充之……因边山险，堑溪谷，可缮者治之，起临洮，至辽东，万余里。"虽然有许多学者、专家、地方文史研究者从各个角度论述两处长城起首之地以现临洮居多，也有相当一部分学者认为，秦始皇秦长城起首就是古临洮，即今岷县。理由是，第一，古临洮，就是现在的岷县；第二，秦长城起首岷县，符合史书"因地形，用险制塞"和"因边山险，堑溪谷，可缮者治之"的技术要求，即长城的修筑是"因地制宜"，以河、崖、壕、燧、堡等一系列天险和构筑物组成，不一定全部是用土筑成厚厚的城墙，这既不现实，也无必要，况且近几年也从岷县北部发现了很多的堡寨、壕沟、残砖断瓦等实物可以佐证。

有历史记录的主要战事有，公元前384年，即秦献公元年，秦军兵临渭首，进攻獂戎、狄戎，使秦国的势力达到洮水中上游。公元前349年即秦孝公十三年，秦国灭獂戎，斩獂王；继而西进，至洮水，灭狄戎，使秦国西境在洮河岸边得到进一步巩固，为秦置陇西郡（秦昭襄王二十八年,即公元前279年正式设置陇西郡,郡治狄道,即今临洮县)打下了稳固的军事政治基础。

西汉时期,汉朝与秦朝残余势力、匈奴、羌族等在陇西大地多次发生战争,最后汉朝取得完全胜利,牢牢地掌握了局势,使陇西稳固地纳入汉朝版图。公元前201年,刘邦派骑都尉靳歙率领汉军西取陇西郡,击败章邯弟弟章平,占领陇西郡治狄道,遂定陇西。此后,汉朝即驻兵戍守陇西,修缮秦塞,防御羌戎。公元前182年,匈奴兵入掠陇右,深入到狄道,次年,再寇狄道等地,掠汉民两千余人。公元前169年,匈奴入寇陇西,文帝采纳太常令晁错建议,募民到陇西、北地、上郡,且耕且守,以御匈奴。公元前112年,匈奴和湟水一带的先零羌联兵十万,进攻令居(今永登县西北)、安故(今临洮县南)、枹罕,汉武帝派将军李息、郎中令徐自为率领由陇西、天水等郡征发的十万步骑予以平定。

西汉末年,成纪人隗嚣起兵反对王莽,攻占天水郡治平襄(今通渭县西北),建立陇右割据政权。王莽被杀后,隗嚣又乘机攻占陇西、武都郡。

从三国的魏、蜀之战,到十六国、南北朝时期前凉与前赵、后赵争夺陇右,再到后秦与西秦、后凉、南凉的战争,然后又是西秦与后凉、后秦的陇右之战。唐朝与突厥、吐谷浑、吐蕃的战争,宋、金、夏的犬牙交错式征战,都在陇西这块大地如火如荼地进行,一方面造成生灵涂炭,民生凋敝,生态破坏,但另一方面又形成了各民族间的文化交流、血脉融合、生活认同。

宋朝在一般人眼里是消极避战、文强武弱,积极出击得少,被动防御得多。其实在北宋年间，就有一位富有远见卓识且很有胆略的边防统帅，在陇西（陇右）一带建立了不平凡的功业。公元 1068 年，进士王韶给朝廷献上《平戎策》，提出"欲取西夏，当先复河、湟，则夏人有腹背受敌之忧"。朝廷采纳了他的建议，并以王韶为管干秦凤经略司机宜文字，主持开拓熙河之事务。从此以一文人出掌军事，担负起了收复河湟的任务。公元 1071 年，宋置洮河安抚司，王韶主之。同年吐蕃青唐部族（居住地为今渭源县、漳县、岷县）首领俞龙珂接受王韶招抚，率领部族十二万归附宋朝。宋朝赐姓名为包顺，包氏家族后代世居岷县、漳县及渭源等地。公元 1072 年，王韶建议新设了秦凤市易司，加强当地的货物交流。朝廷还任命王韶兼任通远军（治所在今陇西）知军，分割秦州宁远、通渭、熟羊、来远、永宁、威远六寨归通远军管辖。这一年，王韶连获胜仗，击败吐蕃于武胜军，途中又击败西夏军队，在今临洮境内置武胜城；引兵驻扎渭源堡，以武胜军为镇洮军，又升镇洮军为熙州（今临洮县）；置熙河路，王韶担任熙河路经略安抚使，辖熙州、河州、洮州、岷州、通远军五州军；王韶建议朝廷洮河沿岸土地可辟为稻田，欲得善种稻者。于是朝廷下诏将淮南、两浙、江南、荆湖、成都府、梓州路谙晓耕种稻田农民罪犯刺配熙州。公元 1073 年，王韶克复河州；徙秦州茶场于熙州，以便吐蕃交易；置熙州狄道县、河州枹罕县；这一年，王韶收复熙、洮、岷、叠、宕等州，拓地两千余里，招降三十余万人，斩获不顺蕃部近两万人。以后几年，王韶招募汉、蕃弓箭手进行屯田，并在熙州南关开渠堰，引洮水至北关，并自通远军熟羊寨引渭河水至军溉田。此后，李宪节度秦、凤、熙、河诸军，进一步巩固了宋朝在西北陇东、陇西与西夏、金、吐蕃等部族竞争中的有利地位。王韶以一介书生，居庙堂之高而虑千里之外，多年经略熙、河，收复了自安史之乱后失陷三百多年的边疆土地，分朝廷之忧（建立地方行政机构），安百姓之业（开荒屯田、兴修水利、互市贸易、举办教育、推行中原文化），强边塞之防，睦民族之和，奠定了今天定西行政区划的基础，实为陇西地方发展的有功之臣。

沈儿峪大战，是元朝最后的一点主力在陇西与明朝主力部队在定西境内的一次总决战。当时的形势是，公元1369年，明朝大将主帅徐达由平凉返回京城，留下副将军冯胜驻守庆阳，总制陕甘军事。这时元军主力王保保部据守兰州黄河以北要点，与明军隔河对峙，并伺机渡河攻击明军。王保保闻徐达东返，为抓住战机，于当年十二月遂率其部八万余人履冰过河，明将张温出战失利，王保保包围了兰州城，取得了战场的主动权。后明朝援军陆续赶到，王保保就撤围东去，在定西沈儿峪一带设防，阻击明军援军。洪武三年（公元1370年）三月，徐达以征虏大将军身份，带领冯胜、汤和、李文忠、邓愈等久经沙场的战将，征讨王保保。四月，徐达率明军进至安定沈儿峪南，与先前已修筑营垒，并依靠山险的王保保形成对峙。王保保派遣一千多人的精锐欲偷袭徐达军队，但徐达抓住王保保兵力分散、主力减弱的有利战机，指挥军队奋不顾身向王保保主营阵地发起猛攻，经过激烈厮杀，元军大败，徐达军俘获元朝公主、将校、僚属一千八百多人，士卒八万多人，并缴获战马一万五千匹和大批粮食辎重。沈儿峪一战，王保保率领的元军主力几乎全军覆没，仅有王保保等少数人突围北逃至北元都城和林。关于沈儿峪的确切位置，有三种说法：一是定西北五里大涧沟，二是定西西北七十里车道岭，三是定西北三四十里至鲁家沟川。笔者就居住在定西,平常就和本地文史研究者多有交流,大家均认为大涧沟其地狭窄,前有敞开的沟口,而山沟后垴没有可以后退的道路,且无可以凭据的天险,山不高,坡不陡,既容不下二十万双方兵力摆布,也缺乏决战的其他基本要素,因此可以排除此地是沈儿峪的可能性。车道岭出现在明史书记载中,但是车道岭也绝非"自古华山一条路"的天然屏障,坡缓、岭长,背后是榆中宛川,一直通往兰州,虽然此处相比大涧沟的优势突出,但是兵败如山倒,假设王保保军一旦失败,退路无险可守的窘境也应该不是元朝第一元帅的首选。戊戌夏月,我和西北师范大学甘肃省地名研究中心的几位专家教授去鲁家沟平西城考察,在狭窄的关川河谷口、分布在关川河的左右的两座城墙高耸、四周较长、墙体宽厚、濒临河水,并且河谷两岸悬崖峭壁,险峻异常,大有"一夫当关,万夫莫开"之气势。大家异口同声地说,当年的主战场应该是以巉口关(古镇,交通要道,南连安定,西去兰州,北通会宁、靖远,过了黄河就是宁夏、内蒙古)为中心,王保保军以鲁家沟川和车道岭为纵深(北),徐达军以安定为纵深(南),那条"峪",或许就是巉口南来北去的关川河与发源于车道岭官兴岔、自西而来的秤钩河。还有佐证就是安定城北遗存至今的"点将台"(徐达点将台,也称中山垒,因为徐达被朱元璋封为中山王),鲁家沟川道的"将台堡"(王保保点将的)和地名"将台村"。合理的解释就是王保保兵败后,后卫部队坚守鲁家沟通往会宁、靖远的险隘关口,精锐随从从这里一口气奔往漠北。自古以来,战场上置之死地而后生的例子少,而三十六计走为上计、留有后路的选择更多,也更为科学,更为合情合理。

生活纪实

左宗棠在平定陕甘内乱和西征新疆途中驻扎定西整一年，这是定西历史上必须大书特书的大事，也是中国历史上的一个重要节点。1871年9月16日，左宗棠以钦差大臣、陕甘总督职任从会宁进驻安定，到1872年8月18日离开安定，到达兰州陕甘总督府辕门，在定西这块地方工作了十一个月。在这段时间，他办了两件事，影响了"收复新疆"这个中国大局，影响了后世西北民族的生活现状。一是接受河州起事首领马占鳌等的诚心归顺就抚，在安定大营接见河州起事首领的"十大公子"（有马占鳌长子马七五、花寺马永瑞长子马如蛟、洪门马万有长子马福才等），欣然接受他们的投降禀帖。左宗棠在谈话中得知马七五还没有名字，就当即给他起名"马安良"，表字"翰如"（马安良，后官至民国北洋政府甘肃提督，陆军上将军衔）。左宗棠对这十个少年说，你们的父亲能真诚悔罪，率众归顺，很好，很好。我一定接受他们的好意，好好招呼。现在我就要进兰州，回去告诉你们的父亲，叫他们不要害怕，都来兰州见我，商量善后办法。于是这十大少年很满意地回到河州。马占鳌即照左宗棠的指示召集群众讨论后，同马培真、马永瑞、马万有、马海晏等十二人赴兰州，诚恳表示归降，左宗棠接受他们的真诚悔罪归顺，叫他们戴罪立功。河州事变的顺利解决，为肃州内乱的顺利解决集中了兵力，稳定了陇右、河湟、兰州大后方，也为解决新疆危局提供了前提和条件。对此，马占鳌深明大义也是功不可没的。另一件事，就是妥善安置战后难民。左宗棠对于安置地方的标准有三方面：一是要荒绝地亩，有水可资灌溉；二是要自成一个片段，可使聚族而居；三是要一片平原，距离大道既不过远也不过近（"乃预饬地方各牧，另觅水草不乏，川原相间,荒绝无主,各地自成片段者,以便安置,旋委员分途履勘")。按照这些条件,对于起事后散居于西宁、固原、河州等地的陕西、甘肃回族群众分别安置在安定、会宁、平凉、秦安、清水等地。对于具体生活,左宗棠采取救助措施,能使他们得到基本的保障:一是每户匀给荒绝地亩,并匀给房屋、窑洞;二是每户拨给种子和耕牛、农具;三是大口(成人)每日发放口粮一斤或者八两,小口每日半斤。在迁徙过程中,左宗棠命令沿途由地方官接送保护,禁止汉族土劣吓诈。左宗棠对于回族群众的爱护优待,也引起汉族绅士和汉族受害者的强烈不满,官学领袖贺瑞麟就发表了一个公开信,收集在他的《清麓集》中。左宗棠为此杀了几个寻衅报复和敲诈勒索的汉族土豪劣绅。因此当时陕西和甘肃的回族群众都叫左宗棠为"左阿訇"。战后的河州,新上任的河州知州潘效苏、河州镇总兵沈玉遂等到达河州时,"沿途汉、回列案焚香,迎送络绎"。近年来有些不分事实黑白的学者和别有用心的"专家"说,左宗棠拒绝陕西起事群众返回原籍,并将他们安置在土地贫瘠、交通不便等"不适合人居"的地方。查阅当年的历史档案,冷静理智、公平客观地审视后就会发现,当时路途遥远、原籍地产早已不存、汉回芥蒂尚未消失,返回后势必引起新的矛盾甚至是新的激烈纠纷等,可以说,左宗棠和清朝政府当时的安置是实事求是的、稳妥科学的、友善关怀的。安定区是当年安置起事群众的重点地区,安置点主要有刘家沟、石家坪、好地掌、青岚山、新套河、夏家营房等。戊戌盛夏,我和西北师范大学甘肃省地名研究中心的专家教授和学生们三上现今安定区团结镇好地掌村,考证好地掌宋朝故城,实地察看左宗棠当年安置回族群众的地理位置、自然条件和现在回族群众的生活状况。好地掌是宋朝为了防御西夏的入侵修建的一座城池，城墙厚实而坚固，临河傍山，地势险要，稳坐比较开阔的小盆地边缘。此处两山环抱，山坡平缓，植被保存较好，想当年肯定是泉水潺潺，山清水秀，是农耕的绝佳之地。明朝在此修建好地掌转运所，是陇西经通安驿，通向兰州的重要驿站，交通之便利可见一斑。我走访了几户农家，有成立合作社从事规模养殖的，有从事农机修理的，大部分人家都盖了崭新的砖瓦房，新式家电家具齐全，有一户人家修了别墅开着农家乐，好地掌到处呈现着一片宁静、祥和与富足的气象。唯一不足的是，村里年轻人比较少，据说都到定西城里做生意、在定西城里买房子定居，有相当一部分人上了新疆。前几年地方上计划在好地掌修建飞机场，许多移居新疆的好地掌人都返回本村，修旅馆，盖饭店，准备创业大干一场，可惜飞机场的事情最后没有了下文。三上好地掌，完全印证了左宗棠当年安置回族群众的三条标准，也用事实彻底廓清了有些不实之词，撕开了一帮戴着有色眼镜挑拨民族团结、不顾历史实事、一味给历史抹黑，给左宗棠抹黑的人的险恶用心，揭下了别有用心"专家"的丑恶嘴脸！假设有机会，我还想去会宁、静宁、平凉等安置回族群众的村子去看看。

　　差点遗忘了后秦的两位皇帝——姚苌和姚兴。那是东晋十六国军阀混战、弱肉强食、民不聊生的年代，籍贯陇西的羌族贵胄、战功赫赫的姚弋仲的儿子与孙子，南征北战，定陇东，收秦州，控河西、陇南，统一北方，建都长安，建立了强大兴盛的后秦王朝。更需要让后代铭记的是，他们都能优礼士人，恤民生赈贫弱，明法令重法治，重视文化教育，使后秦成为乱世百姓赖以托生的乐土。

文风传千年

定西，不知道你的人，以为你是贫困的渊薮，文化的荒漠，其实不然也！

马家窑是临洮县洮河边一个普通的村子。然而1924年瑞典人安特生的出现，使这里名声大噪，成为新石器时代的一种独立文化——马家窑文化。这是一个新时代，这是一个新发现，从此，甘肃不再沉寂，临洮注定要扬名于中国和世界，距今五千多年的文化遗存，就是甘肃，就是定西，就是临洮的一张新名片。寺洼文化后来在临洮县发现，更使"陇西"锦上添花、琳琅满目。还是用事实来说话。各种大小的陶器林林总总，器型各别，有罐，有壶，有钵，有瓶，有碗，有盆；有大肚细颈小嘴的，有长颈小腹的，有尖底深腹细颈的，有敞口的，有单耳的，有双耳的，有连体的(有双连的，也有三连的)，有素陶，更多的是让人赏心悦目的彩陶；那些花纹，更是绚丽夺目，美不胜收，仿佛天上的密码，费尽心思才能窥其一二。多道平行纹、圆圈纹、旋涡纹、花

瓣纹、草叶纹、变体鸟纹、鱼纹、网格纹、蛙纹、葫芦形纹、三角纹、水波纹、神人纹、云雷纹、折带纹、回形纹、还有卍字纹……这些纹饰几十种，谁能讲清楚几千年前古人在艰难地解决生存、温饱之后或者同时，创造性制作这些形状各异、色彩斑斓的"彩陶"，蕴藏、寄托在其中的所思、所想、所触、所感？甘肃省马家窑文化研究会会长王志安先生说，那些蛙纹象征了一个民族对繁衍生息"生生不息"的向往，水波纹反映了当时生活在水边或者洪水泛滥的现实场景，我完全赞成他的分析，很有道理。但是我觉得，千变万化的马家窑彩陶器型和纹饰，一定是祖先们"日出而作，日入而息，凿井而饮，耕田而食，帝力于我何有哉"（先秦民歌《击壤歌》）、"断竹，续竹；飞土，逐肉"（吴越民歌《弹歌》）和"手之舞之、足之蹈之，而不自知其然"（宋代沈括《乐律》）的真实生活写照，当然更不排除先民们人法天、法地、法"道"的浪漫而严谨理性的思考和追求。

孤竹国的大贤人伯夷、叔齐弟兄，因为互相谦让王位相持不下而联手出逃，这是何等的君子风度，与时下一些争权夺利、不择手段、贪婪无度的人们相比，是何等的清澈明亮、光明磊落、纯净高尚。孤竹国，在历史上真实存在，包括了今河北到辽西等地，是商汤分封的北方诸侯国，先后延续了将近一千年。他们为了谦让王位而逃避出走，在看到周武王"以暴易暴"的真实状况后，因"不食周粟"而继续西奔。于是有了本文开头他们沿黄河、走渭水，最后落居渭水源头首阳山的历史缅怀和敬仰记述。他们先是"采薇"（薇，定西旷野山中常见的一种野豌豆）而食，最后听当地农民说此处也是周朝的地方，野菜也应该是周朝的，他们于是绝食而死。说起首阳山，我曾无数次登临,与其说是登临,不如说是朝拜。山不高,坡又缓,无奇石,更无崖,可以说首阳山是一座贤人隐居之山,文人气节之山,怀古凭吊之山。明代杨恩在《夷齐祠》一诗中写道:"千载清风说首阳,首阳原不是周疆。莫疑野史流传误,始信忠民处处芳。"此诗概括出了伯夷、叔齐的流芳英名。这里再引用几副古人给予伯夷叔齐的挽联,让我们共同纪念这两位伟大的志士。"满山白薇,味压珍馐鱼肉;两堆黄土,光高日月星辰。"(渭源首阳山联,左宗棠撰并书);"兄让弟,弟让兄,兄与弟相继偕逃,庶几心安理得,可谓难兄难弟;圣称贤,贤称圣,圣与贤推崇备至,益位顽廉懦立,不亏为圣为贤。"(清代楚南李辉池题书);"饿死亦千秋,可谓肉食者愧矣;兴起在百世,愿登首阳而拜之。"(清代湘中立寿之题书);"几根瘦骨头支撑天下,两张饿肚皮包罗古今。"(佚名)。历史上还有铮铮铁骨的硬汉杨继盛,定西有幸留下了这位大忠臣的脚印。嘉靖二十九年(公元1550年),三十五岁的杨继盛调升京师,任兵部车驾司员外郎。当时,蒙古首领俺答汗数次带兵入侵明朝北部边境,奸臣严嵩的同党、大将军仇鸾请开马市以和之,杨继盛上书《请罢马市疏》,力言仇鸾之举有"十不可五谬"。明世宗朱厚熜在奸臣的谗言下,于是将杨继盛下诏狱,继而贬为狄道典史。狄道地区当时文化比较落后。杨继盛在狄道期间兴办学校、疏浚河道、开发煤矿、让妻子张贞传授纺织技术,深受当地各族人民的拥戴,当地老百姓称他为"杨父"。等到他离开时,"送于百里之外者千余人"。杨继盛有诗云:"饮酒读书四十年,乌纱头上有青天。男儿欲到凌烟阁,第一功名不爱钱。"这首诗得到了人们的普遍赞叹;他的对联"铁肩担道义,辣手著文章"在李大钊等共产党初期领袖的点化传播后,更是让人民肃然起敬,而今,杨继盛的这副对联就镌刻在临洮县岳麓山(东山)超然书院的门口,供人们瞻仰、深思。

通渭县与"渭"无关,传说天官给全国各府州县送"官印"的时候,将"甘谷"(因干旱称为"干谷")与"通渭"(与渭河相通之意)搞错了,因此把县府大印调换了过来,才造成了历史的误会。其实这种说法有些牵强,但是通渭县的干旱却名副其实,并且在历史上,通渭一直称作平襄,很长时间还是天水郡的郡治所在地。然而就是在这块干旱的土地上(或许以前并不干旱),在东汉时期出现了一对夫妻诗人——秦嘉、徐淑,演绎了缠绵悱恻的爱情故事,书写了浪漫的爱情诗章。秦嘉写了许多给爱妻的诗作,表达爱恋、相思与渴盼重逢相聚的迫切心情,如《述婚诗》《赠妇诗》《寄内诗》,感叹"寂寂独居,寥寥空室。飘飘帷帐,荧荧华烛"。"人生譬朝露,居世多屯蹇。忧艰常早至,欢会常苦晚。""既得结大义,欢乐苦不足。念当远离别,思念叙款曲。"思念之苦,爱妻之切,跃然纸上。徐淑也是诗歌酬唱作答,如《答夫诗》:"君今兮奉命,远适兮京师。瞻望兮踊跃,伫立兮徘徊。思君兮感结,梦想兮容辉……恨无兮羽翼,高飞兮相追。长吟兮永叹,泪下兮沾衣。"那种对夫君的忠贞、相思,以及感喟女儿身,愿与男儿一起展羽翼、共高飞的理想非常生动地体现了出来,令人击节三叹,共赞伉俪情深、爱情美满。在陇西县文化广场有一座龙女的汉白玉雕塑,原来那是唐朝传奇小说家李朝威《柳毅传》中主要人物——龙女。《柳毅传》给人们讲述了一个完美的爱情故事,千百年来这个故事被改编成了各种杂曲话本。这个诞生于中唐时期的传奇小说,代表了我国唐代传奇小说的最高成就。李复言所著的《续玄怪录》中有这样一个故事：唐代韦固在宋城南店遇一老人，这位老者在月光下翻书。他问老人何书，老人回答说婚书。同时老人带有红色的绳子，用来拴住有情人。管宋城的人听说了这件事后，题其店曰"定婚店"。这就是月下老人的典故来历。李公佐著有《南柯太守传》《庐江冯媪传》《谢小娥传》等。其中《南柯太守传》记述了游侠之士淳于棼醉后被邀入"槐安国"，招为驸马，出任南柯郡太守，守郡二十年，境内大治。不料与邻国发生战争，紧接着公主去世，国王将他遣返故乡。这时他被惊醒，方知是"南柯一梦"，人生原来不过如此而已。"陇西三李"所创作的唐代传奇小说，是中国古代文学史上的一座高峰，其中的爱情传奇小说颇为出彩，特别是李朝威的《柳毅传》，与秦嘉、徐淑的爱情诗歌一样，闪烁着耀眼的人性光芒，为曾经荒凉、贫瘠、单调的定西涂上一层玫瑰般绚丽的色彩。

阅读中国古代文学，翻开古代诗歌书卷，连绵不绝、数量惊人的《陇头吟》《陇头水》《陇上行》《陇西行》《陇头歌辞》，与《凉州词》《塞下曲》等名诗名作相映生辉。陇上，历来是多民族集聚之地、征战之地，边塞诗歌成了陇西文学、陇西诗歌的主旋律。在浩如烟海的边塞诗歌中，除了少数描写陇西边塞荒凉、苦寒、厌战、别离、苦难的作品，如汉代张衡《四愁诗》："我所思兮在汉阳。欲往从之陇阪长，侧身西望涕沾裳。"又如北朝民歌《陇头歌辞》："陇头流水，流离山下。念吾一身，飘然旷野。朝发欣城，暮宿陇头。寒不能语，舌卷入喉。陇头流水，鸣声幽咽。遥望秦川，心肝断绝。"大多数和占主导地位的则是描写辽阔壮美的陇西河山，反映和谐美好的生活风情，展现跃马扬鞭、视死如归、献身沙场、建功立业的豪情壮志，以及建功边疆、报效

祖国的一腔热血和赤胆忠心。如王昌龄《从军行七首》："青海长云暗雪山,孤城遥望玉门关。黄沙百战穿金甲,不破楼兰终不还。""大漠风尘日色昏,红旗半卷出辕门。前军夜战洮河北,已报生擒吐谷浑。"西鄙人的《哥舒歌》："北斗七星高,哥舒夜带刀。至今窥牧马,不敢过临洮。"哥舒翰纪功碑,现在还被列为省级文物保护单位,屹立在临洮县城南街,讲述着曾经的赫赫战功。陈陶的《陇西行四首》："誓扫匈奴不顾身,五千貂锦丧胡尘。可怜无定河边骨,犹是春闺梦里人。"王勃的《陇西行》："陇西多名家,子弟复豪华。千金买骏马,蹀躞长安斜。雕弓侍御林,宝剑照期门。南来射猛虎,西去猎平原。"这些诗作都充满着尚武任侠的豪放民风。要解释这种热血青年、志士仁人的报国之志、爱国之心,可以从杨炯的《从军行》中找到答案:"烽火照西京,心中自不平。牙璋辞凤阙,铁骑绕龙城。雪暗凋旗画,风多杂鼓声。宁为百夫长,胜作一书生。"这就是"天下兴亡,匹夫有责"的担当,这就是"先天下之忧而忧,后天下之乐而乐"的家国情怀。在诗人笔下,陇西、临洮、定西、渭源、安定、通渭、渭水、洮水、长城、分水岭、鸟鼠山、仁寿山、青岚山、五竹山、贵清山、车道岭、野狐桥、酒店子等地名,承载了无穷的故事,而李白、杜甫、王昌龄、王勃、王维、高适、岑参、杜牧、李商隐等耀眼的"明星",照亮了陇西大地,鼓舞了定西人民昂扬向上的斗志与豪情。

千古绝唱,知音难觅。然而,著名边塞诗人高适《别董大》中的这位董大就是唐朝有名的音乐家董庭兰,陇西人氏,有了"莫愁前路无知己,天下谁人不识君"的两句诗,便慰藉了无数的天涯"旅客",更使"董大"扬名于后世。

说到这里,不得不提起陇西李氏、陇西汪氏。天下李氏出陇西,"陇西堂"是天下李氏共尊的堂号,"李家龙宫"是天下李氏祭拜祖先的庙堂。只因为天下"李氏凡十三望,以陇西为第一",只因为创造大唐盛世的皇族是李氏,只因为天下李氏英才辈出,璨若星河。"三王十公",这是陇西汪世显家族(今漳县人)的荣耀,更是对有功于社稷苍生杰出汪氏的褒奖。位居漳河流域一条小溪沟边的"汪家坟"就完整地安葬着这昔日显赫的王公贵族,此处距离两山合抱的沟口并不远,坟地是一块平坦而稍稍开阔的台地,背靠小山包,面朝南山,脚下是一条小河,纵深处是隐隐约约的山峰,只有"国家级文物保护单位"的牌子和四周围绕的铁丝网、监控视频反衬着,这里并不普通,并不平凡。

定西,不仅仅只出产干旱与贫穷,也不仅仅盛产当归与黄芪。"千年药乡"是她的美誉,"马铃薯之乡"是她的别名。据说,在妇科良药当归的地道产地岷县,农家妇女们不长黄褐斑,不得各种妇科病。我没有证实过这个说法,但是我坚信,岷县漫山遍野盛开的当归花,满街整村飘溢的药香,已经沁人心脾,渗透每个人的五肺六腑,那是药材的精华,更是大自然的慷慨馈赠和独一无二的奖赏。土豆洋芋马铃薯,定西人的"三件宝",而今,她已经凤凰涅槃、升级换代、脱胎换骨,成为大城市居民的宠儿,富贵家庭的必备,就像她以前来自欧洲宫廷一样,现在她理直气壮、自信满满地步入"王谢堂前"。还有,定西的书画,已成为定西的新名片、新产业,成为定西对外开放的新窗户和新支柱。据统计,全定西市有中国美术家协会会员三十多人,书法家协会会员六十多人,有省级美术家协会和国家级行业美术协会会员一百多人,省级书法家协会会员两百多人,全市有经营性画廊一千多家,从业人员一万多人,创造的价值以几个亿计算。这就是现今定西的书画事业、书画市场。定西有一大批美术名家、大家,像莫建成、张卫平、张兴国、陆志宏等。张卫平将浑厚的黄土高原、青藏雪域风情、敦煌婀娜多姿的飞天形象带到德国、美国,充分展示了定西乃至甘肃的文化自信与自强。

只因为对"我的定西"如此痴情,我才从孔夫子旧书网等网店、书店购买了大量有关定西的书籍,常常埋头于此而不知疲倦,那些浩如烟海的历史记载,发酵了火焰般的青春激情,使我对定西更加眷恋、更加崇拜、更加敬畏。由此,我为以前夜郎自大、井底之蛙式的浅薄无知、轻狂傲慢、盲目自卑而羞愧不已,深感愧对"先人"。同时,我更激起了那份"生于斯、长于斯,为脚下这片黄土地负起一点儿责任"的奋勇之心。此时此刻我的心情无以言表,唯有以诞生于临洮县菊巷的清代著名诗人吴镇的一组广泛流传的诗歌《我忆临洮好(十首)》,与朋友们一起分享、共勉,也作为这篇文章的结尾。

定西纪事

(一)

我忆临洮好,春光满十分。
牡丹开径尺,鹦鹉过成群。
涣涣西川水,悠悠北岭云。
剧怜三月后,赛社日纷纷。

(二)

我忆临洮好,真于盛夏宜。
南山惊积雪,北户怯凉飔。
箫鼓官神集,莺花仕女知。
柳荫闲把酒,挥扇是威仪。

(三)

我忆临洮好,秋天爽气新。
牛羊皆可酪,蝇蚋不劳嗔。
毛褐裁衣厚,明醯酿酒醇。
东篱残菊在,西望更愁人。

(四)

我忆临洮好,三冬足自夸。
冰鳞穿鳏鲤,野味买麋麚。
霭霭人如日,飘飘雪似花。
年来青稞贱,到处酒能赊。

（五）

我忆临洮好，山川似画图。
高岗真产玉，寒水旧流珠。
云影迷双鹤，涛声落万凫。
日归归未得，三径日榛芜。

（六）

我忆临洮好，州如太古间。
誉髦感郦伯，野老话椒山。
花绣摩云岭，冰开积石关。
壮猷辛与李，搔首龚毛斑。

（七）

我忆临洮好，诗家授受真。
高岑皆幕客，白贺是乡人。
山水今无恙，文章旧有神。
二张珠玉在，后起更嶙峋。

（八）

我忆临洮好，流连古迹赊。
莲开山五瓣，珠溅水三叉。
蹀躞胭脂马，阑干苜蓿花。
永宁桥下过，鞭影蘸明霞。

（九）

我忆临洮好，灵踪足胜游。

石船藏水面，玉井泻峰头。

多雨山皆润，长丰岁不愁。

花儿饶比兴，番女亦风流。

（十）

我忆临洮好，城南碧水来。

崖飞高石出，峡断锁林开。

静夜鱼龙喜，清秋虎豹哀。

何时归别墅，鸡黍酦新醅。

戊戌年除夕于定西

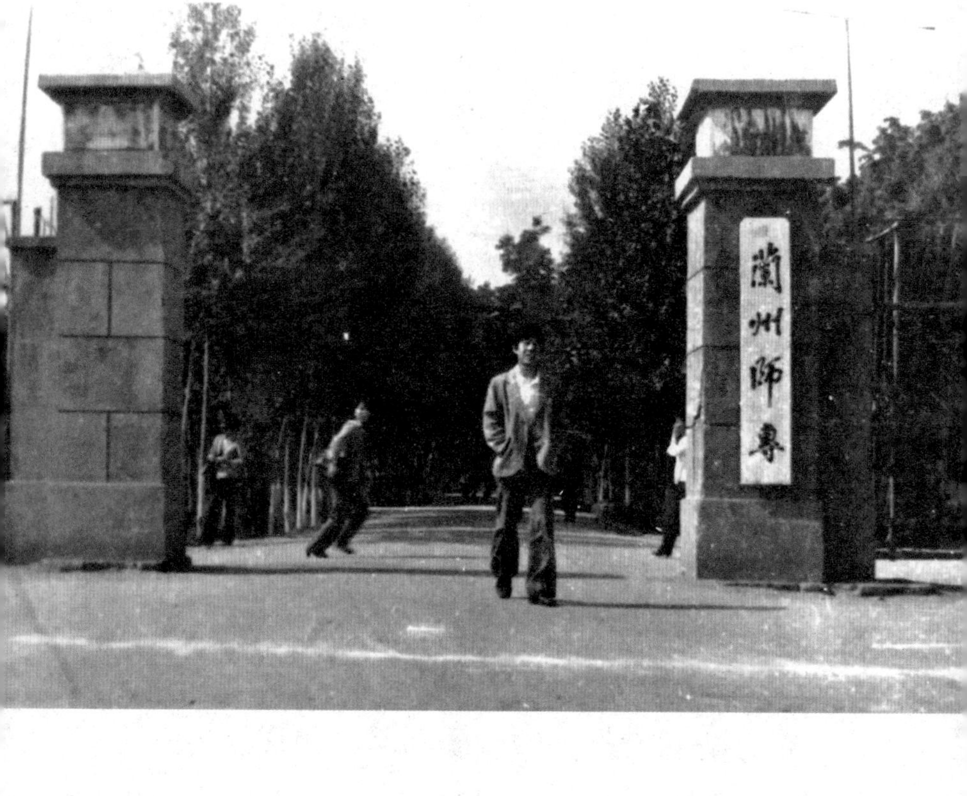
蘭州師專

我的兰州师专，我的青春……

早春二月，浓烈香醇的己亥"年"已经接近尾声。夜宿黄河畔的费家营，昨夜的绵绵小雪转换为菲菲细雨，街道湿润，空气中水汽弥漫，充满着安逸、宁静、温馨与暧昧。步行在建宁街道，根本用不着戴手套。从费家营警备司令部，到十里店广场，除了在安宁区医院拐弯向北之外，道路是笔直的向东，向东，再无岔路。依次是孔家崖、水挂庄、师大、党校……熟悉的地名，熟悉的大树，勾起人刀刻般的记忆，那是一个乡里娃娃的青春岁月，是初入社会的毛头小子放飞梦想的难忘日子。

我大说，到西房子里把身上擦洗一下，明天就去兰州报到。

那是1982年的初秋，终于盼到了梦寐以求的大学录取通知书。之前，隔三岔五，借着到粮管所买粮、赶集的机会，总要到位于内官营街上的定西二中探头探脑地去打听，看看校门口的那块黑板上有没有自己的名字、门房玻璃窗后面有没有自己的信件，或者暑假值班老师有没有意外的消息相告。心情是忐忑的，表情是羞赧的，仿佛一个准备行窃的小偷，被别人窥破了心底的秘密。

然而，每一次都是失望，同时又充满着期待。接近秋季开学了，班主任胡影正老师已经在劝我做好"补习"的准备，说按照今年的高考成绩，明年一定能考上一所本科院校，我也正在从不再念书、专心务农的同学那里收集旧课本，准备投入到新的补习之年，那将是人生的另一场拼搏。那时候，我还不清楚本科与专科的区别，不知道"师范"两个字的确切含义。记得上小学和初中的时候，经常下雨下雪，每到这个不能下地务农、上学听课的时候，一家人或躺或坐在厅房炕上，我妈说起对儿子未来的期盼，就是上一个"师范"。师范，那时对我来说是神圣的、高不可攀的。我们家里经常来客人，都是干部，不是高峰乡政府的干部，就是陪他们的大队干部和高峰学校的老师。爸妈很好客，他们一来，我就知道能吃上半碗我妈、我嫂子、我大姐擀了半天，热气腾腾，上面飘着肉臊子、鸡蛋花和鲜绿韭菜段的臊子面。我当时见过的最大干部，就是高峰乡政府干部和高峰学校的老师，我对他们很崇拜，很羡慕，因为他们是领工资，有粮本，不干农活，衣服穿得干干净净、崭崭新新，还能吃饱饭，吃上农村最好、最香臊子面的人。

　　期盼已久的一天终于到来了。在一个天气晴好的逢集日，我跟着我大和大树沟生产队的其他几个人到内官营粮管所买供应粮，趁着大人办理各种手续的机会，我又一次鬼鬼祟祟地跑到粮管所不远处的二中去察看消息。不料这一次碰见的是校长李玉庆，平时他非常严厉，脸上从来不带一丝笑容，这一次他出奇的温和，我以为他不认得我，令人惊讶的是，他竟然老远就喊道："张剑，

107

你考上了，是兰州师专！"我当时说不清是激动，还是害臊，反应竟然是木呆和迟钝，就像一个惯于失败、甘于失败的人，仿佛失败才是他的必然归宿，而成功与欣喜与他毫无关系，隐藏于内心的还有一点自卑，就是生怕听错校长的话，内心经受不起丁点儿命运的打击！然而，这一次是真正的好消息，李校长拿出了大红信封，说里面装着录取通知书，还有粮户关系，一定要保管好，按照里面的要求一步步办理妥当。那个威严高大，让人望而生畏的校长，这一天非常慈祥，难得地露出笑脸，给我关怀和温暖，也彻底改变了我对老校长以前的一贯看法。

兰州师范专科学校，从此，我的命运与你相连！

这是我补习一年之后的结果；这是1981年高考失败，连正式考场都没有进过的高考补习生的命运归宿；这是1982年高考结束后，面对着那个方向有东（上海、南京）西（西安）南（广州）北（北京）、专业是五花八门（师范、农业、统计、财政、法律）的广阔天地，我第一次产生无穷无尽想象，幻想着指点江山、驰骋万里的伟大理想后的脚踏实地……

我大的安排完全出乎我的意料，作为一个农村人，根本没有想过洗澡。我的老家大树沟，不缺洗澡的地方，有的是天然瀑布石门硫、洗羊泉。那里盛夏时节常有潺潺清流从跌宕起伏的巉岩间飞出，伴随着野花芳香，百草苗壮，从高处一泻直下，沁入人的头顶，穿过五脏六腑，洗涤着人的肌肤、心灵，清澈无比，略带些凉意，让人不禁打着寒战……躺在太阳晒得温热的青石板上，仰望蔚蓝的天空，享受着太阳肆无忌惮、毫无遮挡的直射，聆听着山间的小鸟啾啾、蜜蜂嗡嗡，就会因疲惫而酣睡，全然忘记我的羊群。我坦然面对炎炎太阳、奇崛石峰、溪水清泉，我的青春梦想……

一大盆温水，一条半新的毛巾，蘸着温水的毛巾粗粝而舒展地检阅每一寸皮肤——这是我第一次脱光衣服，第一次享受我大恩赐我的"洗澡"礼遇，我有些惶恐不安，有些受宠若惊，也有种突然长大的神圣庄严感！西房子的门缝有一指头宽，我背对着双扇木门，并且有意地躲在门背后，生怕有人看见！我知道，洗了这个澡，明天我就会面对崭新的生活，从此与这个普通的农家四合院子，与我的三山夹两沟、清泉石上流、野花遍地香的大树沟告别了，那朦朦胧胧、影影绰绰、希望无限的明天在等待着我——一个十七岁的大树沟青年！

我大把我送到了内官营街上，孙彦林又把我引到佛沟门的家里住了一晚上，第二天和他一起，背着沉重的行李卷坐班车到了他爸的单位——定西县物资局，在他爸的宿舍里住下，第三天下午才坐西安发往兰州的火车去学校报到。第一次坐火车，说不尽的新奇与激动，同车的同龄人很多，不敢和他们说话，听着听着，才知道他们也是去兰州上学的。看着铁路两边的白杨树被疾速行驶的火车远远甩在后面，看着一座座车站挨个儿闪过，看着窗外没有见过的景象——比大树沟还大的山、比内官营还宽阔的川，还有那新奇的树木、田里的庄稼，真是让人心潮澎湃、浮想联翩。哐当一声，火车停了，有人说，兰州到了，于是人群纷纷涌下车厢，挤出高大的建筑物。这时，已经到了夜晚，然而外面是灯火

109

通明、车流不息、人头攒动、啊,俨然是来到了心中的圣地、大学的殿堂、生活的天堂。我沉浸在对未来生活的美好憧憬之中!

一辆印着"兰州师专"字样的班车载着背着方块行囊、手提装着大脸盆和铝饭盒的塑料网袋的同学们向心目中的天堂奔去。穿过一条又一条宽阔的街道,拐过一个又一个十字,可梦想中那热闹非凡、灯火辉煌的目的地还是没到。灯光越来越稀少,街道越来越黑,车速也越来越慢,在经历了漫长的等待后,班车终于在两三盏路灯下停住了,我的心凉了半截,这就是我充满期待、热情向往的大学吗?在老师和学长们的帮助下,我们很快找到了宿舍,放好了行李,吃了从老家带来的白面馍馍,模仿着其他同学的样子刷了牙、洗了脚,忐忑不安地睡着了。

第二天办完其他入学手续之后,我就和同班的定西同学结伴在校园内外逛。学校的建筑物不多,有一座男女生出入的宿舍楼、一栋青砖教学楼,此外就是几排平房和操场了。学校外面是平展展的农田,种着西红柿、辣椒、黄瓜等。听说黄河就在学校后面,我们几个人就沿着弯弯曲曲的田间小路,一直走到了黄河边!书本上的黄河,我终于与你相见;梦想中的黄河,我将与你朝夕相伴;奔腾不息、恢宏壮观的母亲河,我们将从此结缘,同呼吸、共成长!

学校是偏僻了一点,心里是委屈了一点,但是想到自己考了那么一点点成绩,又是高峰山上来的"土包子",在这里毕竟是稳稳地捧住了金饭碗,加之学校老师同学无微不至地关怀呵护,咆哮东流的黄河可以日夜做伴,于是沮丧的心情慢慢消失,并且逐

渐爱上了兰州师专，爱上了安宁，也没有了仰望兰大（兰州大学）、师大（西北师范大学）、工大（兰州理工大学）、铁院（兰州交通大学）同学时的自卑和失落。

  师专的伙食比定西二中的不知好了多少倍。上高中时，每周都要步行二十多里路到大树沟的老家去背粮食，一般是星期六下午回家、星期日下午返校，标配是凹底锅烙的苞谷面锅盔三个、晒得干透的和馇面两斤多（估计）、清油二两（用一个扁平的小瓶子装着）、煤油一斤。踏着泥泞的小路，走着崎岖的羊肠小道，顶着烈日，吃着手扶拖拉机和"五十五"大拖拉机扬起的灰尘，欢乐无比地从内官营川里走到高峰山巅，再从大树沟里武装起食粮，倒背着夕阳，奔向书声琅琅的二中校园。每天的伙食是这样的：早晨半个苞谷面馍馍；中午和晚上是用六个捻子的煤油炉子煮的

111

和馇面饭，煮这种饭需要好长时间，煮熟后，滴上几滴清油，放上几片发黄的韭菜咸菜，便成就了一天的主要生活任务；还有一半的苞谷面馍馍，就是夜餐，上完晚自习回到宿舍后，啃上几口，算是犒劳自己，也是圆满完成一天任务之后的奖励。有好几次，几个同学给我说，你没有把饭煮透，饭没有熟，我不以为然，说天天是这样啊，熟着哩。每到星期六上午，我的伙食计划还会失去控制，原因就是每当天气很冷和运动过量，或者是馋涎欲滴的时候，总会一点一点地掰着那帆布提包里的馍馍，于是寅支卯粮，周六下午的伙食计划会亏空，饥肠辘辘，勒紧裤腰带，盼望着回家，回家！这下可好了，一天一斤粮食，二十三块钱的伙食费，早上有雪白雪白的馒头、大米小米稀饭、苞谷面糊糊，中午有品种繁多的菜肴，从来没有见过的排骨、红烧肉、辣椒丝炒肉、蒜薹炒肉、清氽（我们当时不认识这个字，经常误读作"shui"）丸子，晚上有臊子面、一锅子面，那种生活，分明就是天堂。有饭吃就行，吃饱饭就行，哪里还顾得上主粮多少、粗粮多少。终于享受上了"不劳而获"的富足生活，心情自然是欢乐激荡、神采飞扬！

　　乡下人对陌生事、陌生物，永远是羞怯的、害怕的。面对着宿舍门上的"405"、教学楼上的"203"这些神奇数字，我百思不得其解。是班主任张帆在一次班会上解开了我心中的谜团，他说，兰州市来的学生不要瞧不起专县（当时兰州市民对省城兰州市之外的地区、州的习惯性通称）来的学生，你们不要以为自己很了不起，不要笑话他们不如你们，像房号、电梯数字这些小玩意儿，见了一次，就会触类旁通、牢记在心，而你们不知道的乡里的东西多着哩。班主任的话虽这么说,但是我对说着一口普通话、衣服时髦崭新、裤折笔直(男生)、裙裾摇摆(女生)、皮鞋油黑发亮、走路昂首挺胸、言谈滔滔不绝的兰州城里的学生还是心存敬畏、羡慕。

专县和农村来的同学并不都像我一样猥琐、孤单、自闭。全班四十二个人,农村来的占一半;二十一双整,男同学十三对。当时甘肃省有四所师专,西有张掖师专,东有庆阳师专,南(东南)有天水师专,中有兰州师专。兰州师专主要有定西、临夏、兰州这三个地方的同学,兰州的同学最多,其次是定西,最少的是临夏。来自会宁县老君坡乡的赵文与兰州市的同学交流起来没有一星半点的隔阂,开怀大笑,高谈阔论,留着精神的分头,穿着红白相间的长筒足球袜,英姿飒爽地叱咤在足球场上,风云一时,意气风发。来自定西县的孙彦林,老成持重,一脸憨态,很受老师和同学们信赖,他开学不久就担任我们班团支部书记,时间不久又担任学校团委学生副书记,在全校学习邓小平文选报告会上谈体会,讲收获,异彩独放,风骚初绽。郭际明同学虽然来自陇西,但他是国营大厂陇西酒精厂的职工子弟,谈吐自然不凡,气派逼人,戴着一副白色眼镜,更是文质彬彬,受到大家欢迎。

兰州市的同学充分展示了大城市里人的高素质、高风格、高水平。搞卫生,他们抢着做,擦黑板、洗拖把、拖地、倒垃圾,这些陌生的活儿,他们干起来习以为常,应心顺手,非常麻利;搞活动,他们布置会场,挂横幅、摆主席台、迎接领导和老师,让我们这些乡里人自叹弗如,深深佩服;逛市里,游五泉山、白塔山公园，他们主动领路、买票，安排休息场地，抢着买冰棍饮料……

随着时间的推移，伴着教学活动、课外活动、体育活动的开展，我们这四十二个人，不管原先来自哪里，逐渐相熟、相知、相近。"同学"，成了大家的共同认知，同学之情，在不断加深，并拓宽着更广的外延。

同学和老师们的互动进一步加强。那个脸上有一大块黑痣的洪浩老师为我们上写作课，戴着深度眼镜、个子矮小的精瘦老头张宪衡给我们教授古代汉语基础，严谨认真的大高个系主任顾竺讲解魏晋南北朝文学，温和活泛的王士老师讲唐宋文学，骆惠玲老师讲先秦文学，班主任张帆老师讲外国文学，漂亮优雅的许文郁老师讲解当代文学，憨厚诚实的林玮老师讲解现代文学，正当中年的校办主任温金城讲解逻辑学，身材魁梧、脸蛋红润的郗奇老师讲马克思主义哲学……他们教学风格各异，但都学识渊博、风趣幽默、生动活泼，给我们这些"初生牛犊"打开了一扇扇看世界的窗口，我们正是在他们的春风化雨、潜移默化下，一点点地长大，一步步地成熟。

给我们上写作课的洪浩老师鼓励同学们积极写作，并在课堂上将优秀作文进行评点。老大哥、同时也是班长的梁存愚同学写了一篇《故乡的甘薯》，写的是他儿时在老家安徽经历的真实故事，感情真挚，故事曲折，听来与名家大家的作品毫无二致，并且很能打动人，尤其是打动我们这些刚刚上了大学、对文学情有独钟的同学们，有些女同学对他投去了敬佩的眼神，这更惹得大

生活纪实

家对他艳羡，仿佛他就是我们班的白马王子、神秘偶像。

"自圆其说，也可以说成是自援其说。"这是恩师林玮的亲切教诲，我记忆非常深刻，而让人更加难忘的是他安排组织过一次关于鲁迅作品的讨论会。在讨论会开始前他就告诉大家要广开言路、畅所欲言，只要能自圆其说，就是好观点。我不揣冒昧，也是学识浅薄的缘故，从《阿Q正传》中的阿Q身上受到启发，列了一个提纲，写了一个发言稿，提出了一个"'精神胜利法'对于每一个人是客观需要"的观点。在这次讨论会上，许多同学围绕主题、宗旨、纠正国民劣根性、发展教育等问题做了大量的发言，赢得了大家的阵阵喝彩，得到了林玮老师的充分肯定。林老师反复动员我们发言，用目光鼓励着每一位同学，我几次都想壮起胆子发言，脸憋得通红，但最后都是胆怯压倒勇敢，在林老师最后一次扫视到我身上的时候，也许他看到我欲言又止的害羞神情，点了我的名，于是我毅然地站起来，草草地念了我的稿子，当大家听到我对于"精神胜利法"的观点时，全班哄堂大笑，我更是憋红了脸，巴不得找个地缝钻进去，也记不得发言啥时候结束。但是林老师却高度评价了我的观点，支持我的论点，给我评了"优秀",还说我的观点新颖,能"自圆其说"。这次的谈论对我的一生都有着重要意义,那就是:只要论据充足,论证可靠,就要坚持自己的观点。

演讲,是那时候的时代风潮。伴随着李燕杰演讲在全国的风靡,兰州师专也热潮涌动,各种活动的开展如火如荼。校团委和校学生会总是引领时代之先声,班委会和团支部不甘落后,奋起直追,也因之一大批同学才华绽放、出人头地,孙彦林、梁存愚、闫彬、郭际明、赵文、董晓玲、赵敏、孙峨……当年的勇敢、睿智、才华,照耀着灿烂的光辉明天!

体育比赛更是力量和意志的较量与坚持。在全校的田径运动会上,个子不高、精神抖擞、眼里饱含希望与坚韧的陈希良同学在万米长跑赛上,一路超越,越跑越稳,越跑越轻松,最终遥遥领先,夺得全校冠军。操场上的女同学,不管是本班的,还是外班的,在他身边经过的时候,都弓着腰,拍着掌,冲他高声喊道:"陈希良,加油!陈希良,加油!"而他,目不斜视,步履坚定,稳夺第一,不仅创造了新的学校记录,更是为中文841班增光添彩。

张喜成同学一曲一波三折的《太阳岛上》折服了全校同学,金和龙、何坤兰、王如元、苟晓燕同学埋头苦学,创作的诗歌赢得了同学的喝彩和赞赏。何振军、郝增选诙谐幽默,邹宣一丝不苟,刘文礼知书达礼,石正刚、杨玉懋风度翩翩,兰俊有、岳鉴泰、李刚憨厚老实,董树良温文尔雅,白辽玲、孙岩荔、李玉琴娴静聪慧,覃媛、华丽萍、高艳珠、张敏芳漂亮大方,王永胜、胡明待人热情……

最引人入胜还是星期天的黄河边游玩。学校周围是刘家堡农民的菜地，走上三四里路，就到了黄河边。河水滔滔东流去，一片平静在安宁。河边是大片的灌木林，河堤断断续续，弯弯曲曲，我们最爱的是穿过河堤到深入河中的沙洲捡石头，在柔软的沙滩上徒步行走，遇到水流和缓的河岸边，坐在石头上玩水，洗脚，扔石头，一如我在大树沟石岩上的任性，自由自在，无拘无束，想入非非。河岸是凸出凹进，各式各样的，最让人向往的是那河之洲，河之屿，河之岛，大树护佑着灌木，灌木丛生着芦苇，芦苇荡嬉戏着白鹭、燕子、长尾雀、百灵鸟……有时，我们还会走过连接安宁与西固的那道窄窄的铁索桥；有时，还会长途跋涉，不顾疲乏，一直走到钟家河桥。那一条大河，从红崖高耸的天边奔来，西固几座直插云霄、喷着火焰的烟囱，与烟雾薄云缭绕的夕阳相映，形成一幅"大漠孤烟直，长河落日圆""落霞与孤鹜齐飞，秋水共长天一色"的美丽画卷，我们流连忘返，情意阑珊，说不出是惆怅，还是兴奋！

在一个秋日的午后，天气晴朗，田野空旷，一排排大雁列队北飞，从河岸上空，飞向仁寿山方向，那训练有素的人字形列队，那目标坚定的飞行航线，那仿佛定格了一般的空中影像，刻在了我的大脑，萦绕了我的年年岁岁、日日月月！仰望，渴望，期盼，那是一个上帝托的梦，大雁是上帝的代言人，而上帝的嘱托，就是我的思索、我的奋斗，当然也有我的憧憬。

古色古香的青灰色砖楼后面，有一片树林，生长着桃树、核桃树、苹果树、枣树，还有迎春花、丁香花、榆叶梅，在那里，一年大多数时节，绿意盎然，花团锦簇，果实累累！那里的花草树木，是春的使者、夏的凉伞、秋的仓库、冬的风景！出了102教室，向左拐，然后走出一楼后门，就到了那片"桃花源"。在那里，我们默想"关关雎鸠，在河之洲"，摇头晃脑地背诵曹植的《洛神赋》、王粲的《登楼赋》、江淹的《别赋》、鲍照的《芜城赋》，朗诵普希金的《致大海》和吴均的《与朱元思书》：

　　风烟俱净，天山共色。从流飘荡，任意东西。自富阳至桐庐一百许里，奇山异水，天下独绝。
　　水皆缥碧，千丈见底。游鱼细石，直视无碍。急湍甚箭，猛浪若奔。
　　夹岸高山，皆生寒树，负势竞上，互相轩邈，争高直指，千百成峰。泉水激石，泠泠作响；好鸟相鸣，嘤嘤成韵。蝉则千转不穷，猿则百叫无绝。鸢飞戾天者，望峰息心；经纶世务者，窥谷忘反。横柯上蔽，在昼犹昏；疏条交映，有时见日。
　　……

那片树林和花园，是我们的乐园！

那个时代，我们崇拜中国女排，追捧日本电视剧《血疑》、邓丽君的《美酒加咖啡》、李谷一的《乡恋》、苏小明的《军港之夜》、校园歌曲《外婆的澎湖湾》，感受《霍元甲》中的爱国热情，吟唱《在希望的田野上》《年轻的朋友来相会》，不厌其烦地观看电影《戴手铐的旅客》《牧马人》《城南旧事》《我们村里的年轻人》……冬去春来！我们倾倒在莱蒙托夫、雪莱、普希金的脚下，更迷恋于魏晋南北朝大赋和唐诗宋词元曲的神圣境界，在"暮春三月，江南草长，杂花生树，群莺乱飞"的意境中沉醉不醒。

岁月总是匆匆，时节总是不留。两番春夏秋冬，四个半年日子，难忘的大学（大专）生涯倏忽结束，而到临毕业的时候，才发现，自己才真正明白师生情谊，才真正开始好好学习，兰州安宁，那桃花源般的天上宫阙就在眼前。

那是我们大学毕业的1984年，兰州市举办了第一届兰州安宁桃花节，十里桃花，万人空巷，天南海北，盛况空前。蒋大为夫妇亲临桃花节，一曲《在那桃花盛开的地方》拉开了桃花节的序幕，也可以说将安宁桃花唱向全国，唱响全国！

我查找了历史上诗人歌咏兰州安宁桃花的诗篇。

清乾隆年间，落泊兰州的江得符曾诗赞道："我忆兰州好，

当春果足夸。灯繁三市火,彩散一城花。碧树催歌板,香尘逐锦车。青青芳草路,到处酒帘斜。"

李少陵诗云:"山前山后花如簇,园里园外人如玉。家家户户看花忙,人面花容看不足。"

安宁种植桃树的历史悠久,是全国著名的桃乡之一。每年暮春时节,十里桃乡"处处桃树红霞飞,片片桃花吐芳菲"。晚清以来,安宁桃林渐为人知。清人陶保廉的《辛卯侍行记》中有安宁堡"春多桃花"的记载。每逢花期,桃花艳丽似锦,恰似漫天红霞撒落人间,景致美不胜收,安宁桃园就会成为兰州市民春游赏花佳地。届时,以安宁堡为中心,车水马龙,游人很多。众多文人墨客流连树下,饮酒赋诗,留下无数佳话。

美丽的诗句记忆犹新,青春的岁月难以忘怀。

年年岁岁花相似,岁岁年年人不同;风花雪月过眼柔,不知人儿今安否?

"昔我往矣,杨柳依依;今我来思,雨雪霏霏。"

1984年仲夏,班上最小的同学陈希良不满十九岁,金和龙、石正刚、华丽萍、何坤兰、白辽玲、董树良等大多数同学二十岁……

三十五年岁月,弹指一挥间。谨以此文,献给我的母校兰州师专,献给教诲我们的领导和老师们,献给我中文841班的每一位同学!

己亥年丙寅月丙申日于定西

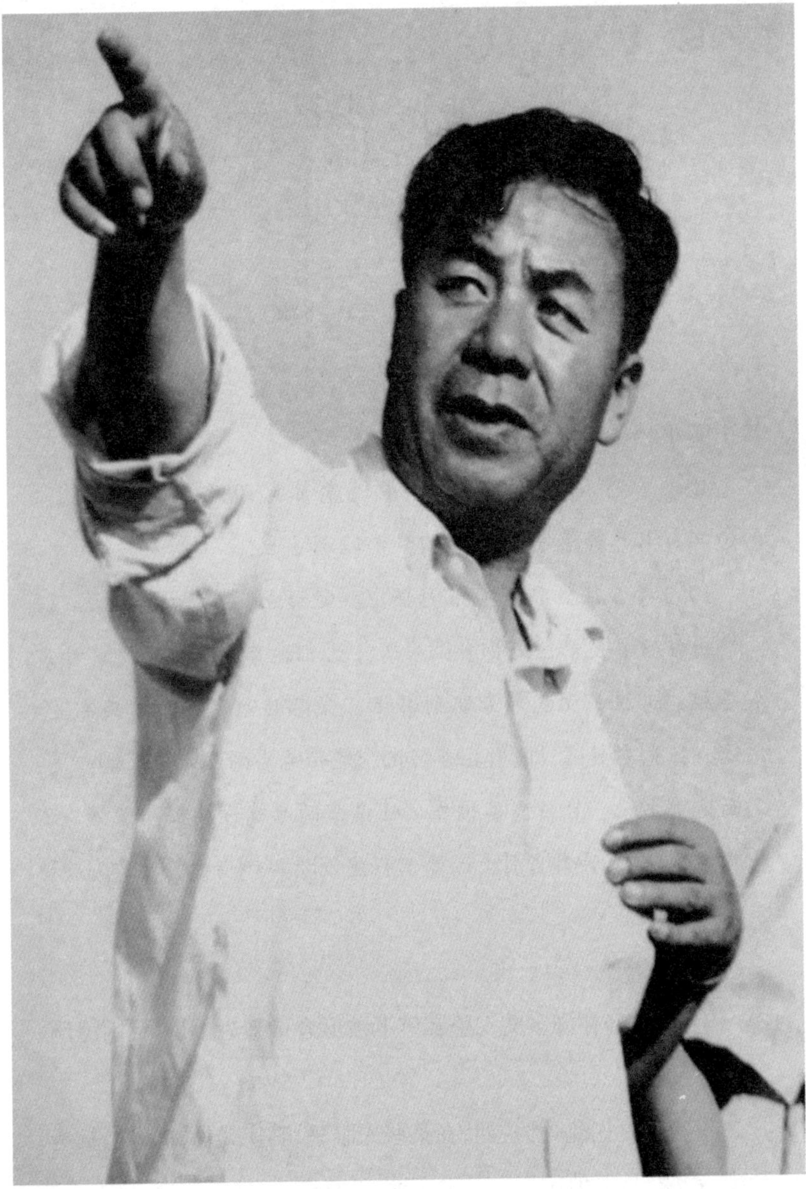

韩爷,您好

——贫困定西的领导们之韩正卿

韩正卿小档案:

甘肃宕昌人,高小毕业,中共党员。1934年12月出生,1949年9月参加革命工作,2015年12月去世。

1983年5月至1989年3月任中共定西地委书记。

历任岷县良恭区好梯乡副乡长、武都地委组织部干事、甘肃省委组织部机关党支部专职副书记、武都县(今陇南市武都区)东江公社党委书记、民乐县委书记、定西地委副书记行署副专员、定西地委书记、甘肃省委常委、甘肃省两西建设指挥部指挥(省扶贫办主任)、甘肃省引大入秦工程建设指挥部指挥、甘肃省政协副主席等职。

定西,曾经在许多文人墨客笔下被形容得破烂不堪、贫困潦倒、不适合人居。

事实果真如此吗?定西,在某些人眼里,确实是那种干旱、贫瘠、荒凉、残酷,是那种还处于刀耕火种、没有奋斗、缺乏努力,只等着外人悲悯和施舍的可怜之人所处的劣等地方吗?

回答是否定的,那都是不了解这块土地历史和现实的"先生们"的臆测和妄断。真实的定西是:

现代,陇右革命轰轰烈烈地在这块土地上进行。

近代,民族英雄林则徐被贬谪新疆曾经此地;伟大的爱国主义者、民族英雄左宗棠在积贫积弱的晚清时期平定内乱、坚决反击外国侵略者的历史时刻,在此安营扎寨、运筹帷幄,兴办工业、筹建书局,并遍植杨柳,引得春风度玉关。

盛唐时代,"是时中国盛强,自安远门西尽唐境凡万二千里,闾阎相望,桑麻翳野,天下称,富庶者无如陇右。翰每遣使入奏,常乘白橐驼,日驰五百里"。这是北宋司马光在《资治通鉴》第216卷中对于陇右的生动描述。秦汉时期,这里更是"大山乔木,连跨数郡,万里鳞集,茂林荫翳……风调雨顺,五谷丰登"。《水经注》《汉书·地理志》载:"天水、陇西,山多林木,民以板为室屋。"

汉代,定西是古丝绸之路的必经之地,张骞通西域,曾经这里,留下"胡麻岭"的美好传说。

"苦甲天下",并不是定西的专称。起先,是左宗棠驻扎甘肃期间,一方面是因战乱、干旱、人为破坏自然等多重因素作用下,对于兰州、白银、定西、天水、宁夏等甘肃中东部广大区域的通称;第二方面是对于"辖境(甘肃)"民生凋敝,无力承担大军西征饷粮对朝廷"协饷"的请求,由此也可以看出民族英雄左宗棠对于甘肃老百姓的悲悯关爱。

就是在这块历史悠久、文化丰富、自然环境恶劣的土地上,以韩正卿为代表的共产党人,从中华人民共和国成立,特别是改革开放以来,胼手胝足,吃苦耐劳,带领定西人民改造山河、奋力拼搏,谱写出了一曲艰辛而甜蜜、伟大而感人的创业之歌,走出了一条贫困地区改变命运、治穷致富的奋进之路,创造出了一种艰苦奋斗、苦干实干的"定西精神"!

改灶

甘肃要定,定西先定;定西不定,甘肃难定。种草种树,发展畜牧,改造山河,治穷致富。

定西十年九旱,年总降雨量在400至600毫米之间。干旱,是定西的主要特征。因为干旱,植物赖以生存的基本条件就缺乏了,难以生长,难以存活,乔木稀少,灌木不多,草皮萎缩。

人类生存,吃饭第一。就像石油是现代工业、现代社会正常运转必不可少的血液一样,定西农村做饭用的燃料,就是定西人的血液。

农村人做饭,都是用的土法盘的灶头,烧的是柴草和树枝,其特征是灶火门较大,热量散失多,热效能利用低,其结果是要用较多的柴火才能烧开较少的水,做出那一锅果腹的饭。而当时的实际情形是,庄稼歉收,农作物秸秆不能满足烧水做饭的需求,因此人们只好将目光投向残存的树木、灌木,甚至草皮,造成生态环境的进一步恶化。

据农业技术部门测算,每户农民每年平均烧掉秸秆草根5475斤(以每天15斤计算),总共需要23.63亿斤。正常年景秸秆只有

16.5亿斤，缺额的7.13亿斤靠铲草皮、挖草根。据1982年至1983年调查测算，定西农村山坡上，4个平方米铲一斤，一年大约铲掉4000万亩草山。

推广节能灶，当时是地委行署"三年停止破坏，五年解决温饱"的关键性措施。账怕细算，全定西地区五十多万户人家，一年三百六十五天，一天两顿饭，按一顿省下一斤柴草计算，那结果是惊人的天文数字，其最终对环境的保护效果是不可限量的。

定了就干，领导垂范。韩书记拜定西县煤建公司工人孙师傅为师，认真学习船型回风省柴灶盘灶技术，在地县干部中首先掌握了这门为农民改灶的熟练技术，成了熟练工，走到哪里，改到哪里！十分钟用十两草烧开十斤水。在1983年10月11日召开的各县主要领导会议上，韩书记给县委书记、县长各发一把泥笼、一把瓦刀。10月12日，他带领军分区司令员，各县书记、县长、武装部长三十多人到定西县景泉乡朱泉店社参加改灶学习。学习人员分成两大组，由县煤建公司郭师傅、张师傅讲解技术规范，后由培训后的农民技术员帮助指导各县来的人各改一个灶，大家对改灶有了深刻印象。韩书记要求书记、县长把泥瓦刀拿起来，架子放下来，并与他们促膝谈心：任何一件事，只要干部带头，艰苦奋斗，一声"跟我来"，群众是会跟着干的。

1984年3月17日，韩书记带领地委秘书处的负责人和工作人员到李家堡镇下街村举办现场改灶训练班，共给张汉千、张世英、陈仰平和郭海江四户改了灶。眼过千遍，不如手过一遍。每改一灶，都当场烧水试验。一试，既无烟，火又旺，明显能节省燃料，家庭主妇的脸上都露出了笑容。特别明显的是郭家的主妇,起初的态度不冷不热,改后一烧,满脸喜悦。看上去,确实达到了家家满意的效果。改灶有三大硬件:灶门、炉条、挡风板。在临洮何家山乡湾窑子社马忠育家,前一晚上答应改灶的小两口第二天神情淡漠。经过三个小时的敲打,改好灶,点火后,灶房里没有烟,火苗明亮,登时主妇喜笑颜开,还张罗着给大家做饭。随之,越来越多的社员前来观看,个个看得非常仔细,有的还趴到灶头量尺寸、问方法。马家山乡马家山村四社唐凤英家灶门很大,前一晚上还和婆婆为烧柴太费而争嘴。第二天先做了对比试验,先用3.5斤草烧开了20斤水,韩正卿书记带来的张师傅帮他们改好灶(用2.2斤草烧开了20斤水)后,七十三岁的婆婆气也消了,家庭也和睦了。

为了把改灶的事情真正抓好,地委于1984年4月6日又在定西县城关乡友谊村薛家岔举行全地区县委书记改灶竞赛现场会,要求是每个县委书记必须亲自动手,不要任何人帮忙,改好一个完全符合"10分钟10斤草烧开10斤水"的节柴灶,和泥、搬砖及打杂的活可以允许别人帮忙,所有技术活则必须书记们亲自干,时间总共6个小时(上午4个小时,下午2个小时)。经过紧张忙碌的比赛,最后点火测试,陇西县委书记陈德禄、通渭县委书记张子芳改的灶完全符合标准。韩书记和地委秘书长景培录合作改的一台灶也符合标准。在第二天召开的大会上,他口头表扬了陈德禄、张子芳两位县委书记,给所有的县委书记各发了一台收音机以资鼓励。同时还表彰了十三位改灶技术好的技术员。县委书记开展改灶比赛,这个事迹当年登上了中央和省上的报纸,一时传为美谈。

在韩书记和各县县委书记的亲身示范和带动下，各县培训了改灶技术员1800多人，形成了全区动员、全民参与的改灶热潮。到1984年年底，全地区共改灶37.41万台(户)，改灶农户占86.5%，仅此一项，全地区一年节省燃料约5.7亿斤，定西地区砍树木、铲草皮等破坏植被的现象基本停止，提前完成了省上提出的工作任务。

种树

"四合院里的花，有白的梨花，青翠紫的龙柏，白而微绿、红里透白的迎春花、牡丹花、芍药花，俗称火燕、白眼圈的铜铃在树丛花间嬉戏鸣唱。"这是韩书记对地委领导们和秘书处办公场所"四合院"里树木、花草、鸟儿的亲笔描述。

"青山需永绿，鸟兽宜长留"，这是韩书记对于定西人民生存环境的一种理想和期盼。

种树种草，既是勤劳勇敢的定西人民改变环境的优良传统，也是改造山河、治穷致富的战略性选择、战术性紧迫任务。

韩书记，是一个热爱绿色，并用实际行动播撒绿色、造福定西的实干家，还是一位坚决贯彻上级指示，不折不扣落实中央和省委精神的好领导。

1983年7月胡耀邦总书记视察甘肃后，提出了"种草种树，治穷致富"的指导方针，反弹琵琶，改造山河。当时，山东、河北、河南三省231个单位的青少年学生、干部和职工群众，给定西地区寄来臭椿、紫穗槐、刺槐等17个品种的各种树籽30.35万斤。同年9月，胡耀邦给定西县委寄来侧柏种子和华山松种子。在韩书记的亲自推动下,全地区迅速掀起了种草种树的热潮。

值得一提的是,共青团定西地委和渭源县委响应胡耀邦同志视察定西时的指示精神,在会川林场黄香沟实施的万亩青年林工程,成为当时全国规模最大的共青团绿化工程。韩书记对这一工程也给予了充分肯定和极大鼓励。

在韩书记兼任靖远兴堡子川电灌工程指挥部指挥的1982年4月1日,在指挥部院子里栽树,整整一天,大风翻卷着阵阵的红黄色的干沙只往人眼、鼻、耳里灌,头发里钻进去的沙子把两盆子清水都洗成了泥糊糊。他不忍心把十株松树苗栽在山包上,主要怕羊或人糟蹋掉。最后下决心栽到院子里,于是,挖了四个大坑,把盐碱土换掉,黄土里掺上羊粪垫好,然后把松树栽进去,浇上水、绑上支撑(以免风摇动),但愿都能成活。

走到哪里,把树栽到哪儿,这是韩书记的一贯作风。在韩书记下乡用的老式越野车后备厢里,铁锹、装着用泥浆裹着树苗的铁桶是常见之物。定西县高峰乡原乡长张恩记得清清楚楚,那是1985年春季的一个早晨,他还在办公室里睡觉,一个态度温和的中年人敲办公室的门,他急忙穿衣服开门,原来是地委韩书记(因为经常去地区开会,乡镇的书记、乡镇长大都认识韩书记),韩书记向他询问了旱情、备耕、植树等情况,然后匆匆忙忙又去别的乡镇了。后来我从《韩正卿日记》中查到了当天他的行程,他一口气跑了高峰、内官、东岳三个乡镇,在每个乡镇政府的院子里都栽下了三棵树,分别是云杉、油松、落叶松,三棵树形成对比,他以此观察成活情况和适应性。全地区七个县的大多数乡镇政府机关院内,都留下了韩书记亲手栽的三株针叶树。在定西县的26个乡镇,临洮、渭源、陇西、通渭、靖远、会宁的许多乡镇,韩书记常带的那些针叶树,都扎下了根。

"四旁"(宅基地、地埂、道路、水沟等)植树,"山头戴帽子"(草、灌木为主)、"山腰系带子"(梯田、林草带)、"山脚穿靴子"(沟坝、筑坝地、栽植乔木等)的创举,使定西的沟沟岔岔、山山梁梁都逐渐绿起来了。

定西的贫穷,既与植被遭到严重破坏、生态承载能力下降有关,也与树种单一、群众收入来源较少有关。韩书记敏锐地将绿化与增加群众收入结合起来,坚持薪炭林、用材林、经济林同时并举。为了强有力推动全地区大规模的植树造林活动,地委、行署于1984年成立了定西地区北部薪炭林基地建设指挥部、定西地区中部经济林基地建设指挥部和定西地区南部针叶林用材林基地建设指挥部,专门负责200万亩薪炭林、经济林、针叶林基地建设的造林规划、苗木调运、组织实施和督促检查。从1986年到1989年底全地区完成"三林"100多万亩,人工造林面积累计达287.51万亩,实际保存228.77万亩,保存率达79.57%。

种树典型层出不穷,如渭源县的马治国、孙国俊,会宁县的郭富山,陇西县的贾兴汉,定西县的孙仲行,一大批踏踏实实的种树能手和实干家,都是韩书记大会小会的有力实证、模范,也是他笔记本上的主人公。

修路

当时制约定西地区群众出行最突出的交通区段有两个：一个是临洮县北部马衔山脚下的何家山、马家山、上营等五个乡镇，这里山大沟深，高寒阴湿，自然条件十分恶劣，群众生活非常困难；另一个是定西县与会宁县相连接的捷径，定西县鲁家沟到会宁郭城驿之间的石峡。

韩书记和地委、行署的领导们下定决心，决定克服一切困难，努力建设方便群众日常出行和脱贫致富的工程。上报省委省政府，得到省上的大力支持后，两条道路先后开工建设。

普银公路，从临洮县峡口乡普济寺到榆中县银山乡，地处马衔山山区，全长近70公里。经过地委、行署、临洮县委县政府的共同努力和沿线群众三年的艰苦奋战，这一条公路于1988年建成通车，结束了临洮县北部五个乡政府驻地不通公路的历史，也为当地的资源开发、经济交流、群众出行和生活提供了便利。

巉郭公路，是当时定西地区的头号以工代赈工程。公路全长77公里(其中山岭重丘区18公里)，南起定西县巉口乡，北达会宁县郭城驿新堡子，工程建成后，由定西到会宁可少绕73公里路程，解决定西、渭源、陇西北部公路沿线约15万多户、80万人口的交通问题，政治、经济、战略意义非常重大。为了建好这条公路，韩书记倾注了所有的心血和汗水。

在勘测设计阶段，他和工程技术人员深入石峰耸立的大峡查看地势、地貌，穿越坎坎坷坷的泥泞路，攀爬险要危峻的石峰石嘴，饿了啃的是大饼，渴了喝的是山间的苦咸水，为科学决策线路、工程量、工期、补助款，掌握了第一手资料，做到了心中有数。1984年2月24日，虽然已经立春半个多月了，但定西依然是春寒料峭。韩书记带领计划、交通、财政、银行等部门的负责同志一行八人从定西县鲁家沟羊圈沟到会宁县马家堡，徒步五个小时，攀登岩崖陡坡，穿越冰冻河谷，详细察看了巉郭公路路线。大家各自带着烧饼、馒头和煮鸡蛋，下午两点，蹲在风雪交加的河湾里进行午餐。实地察看之后，大家一致认为路线可行，并表示要齐心协力干成。

定西地区和定西、会宁两个县都成立了巉郭公路工程建设指挥部，负责计划下达、物资调配、技术指导、工程检查等工作。在1984年6月破土动工以后，韩书记时刻牵挂着工程的进度，多次深入工地鼓舞士气，检查解决各种疑难问题。

1985年，在群众对工程投资全部实行"粮、棉、布"的"以工代赈"做法产生动摇，认为政府的政策变化大的情况下，韩书记与指挥部积极采取了一些补救措施，从"两西"梯田款中兑换了35万元，解了燃眉之急，稳定了群众情绪。

定西县境内的羊肠豁岘工地为川区进入石峡的咽喉路段，山高石坚，工程艰巨，一度拖了全线工程建设的后腿。韩书记在与群众和行政领导、技术人员综合会商后，决定采取"定领导、定人员、定时限、定日进度"的办法，确保工程进度和质量。1984年11月30日，韩书记徒步检查巉郭公路，发现进度慢、质量差、组织领导不得力，有些路段支应差事，虚土填得松松垮垮，他对地区、定西、会宁三个指挥部提出了严厉批评,明确指示立即整改,并由杨继雄副专员负总责,进行监督检查,还指令定西县负责交通工作和巉郭公路工程建设的副县长行治国常驻工地,立下军令状,限期完成当年的工程建设任务。

1984年12月8日,韩书记带领有关人员深入巉郭公路工地检查,他们步行羊肠小道三十多里,沿途攀爬石峡岩崖,在翻过一道山梁时,碎石如雨点般落下,这时才听见有人喊,要大家赶快离开,这里在放炮炸石头。真危险啊!

三年的酷暑严寒磨砺,三年的窑洞炒面生活,终于换来了在山石裸露、沟壑纵横、悬崖峭壁的关川河畔修出一条通天大道的喜悦。

由巉郭公路去会宁、靖远,比绕道西兰公路(兰州至西安)、慢靖公路(会宁慢湾至靖远)缩短运输里程61公里,节省运费300多万元。

定西、陇西、通渭、渭源和漳县、岷县的老百姓把巉郭公路叫作"拉瓜路""拉煤路",有了这条路,靖远县的优质煤炭和靖、会两个县的西瓜、籽瓜源源不断地就运输到了定西地区的其他几个县,搞活了流通,降低了成本,改善了生活,因此群众也把这条路称作"致富路""幸福路",还是干部群众的"连心路"。

这条沟通定西地区南北的交通干线,正是当年王保保在沈儿峪决战后一路北逃的狭窄官道。巉郭公路的建成,使羊肠小道变天堑通途,从而使靖、会与定西的连接不再遥远,不再艰难。

兴水

"盼水爹",现在听来都很时尚的词语,以前就出现在韩书记的日常语言中,这是身边工作人员、熟悉他的基层干部、亲切关注他的老百姓对他的另一个亲昵称呼。

早晨醒来的第一件事情就是看天色。天阴了,他的心情就愉悦;天下雨下雪了,他的心情就分外舒畅高兴!

无论是在下乡途中,还是在兰州开会,抑或是在西北农学院、中央党校的学习时光,他的心天天都牵挂着定西七个县的降雨量,惦念着农民的水窖,观察着庄稼苗苗的成长。他的心,以农民的喜悦为喜悦,以农业的增收而兴奋,以定西的富裕为使命!

衙斋卧听萧萧竹,疑是民间疾苦声。
些小吾曹州县吏,一枝一叶总关情。

郑板桥的这首诗,可以说是完全契合韩书记的心灵世界了。

据有关资料显示,1981年,定西县连续十一个月没有降雨,临洮县十个月没有下雨,最长的二十二个月没有下雨,超过1928年七八个月没有下透雨的记录,连麻雀都不垒窝了。

靖远县与宁夏相接的腾格里沙漠南缘的广阔区域有大约55万亩土地,这里一马平川,只要有了水,就是米粮川;会宁县有几片超过几万亩的旱川,也是嗷嗷待哺,亟盼甘霖;定西县作为地区行署所在地,是甘肃中部干旱地区的代表,20世纪50年代时,省上就做过"引来洮河水,滋润老百姓"的尝试……

一切都是水!水是生命之源,水是定西农民的命根子,也是财富的象征。曾经有一段时间,定西农村嫁闺女,要看家里有几眼水窖。水是农业的命脉,是工业的根基。

有水的地方走水路!

定西有黄河、洮河、渭河三条河流经过,必须在充分利用河流、兴办水利工程上做足文章。

于是,一系列水利工程在定西地区财政十分拮据的情况下开工兴建。

1982年伊始,由省长李登瀛、副省长葛士英亲自点名,由实干出身、善打硬仗的地委副书记、行署副专员韩正卿兼任靖远兴堡子川电灌工程指挥部指挥,全面负责"几上几下"、目前举步维艰的兴堡子电灌工程建设工作。从此,他吃住在工地,与指挥部成员、靖远县委县政府领导、工程技术人员、施工方人员、农民工一起,会商症结、筹集资金、优化方案,上兰州争省委省政府领导支持,跑厅局,协调方方面面的具体难题,有时还会与施工方省水电工程局发生争吵、斗气!一年中,他有多一半的时间在工程指挥部度过,还有许多时间是在为"兴电"解决问题的奔波中度过。作为一名地级干部,他与普通技术人员、普通工人一起吃着馒头、白菜,同工人一起劳动,一起种树,一起流汗!在他担任地委书记、主政定西全面工作后,也是三天两头跑"兴电"工地,亲自协调解决工程建设中的困难。由于韩书记的强有力推动,凿隧洞、架渡槽、打围堰、建泵房、平田地……建设速度突飞猛进，日新月异。1984年9月，总干渠胜利通水，当年实现冬季灌溉面积1万亩，东干渠、北干渠通水后，可以灌溉农田15万亩。

靖会电灌工程在他的关怀下进度在加快，白草塬、三场塬、甘沟支干渠建设和刘川电灌工程建设有了新进展。

临洮县中铺电灌、刘排子电灌工程先后建成，渭源县峡口水库、三甲水电站等十多项骨干工程开始建设。

身在定西，情系定西。回顾历史，引洮势在必行。引洮，是定西多少代人的梦想，也是当政者的最大愿望。既然"大引洮"（解决甘肃中部十几个县的城镇和农业用水问题）暂时实施有困难，那就上"小引洮"，这就是当时定西地委、行署推动实施的"临定提灌工程"。地区成立了临定提灌工程筹建机构，韩书记亲自带领有关人员钻山沟

（王宏宾 摄）

沟、爬山梁梁、勘查引水线路、测算洮河流速流量、研究工程建设成本，琢磨怎么样能使水资源得到最大限度的利用，让金贵的洮河水产生最佳的经济社会效益。这个工程计划从临洮县三甲排子坪洮河岸上水，在大碧河谷建八级泵站，穿过12公里的胡麻岭隧道，将洮河水引到定西县，灌溉内官营、城关、巉口、秤钩驿到会宁县头寨、榆中县高崖等地约33万亩耕地。

奋斗者的辛劳没有白费。虽然临定提灌工程（"小引洮"）最后因为国家水利部和省上倾向于"大引洮"而搁浅，但却为国家、省上下决心建设"大引洮"工程埋下了伏笔，起到了积极的作用。

办厂

定西的穷，还在于缺少工业，缺少企业。

大办地县企业、大办乡镇企业、大办个体私营企业，最大限度地调动每一个劳动者、公民、市场主体的生产积极性，激发他们贡献智慧、创造财富的活力，这是地委、行署领导的共识。韩书记提出要让百分之八十的农户每家有一人在企业工作。

甘肃（定西）无纺织地毯厂的兴建，起源于1985年3月31日由省委书记李子奇、常务副省长侯宗宾率领甘肃省党政代表团参观考察湖北沙市无纺织地毯厂时得到的启发。这中间还有一段波折。考察过程中，李子奇书记和韩正卿当面给陪同的沙市刘副市长提出，过几天安排定西县专门人员来厂参观学习，刘副市长满口答应。可是五天后定西县一名副县长和两名技术人员赶到厂里时，人家却不让进大门,经与刘副市长电话联系,在工厂工作间隙,才让定西县考察人员进厂参观。他们怕的是同行竞争,抢了他们的饭碗。考察结束后,为了落实南方学习考察经验,省上于6月6日至8日,召开经济座谈会,李子奇书记亲自给定西加油鼓劲,希望定西把办好无纺织地毯厂作为发展经济、迈开新步伐的"第一炮",而且这一炮一定要打响,没有退路。正是在这次会议上,省上正式立项建设无纺织地毯厂。韩书记在当年8月主持召开协调会,邀请各有关方面人员参加,由省委经贸部部长拍板决定,省内各毛纺织厂的下脚料供给定西无纺织地毯厂。在韩书记的多次亲自督促下,定西县确定专人负责,并聘请原定西手工艺地毯厂厂长李政清、总工程师吴神沙、年轻有为的唐有青担纲组建定西无纺织地毯厂建设班子。在日本公司借机抬高机器设备价格、影响工厂建设进度时,韩书记当机立断,指示"不能在一棵树上吊死",于次年3月在国家轻工部举办的国际轻纺机械博览会上,定西县与奥地利菲利公司、联邦德国福来司拿公司正式签署引进针刺无纺织地毯生产线的合同,金额146.7万美元,比日本大阪的同类型机械还要先进和便宜。经过艰苦细致的安装、调试、中试,一年零两个月之后,定西无纺织地毯厂于1987年5月15日正式投产。根据李子奇书记的安排,从厂里拉来一汽车各色地毯到省委党校,韩书记亲自在省委党校举办的地县级主要领导干部班上进行宣传、"推销"。这次别开生面的展销会,让全省各地市县的领导们大开眼界,对干旱、落后、贫穷的定西能利用现代化的管理、领先国内的生产线,生产出高质量、多品种、适应各个消费层次的新产品赞赏有加,许多人感叹"黄土地飞出了金凤凰"。

（王宏宾　摄）

　　有眼光、有作为的领导者做事情、干事业，往往是未雨绸缪，就像弈棋的高手，总是棋看三步。谋划定西的工业项目建设，韩书记和他领导的地委行署团队，对于全地区的工业项目，也是"下棋看三步"。要吃着"碗里的"，按照企业的实际情况和经营指标，分为佳、优、好、一般和差（亏损）五个类型，对症下药，好的鼓励更进一步，一般的督促迎头赶上，差的要求限期改正，把实实在在的措施落实到每个有关的人头；看着"锅里的"，对地直、县直、乡镇在建企业，对每项工程的时间、质量、资金、工期、劳力、物资、领导、队伍等，包到几个县级以上干部头上去——落实，包括抽调一批懂行的县级干部去干；盯着"地里的"，除过投产一批、在建一批，还要建立项目库，成立项目组，围绕国家产业政策投资方向、国内外市场需求，发挥定西矿产、农产品和人力资源丰富的优势，积极准备一批可行性项目。在地区、县上党政领导的高度重视和科学决策、大力推动下，一大批在省内外有一定影响的地县企业在这个时期建成投产，像陇西铝厂、定西县制鞋厂、陇西复合软包装厂、通渭味精厂、通渭粉丝厂、通渭赖氨酸厂、漳县盐厂、岷县制药厂在当时风靡全国。

　　同时，乡镇企业也得到显著的发展，到1986年底，全地区乡镇企业数量发展到2.3万多家,从业人员发展到9.1万人,分别比1982年增长了20倍和4.5倍。

重才

一个人思想的高度决定了他的行动的力度,也决定了他事业的深度、宽度、广度。

1981年,韩正卿在担任定西地委副书记、行署副专员期间,就曾提出将定西作为全国干旱特区的设想。这个富有前瞻性的大胆创意,来源于他来定西后深入的调查研究,来源于对区情的深刻了解,来源于他造福一方百姓的使命感,也来源于他的科学工作态度和创新求实精神。搞科研、修梯田、植树、建水窖、水池、安装太阳能灶,这是主要措施;建议中央每一年给予定西2亿元的支持,这是资金保障;实行两步走,第一步是在赤地千里的情况下,争取在20年内解决温饱问题(人均粮食800斤),第二步是20年后再用10年时间解决富起来的问题,人均达到1000美元,这是他的战略步骤。这个创意得到省委省政府主要领导冯纪新、李登瀛的高度评价和充分肯定。也为省委省政府开始甘肃的"两西"建设,甚至为国务院决定开始"三西"建设开了先河。这是何等的远见卓识!

"十个三"战略,就是韩书记服务定西、根治贫穷、全面发展、富裕定西的战略纲要,是他将上级精神和本地实际创造性相结合而产生的宏伟规划,是他志存高远的奋斗宣言。

邀请全国著名社会学家、全国人大常委会副委员长费孝通多次

来定西,为定西的经济社会发展把脉施策。

聘请于光远和他率领的12名专家教授,钟永堂(省委农村政策研究室主任)、仲兆隆(省委办公厅副主任)、任继周(省草原生态研究所所长、教授)、张汉豪(省林业厅总工程师)、王贤春(省两西农业建设指挥部副指挥)、孙民(省委农村政策研究室副地级研究员)、高继善(省水利厅总工程师)等15名领导、专家、学者,还有定西地区敬东机器厂厂长高明道等为定西地区经济发展顾问,常年为定西经济社会发展出谋划策,提供决策咨询服务。

两次以地委、行署名义召开定西地区经济社会发展理论研讨会,邀请省内大学、科研机构以及全地区各行各业的经济及社科人才参加,专题谈论地委、行署的"十个三"发展思路,即"三学兴办"(正规学校、职业学校、党校和干校)、"三料当先"(燃料、饲料、肥料)、"三户齐抓"(专业户、重点户、贫困户)、"三渠通畅"(人才渠道、信息渠道、流通渠道)、"三工齐上"(国营工业、集体工业、个体工业)、"三林共造"(用材林、薪炭林、经济林)、"三水同抓"(天上水、地上水、地下水)、"三路兴建"(公路、农电线路、广播线路)、"三田不放"(梯田、沟坝地、水地)、"三风大正"(党风、学风、社会风气),突破、摒弃定西"穷惯了、等惯了、要惯了、靠惯了"的思维定式,汇集人才,集中智慧,统一思想,凝心聚力,万众一心向贫穷宣战。

成立了定西地区种草养畜服务中心、旱作农业研究中心、经济社会发展研究中心,选拔了一大批有知识、有文化、有闯劲的德才兼备的干部到"三个中心"出主意、展才华、建功业。组建定西地区农业经济学会,主要任务是理论与实践相结合,围绕和服务中心来开展工作,面向全地区群众,带动全地区群众向智力大进军。农经学会一直搞到了乡一级。仅地直一级有就有二十几个各类型学会。

尊重知识,尊重人才,求贤纳谏,兼收并蓄。

1984年2月11日,定西老中医李世芳来韩书记办公室,讲了自己对培训中医大夫的建议,说中医事业后继乏人、留不住外地人等。仅仅过了两天,他又向韩书记写信,谈了培训定西中医大夫的紧迫性、必要性和具体措施。对这个非常好的建议,韩书记马上批示卫生、教育、人事部门拿出落实意见。

韩书记的办公室门永远是敞开的,工人、农民、教师、大夫、机关干部、退休老干部,男女老少,随时随地,都可以给他讲困难、提建议,甚至叙说困惑,探讨发展大计、治穷妙方。

上下同欲者胜。地委、行署经常性地召开机关干部大会、党员干部大会、离退休干部大会,将上级精神、本级"十个三"的思路、决策、措施一竿子插到底,向大家通气,贯穿到科长和普通干部头脑中。发动干部搞好社情民意调查,经常挑选干部下乡搞中心工作,将地委、行署的决策部署落到实处。1985年12月19日,地委、行署抽调800名干部到基层开展调查研究!九牛爬坡,个个出力。通过千辛万苦的努力、千方百计的思索、千山万水的跋涉和千家万户的深入,不达目的、誓不罢休的工作作风,将定西的扶贫攻坚推进到崭新阶段。

难忘中央领导和省上宋平、冯纪新、李登瀛、贾志杰、阎海旺、刘冰、葛士英等领导对定西的倾力支持!难忘省委书记李子奇任期内八下定西,与定西的干部群众共商"陇中治贫之道"。

李子奇书记在点将韩正卿接任引大入秦工程指挥时,饱含深情地说:"老韩,你是一个苦命人。"这是说韩正卿同志一辈子的工作足迹,无不与苦有关。东江公社、民乐县、定西地区、引大工程,都是苦的代表。但就是在这"环境苦、条件苦、生活苦"的境遇中,他干出了不平凡的成绩,赢得了老百姓的爱戴和拥护,得到了组织的高度肯定和重用、表彰。在东江公社时期,兰州电影制片厂、中央新闻纪录电影制片厂分别拍摄了《红日照东江》和《战天斗地换新颜》两部纪录片;在民乐县期间,《人民日报》记者孟宪俊、曹永安采写了《民乐县委书记韩正卿的家》,于1980年12月3日在《人民日报》二版发表,还配发了短评;在"引大"期间,顺利实现工程通水,攻下了世界性难题;1995年,在省政协副主席任上,他被国务院扶贫办、中国扶贫基金会评为全国第二届"十大扶贫状元"。

政声人去后。韩书记,在您离开定西的时候,定西的扶贫治贫事业已经探索出了一条成功的路子,并取得了决定性新成绩。定西的各级干部、定西的城乡老百姓都把您亲切地称作韩爷、韩大人!您离开定西三十年了,定西的干部群众对您的成绩念念不忘,铭记在心;对您的亲民、实干、朴素、坦诚、诙谐记忆犹新!

韩爷,您是一个锐意进取、勇于创新的人,一个把老百姓的甘苦牢记在心上的人,一个一言九鼎、敢于担当的人,一个廉洁、正直的人!您是一个好人,一个好党员,一个好的领导干部!

韩爷,定西老百姓把您又亲切地称作"韩大人"。在人们眼中,您这个"大人",是汉代司马相如《大人赋》中品德高尚的"大人";是《论语·泰伯》中"巍巍乎……荡荡乎……",有人性本色、让人敬仰的"大人";是做到中国古代立德、立功、立言"三不朽"的"大人"。

韩爷去世三周年了,但您永远活在三百万定西老百姓心中。

戊戌年辛酉月庚戌日于定西

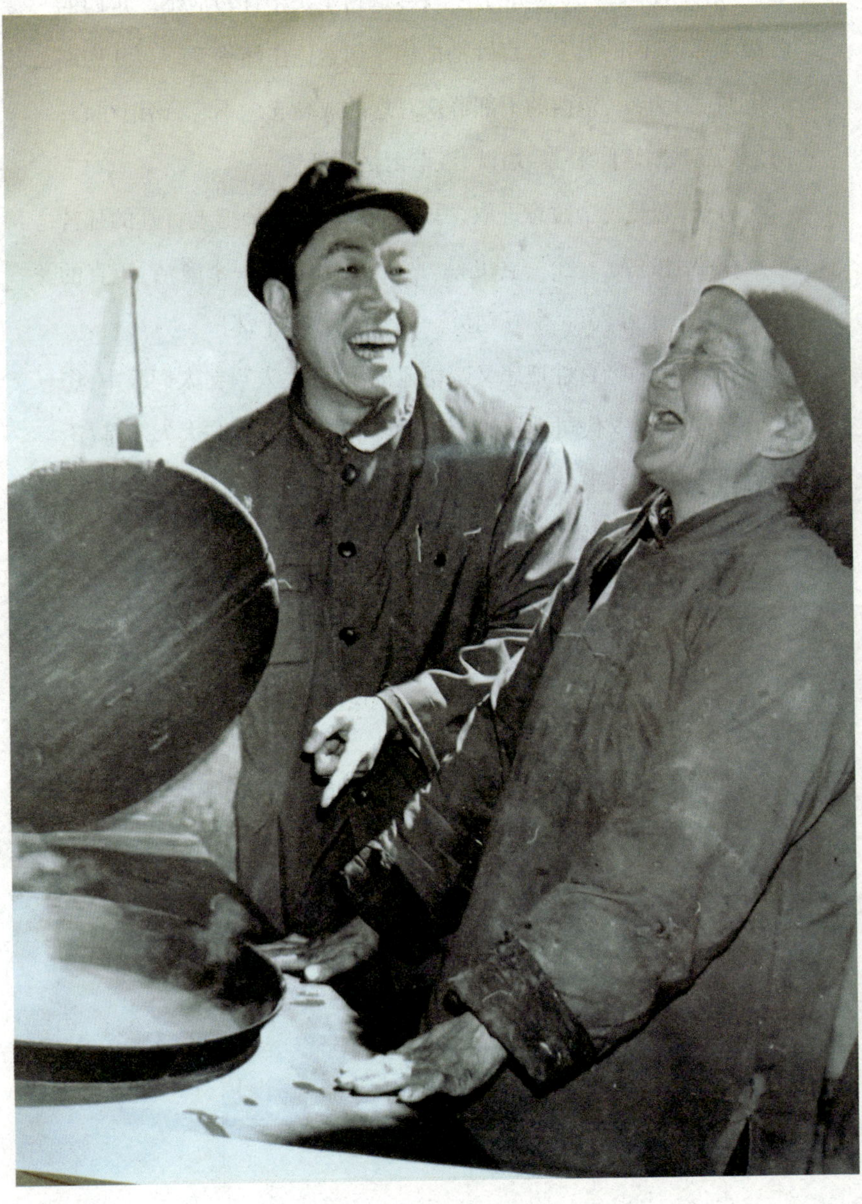

人物纪实

根扎西北

——贫困定西的领导们之张国维

张国维小档案：

张国维，江苏省宜兴市人，1935年出生，1954年9月参加工作，中共党员。

1983年5月至1989年3月任甘肃省定西地区行政公署专员；1989年3月至1992年8月任中共定西地委书记。

历任定西专员公署林业局干事、定西军分区生产指挥部办公室干事、地区行署农办科长、行署办公室副主任、靖远县委副书记、定西地区行政公署专员、定西地委书记、甘肃省人事厅厅长、甘肃省人大常委会代表工作委员会主任等职。

《晏子春秋》中晏子有一句非常著名的话："橘生淮南则为橘，生于淮北则为枳，叶徒相似，其实味不同。所以然者何？水土异也。"

张国维，地地道道生于鱼米之乡的南方人，19岁大学毕业之后，响应国家的号召，服从组织的安排，怀揣建设甘肃、效力祖国的理想，扎根"苦甲天下"的定西近四十年，从一个热血青年成长为主政一方的地委书记,为全国著名的贫困地区——定西,贡献出了青春和智慧,付出了力量与汗水。可以说有了中国共产党的正确领导,有了建设国家、服务群众的理想和信念,"橘",不管生在美丽富饶的江南大地,还是贫穷落后的甘肃定西,都一样地会克服种种的困难,将根子牢牢地扎进脚下的土地,广泛吸取群众的营养,从而茁壮成长,根深叶茂,开花结果,保持原汁原味的品质和翠绿挺拔"橘"的形象,成为祖国的中流砥柱,人民群众满意的公仆。

渡过"第一关"

张国维的老家在太湖之滨的江苏省宜兴市。宜兴是个物产丰富、人才辈出的地方。教育部原副部长蒋南翔,科学家周培源,著名画家徐悲鸿、吴冠中,都是宜兴人。宜兴还是中国"教授县",据统计,宜兴共出过一百多个大学校长,近三十个"两院"院士。历史上还出过四个状元,十个宰相。

张国维于 1954 年 9 月从位于南京的华东农林干部学校毕业后来到甘肃,省上又将他分配到定西——当时全省最艰苦的地方。谁知道这一来,一辈子搞的事业就是植树造林、种草种树,一干就是三十八年,人生的黄金阶段和主要时光就留在定西了。

他学的是林业专业,因此顺理成章地被分配到定西专员公署林业局。当时定西地区的领导机关是省政府定西专员公署,老百姓习惯性地称为"定西专署"。专署是省政府的派出机关,不是一级政府,管 7 个县,分别是定西、会宁、靖远、陇西、渭源、会川、临洮。在甘肃中部地区,定西7个县中条件最好的是靖远县,处在黄河边上,可以利用黄河水来搞一部分灌溉,条件较好的还有临洮县,也是有洮河流过的缘故。

分配在定西的大专院校毕业生来自全国各地,也有经不起考验走了的。南京来定西的有两人,他是其中一个。当时的定西,非常困难。1953年定西遭遇严重的干旱,农业严重减产,农民吃不饱。干部的生活也好不到哪儿去,吃的是供应的黑面、杂粮、干菜,没有米饭,白面馒头很稀罕,也不是经常能吃到。喝的是苦水。洗了头,头发粘在一起梳不开。冬季冰天雪地,烧火的炉子不会用,也不会"焖火",冻得受不了,每天晚上都是当"团长"。

张国维回忆起刚来定西时的生活,记忆深刻,历历在目,几十年之前的事情和经历仿佛就在眼前,就在昨天。他说,好多地区机关的干部都在地委专署上大灶。当时说吃饭,以为是米饭,结果第一顿就是黑面饭和黑面馍馍。

生活关,是第一关。当时他也面临着激烈的思想斗争。毕竟,江苏是全国最好的地方,鱼米之乡,生活条件比甘肃要好得多。毕竟,他才19岁,肩膀还稚嫩,心理落差实在是太大了啊!当时机关上的思想政治工作做得好,加上领导和同志们的关心温暖,还有繁忙的工作,最后

大多数人都选择留了下来,在定西工作,在定西创业,在定西施展抱负。

从外地来的好多年轻同事们曾经在一起议论,中国还有这么落后、这么贫穷的地方?!

当时甘肃正处于建设时期,除了从外地大学毕业分配来的,也有许多从外地调过来的干部。甘肃省委当时为此开展了一次批判议论甘肃落后的运动,转变了观念,端正了思想,也促使绝大多数人都留了下来。

以后他们逐渐适应了这种生活,偶尔吃一次大米饭,就认为是享受了。

张国维说,当时特别想家,但是组织上规定四年才能回一次老家。母亲说能参加工作不容易,别人能待下去,你们就待不下去?!

组织上很照顾他们的生活,一个月的工资四十二元,还发煤炭、口粮、布票,一切都包下了。发了公费医疗证,看病的时候个人一分钱都不用掏,也没有挂号费。药包就是报纸包的三角包,不管是感冒头疼,还是腹痛拉痢疾,一次都发给两三天的药量。不过那时人们一年到头一般不看病。

下乡的时候,干部都是到老百姓家里吃饭,一天三顿饭,一天交三四毛钱的伙食费。国家补贴,县与县不一样,基本也就是三四毛钱。住土炕,自己带行李。

坐火车、坐汽车,一天有一块二毛钱的补助。补贴的钱基本够交饭钱。必须给老百姓交伙食费,这是纪律;如果不交,就是违反了纪律,就会受到纪律处分。

可以找向导,找向导的费用打个条子,回去可以报销。

有了这些待遇,人人都有一种作为"公家人"的光荣感、自豪感,这也在很大程度上帮助大家安下心来,扎根定西。

同志之间的关系非常纯洁、健康、正常。大家互相帮助,互相批评。每周六下午都安排有组织生活会,每一个人有什么问题可以开诚布公地提出来,开展认认真真的批评与自我批评,检讨自己的革命意志是否不坚定了、工作上是否有差距了、学习是否抓得不紧了、纪律是否松懈了。大家有意见,随便提;有批评,不掩饰;有建议,当面讲。张国维深情地说,很怀念当时的那种气氛,那种团体生活。

一间宿舍住着四个人。当时专署在后来的敬东厂(地委、专署在一起),地委有个小楼,书记是曹树人,专员赵彦杰,他们都是老同志,吃饭简单,穿着朴素,和老百姓没有太大的区别。

领导很关心群众的生活。第一次离开父母亲在定西过年,大家都很想家。于是有人提议把钱凑到一起,到街上买些年货过年。可是定西街上买不到花生,只能买到干点心,还有硬的水果糖。大家有情绪,发牢骚说什么都买不到,于是纷纷提出到兰州去过年。不料单位领导批评他们,说本地干部能过个年,你们就不能过?!大家也是年轻气盛,想不通这件事,就去找专员,专员赵彦杰说娃娃们是想家了,有啥了不起,行,你们去兰州过年!有专员的一句话,大家都去兰州过年了。兰州的住宿很便宜,住在小沟头,后来兰州的同志邀请他们到家里去过年。三天的假期,从腊月三十晚上去,初三晚上坐火车回来。当时工资也不缺,完全够花了,大家感到非常温暖。一年后就适应了。不得不说,当时思想政治工作做得确实非常到位。

以后参加各种行政工作,下乡的时间在百分之六七十。吃住在老百姓家里,与老百姓同吃同住同劳动,种草种树修水利,还有农村的合作化运动,完全融入定西火热的生活工作中来,变成了定西干部队伍中的一分子。

实践中成长

从1954年到1992年,张国维一口气待在定西38年。

当时大学生本就稀缺,通常分不到地区以下,这一批人国家非常重视。

"文化大革命"中专署被撤销以后,行政机关都停顿了,张国维在军分区生产办公室秘书科当秘书。军分区司令员是陈鼎乾,也是管生产的领导。

"文革"结束,地区行政公署成立,他到农办工作。1979年1月从行署办公室秘书科科长提任行署办公室副主任,1982年3月到靖远县任县委副书记。

1982年春季,靖远县遭遇多年不遇的旱灾,群众生活遇到困难。全县羊羔肉很便宜,几毛钱还卖不出去,因为干旱,羊没草吃,群众就大量宰杀了。救灾和安排群众生活是一项紧迫的任务。

当时靖远县还发生了地震和连续三件杀人案,都是对一个主持工作的县委副书记的决断、运筹能力的考验和锻炼。1982年4月,靖远县东南部发生了5.7级地震,在当时反响很大,一时间搞得人心惶惶。谁知祸不单行,又接连发生三起凶杀案件。老爷山(红旗山)

(王宏宾 摄)

煤矿,有个保卫干部是转业军人,姓吴,晚上巡逻时喝醉了酒,当时煤矿洞口出来了一个工人,那个工人问你是谁,结果姓吴的认为这个人不尊重他,就一枪打死了工人。保卫科有五支自动步枪,三十颗手榴弹,当时他拿起步枪,跑步射击、打枪。张国维是夜里两点多接到的电话,立即和县中队、公安局长、法院院长、县长芦友仁坐车赶到了现场。经过商量后,决定在对面墙上架上机枪,控制局面,不让他继续行凶,在第二天天亮前必须解决问题,因为天亮后工人会大批从井下出来。天亮后,那人还出来打枪,还把毯子点燃,准备引爆弹药库。工人们已经起床,都问干啥着哩。中队长在这次行动中立了功。那个人出来后,中队长一枪打中了他的大腿动脉,可是他又扶着墙进去了,然后再没有反应。半个小时后,有个战士用枪托打着帽子绕过去,见没有动静,就强行推开门进去,发现行凶者已经因失血过多死亡。第二件凶杀案是县法院有个干警为了私事蓄意报复,伤亡三人后开车逃跑。跑了一截,就逃到铁路对面一个瓜棚里打枪。当时

151

靖远城里大街小巷都是人,张国维有了上一次的经验,综合研判,调动力量,经请示上级后,组织靖远所有部队包围了瓜棚,还把火车站、汽车站都戒严了,防止行凶者逃跑。他下令中队果断出击,行凶者被当场击毙。第三件案子是二七九厂把枪借给别人,这个人打死了人,半夜报的案。这次很快就把凶手抓住了,并把凶手丢到麦田里的枪支顺利找回。

韩正卿当时是副专员,在兴堡子电灌工程蹲点,具体抓工程建设。张国维积极协助,主动配合,组织劳力,进行围堰,修建大坝坝基,经过几次的围堰失败,终于总结出了可行的实施方案,最后把大坝坝基搞成功了。

1983年,中央提倡干部"四化"(革命化、知识化、专业化、年轻化)方针,张国维年轻有为,谦虚谨慎,团结同志,关心群众,在中央考察组考察靖远县委班子的时候,经民主推荐,他所得票数最高,所以在靖远县工作仅一年,就由县委副书记被直接提拔为定西地区行政公署专员。

接待胡耀邦同志

张国维担任定西行署专员仅仅两个月,胡耀邦同志来甘肃视察工作。由于地委书记韩正卿在中央党校学习,因此省委派他和地委副书记魏列琦,当时学历最高的知识分子、副专员冯婉玲,地委副秘书长王俊邦,还有平凉地区的同志,前往夏官营兰空司令部,他们在那里受到了胡耀邦同志的亲切接见,并汇报了定西工作。

胡耀邦同志提出,要把林地、小煤窑包到户。你们那么多煤,为什么不挖出来?谁挖出来就归谁,就是谁的本事。还就正确分析认识农村形势、制订脱贫致富规划、改善生态环境讲了许多意见。胡耀邦同志还要求定西地委要将干部带头植树种草的情况每年直接给他写一个报告。

在夏官营吃的是当地的面食。胡耀邦同志吃饭很快,李子奇同志陪同。胡耀邦同志秘书和其他人一桌,匆匆忙忙吃完饭就结束了。这是张国维同志对第一次接待胡耀邦同志的回忆。

1986年5月18日,胡耀邦同志到定西考察工作。中共中央政治局委员、国务院副总理田纪云,国务院"三西"地区农业建设领导小组组长林乎加陪同,住了一晚上,在地委四合院。上午,胡耀邦同志一行视察了车道岭林业站和石家岔小流域。下午在地委四合院会议室进行汇报,参加汇报的有地委行署领导、各县县委书记和县长、军分区领导。胡耀邦同志还是先点名认人,说"要变山头,先抓人头",逐一询问了每一个同志的年龄、籍贯、文化程度和各县的面积、人口、山水、经济等情况。问到张国维,当得知他是江苏宜兴人时,胡耀邦同志用五个手指捏成一个茶壶形状,说你就是来自产宜兴壶的那个县。省委书记李子奇让胡耀邦同志看了清代陕甘总督左宗棠给朝廷的奏折打印件,并说明甘肃中部一带"苦瘠甲于天下"的出处。胡耀邦同志感慨地说,"苦甲天下",主要是没钱花、没粮吃,我们共产党人就是要想方设法,改变这种"苦"的面貌。韩正卿书记代表地委行署做了工作汇报,田纪云同志还要求每个县的同志就工作中存在的困难问题、群众意见、政策建议畅所欲言。地区和县上同志就班子老化、林业建设资金不足、农电改造、临定提灌等问题,给中央领导做了反映。胡耀邦同志认真听取大家的发言,不时插话询问,并一再叮嘱随行同志认真记录,回去和有关部门商量,能解决的尽量抓紧解决。胡耀邦同志还要求,地方的同志,既要争取上级的支持,同时也要艰苦奋斗,不能一味地躺在国家身上"等、靠、要",要有带领干部群众自力更生、努力改变贫穷面貌的雄心壮志。晚饭是在地委食堂吃的,饭菜相当简朴,主食是荞面饼子、饸饹面条、花卷、米饭,炒(凉)菜有素炒洋芋丝、凉拌乌龙头、香椿叶炒鸡蛋、羊杂碎。晚饭后胡耀邦同志想去定西南山看看,当时地委大门上围的群众很多,结果警卫人员不同意就作罢了。应定西同志的要求,晚上他给定西题词"旱塬斗天,草木当先;百折不挠,造福万年",勉励定西干部群众因地制宜,种草种树,振奋精神,创造美好的未来。地委四合院是地委领导和地委秘书处办公的地方,当时腾出来搞接待。韩正卿书记的办公室腾出来由胡耀邦同志住宿。

张国维同志担任专员、书记近十年,接待的中央领导同志还有很多。费孝通当时把定西作为联系地区(另一个是他的家乡吴江,后来增加了临夏)。还有纪登奎。纪登奎工作特别严谨,张国维当时准备了一本子汇报材料准备汇报,纪登奎说材料放下,我们放开谈,我们问,你们说。这对地方的同志来说压力很大,大家总担心汇报出差错。他总共问了十个问题,逐个问,张国维把一个问题汇报清楚后,他就不让继续往下阐述了,接着让再谈下一个问题。晚上贾志杰省长给张国维打电话,询问汇报的具体情况。纪登奎还去了大坪村,当看到大坪村老百姓家里粮食那么多的时候,非常高兴。

将好事办实

张国维担任行署专员后半年内处境很尴尬,有很多顾虑和思想包袱。地委、行署领导班子里面,好多人以前都是他的领导,像魏列琦、明星才、张守绪等。地区部门负责人里面,大部分也是他的领导或者同事。对大家安排工作,提出要求,不说不对,说重了也不对,关系不好处理。他给常务副专员张守绪同志说,你多管上一些。张守绪是省人大代表,还是省人大定西代表团团长,张国维同志的省人大代表是后来补选的。守绪专员看出端倪,说你怎么不敢放手抓工作?这又不是个人的事情,是组织上的事情,你缩手缩脚不对,应该放手抓,放心地去抓。在老同志的支持下,他逐渐进入角色,开始按照中央、省上的要求,结合定西的实际,自己的思路,部署工作,督促检查,表扬先进,批评后进,打开了工作的局面。这时候正卿同志也回来了,他在工作上也予以很好配合。韩正卿同志雷厉风行,很少有人跟得上;心肠很好,但爱批评人。对于韩书记批评过的人,张国维同志予以适当鼓励,对过分严厉批评了的人,还做些解释,充分体现出了党政领导相辅相成的积极作用,发挥出了领导班子的整体效能。

张国维在担任行署专员期间,坚决落实地委的决策部署,认真听取基层和群众意见,一年召开两次现场办公会议,将地委、行署决定的重大事项予以督促落实。一年春季,他带上部门领导,一个县一个县地跑,一个县一个县地过。到每一个县后,先分组听取县上各部门的汇报,总结成绩,发现问题,征求对地区的意见,到晚上分门别类地进行汇总。每天晚上进行思考,不要秘书写材料,秘书只负责提供素材、数据、意见,他自己动手写材料。现场办公是集思广益。一个县开一个总结会,给县上讲意见,提要求,并进行表态。能解决的问题当场表态解决。每一年地区拿出几百万元给各县解决最紧迫问题和困难。秋收以后再到各县来一次现场办公,看部署落实情况,既看做得好的、成功的,也看做得不好的、有差距的,看农业、工业、教育、交通、水利等各方面的成效。开总结会,都是前一天晚上整理出所有材料,主要是解决实际问题,把手里的钱全部用到刀刃上。酒精厂当时一年能上缴利润一两百万元,拿这些钱,给县上解决具体困难问题。行署现场办公的效果是成功的,把各县各部门的情况都搞清楚了。对大家的批评也是实事求是的,让大家心服口服。办公会上对有些县批评得很厉害。有个县委书记花样多,汇报材料都是精心拼凑的"四六句",但却说得多做得少,群众反映也大。张国维同志对此做了严肃批评,那个县委书记听得直冒汗。当了六年专员,张国维始终坚持"从群众中来,到群众中去"这一做法。大家反映行署抓工作抓得实。平时他都是哪里有问题就到哪里去,依靠群众,依靠大家的力

(王宏宾 摄)

量去办事情。

1989年3月,韩正卿同志调到甘肃省两西农业建设指挥部、省引大入秦工程建设指挥部以后,张国维同志接任定西地委书记。他坚持"十个三"的定西发展思路,召开定西地区第二次经济发展理论研讨会,全力推进定西的扶贫开发、实施小区开发、市场建设、开放引进、企业三项制度改革、转变政府职能等改革,继续大力发展乡镇企业,加强基层组织建设,推动定西的经济继续向前迈进。积极支持行署的工作,丝毫不放松党的建设和干部队伍建设。

一批骨干工业项目开工建设。投资2668万元,于1988年10月动工兴建,甘肃真空盐厂于1991年10月1日正式投产,预计年产量3万吨,年利润可达474万元。总投资2740万元的甘肃无纺织地毯厂二期工程于1992年6月12日在定西南川经济开发区破土动工,该厂生产的飞天牌地毯成为畅销全国的优质产品,质量超过国外生产的同类产品。陇西铁路大理石厂,成为甘肃省首家大理石板材出口生产厂家,产品行销西北各省区和上海、北京、广州等地,美国、日本、韩国客商要求订立长期供货合同。通渭县粉丝厂扩建千吨粉丝工程竣工,验收合格。高崖水泥厂日产700吨烟煤煅烧新工艺线(煅烧回转窑)动工兴建,该生产线每年可新增高标号水泥21万吨,新增利税1200万元。红旗山煤矿扩建工程通过国家验收,年产量将由6万吨增加至15万吨,日产量超过600吨。甘肃省"七五"中的建设项目——甘肃省华兴铝业有限公司一期工程万吨电解铝项目在陇西一次性启动成功,正式投产。1991年11月26日,甘肃省人民政府授予陇西酒精厂、通渭县地毯厂、甘肃省无纺织地毯厂为

"甘肃省一级企业"称号。这些骨干企业的规划、建设，弥补了定西地区的工业短板，增加了就业人数和地方财政收入，也改变了定西地区以农为主、贫穷落后的形象。

在张国维同志的大力倡导下，定西地委、行署学习大别山扶贫开发经验，探索加快扶贫开发步伐的新路子。全地区七个县发挥各自优势建立支柱产业，扶贫开发从一家一户的方式转到依靠科技、开发区域经济、建立支柱产业、发展适度规模商品经济的路子上来，并取得了初步成效。定西县在县城南郊划出700亩土地作为经济开发区，以优惠政策广招国内外客商投资交易，甘肃无纺织地毯厂、杭州沙发厂、石羊鞋厂、洋芋精淀粉加工厂、建筑型材料开发公司、粮油饲料新特产品开发厂、石油液化气供应站、稀土材料厂等一批企业先后在此落户发展。陇西县文峰开发区投资意向50余家，资金一亿多元，发展为集中药材集散交易、工业、商业、房地产业为一体的综合性经济开发区。岷县利用矿产、畜牧、药材等资源进行经济开发，临洮县进行高岭土和马家窑文化旅游开发，漳县以真空盐厂和红柱石矿为龙头进行开发，全地区区域经济开发走出了一条发挥优势、各具特色的蓬勃发展新路子。

张国维同志非常关心支持定西地区交通水利建设。在他担任定西地委书记期间，总投资1.72亿元，坝长232.5米，坝高34.5米，总库容960万立方米，总装机容量2.625万千瓦（装三台0.875万千瓦水轮发电机组）的临洮县三甲水电站开工建设，这个洮河上游的水利枢纽建成后，年发电量1.27亿千瓦时，将彻底改变临洮县能源不足、没有大中型工业企业的历史。与此同时，临洮县姬家河大桥竣工通车,大桥总长 196 米、宽 8 米,结束了洮河东西岸木舟摆渡的历史。

农业是定西经济的根本。张国维同志深知农业和粮食生产对定西经济发展和定西两百多万农民群众安身立命的重要性。地委、行署狠抓农业不放松,1990 年,定西地区连续 7 年粮食获得好收成,该年度全地区粮、油单产和总产均创历史最高水平,受到了国务院的表彰。全地区实行行政、农技推广、种子、供销、农机、亚麻加工等多位一体的集团承包,三年后胡麻、菜籽等油籽增产 1200 万公斤,纯效益达到 1135 万元。

另一手也硬起来

地委采取有力措施,加强基层组织建设。张国维安排地委专门下发文件,组织地县级党政领导和机关干部下基层开展工作,并亲自参加农田基本建设。1990 年,在张国维同志率先垂范和带领下,全地区先后组织四批 6541 名干部下基层工作,占党政干部总数的 46.5%,下去的干部通过察民情、听反映、听呼声、传播知识、宣传政策、宣传马列主义,解答问题、解决纠纷、解决难题、解疑释惑,密切了干群关系,转变了干部作风,统一了思想,充分调动干部群众脱贫致富的积极性和主动性。

1989 年,定西县被确定为全国县级机构改革试点单位,在定西地委和张国维同志的亲自关怀指导下,定西县委县政府以转变职能、理顺关系为重点,在精简机构、科学定编、裁减冗员和实现归口统一管理、治理服务体系等方面进行了大胆探索。以职能定机构、以

任务定岗位、以岗位定人员,使全县党政群机构由68个调整精简为40个,精简率31%;县级行政编制在500人以内,精简率19.1%。1992年2月28日,定西县县长崔振乾一行赴中南海专程向中共中央政治局常委、国务院总理李鹏,中共中央政治局常委宋平做了汇报,得到中央领导同志的充分肯定。

张国维同志始终把教育放在"百年大计"的位置,并予以高度重视。1989年8月28日,定西地委、行署成立了排危建校捐资领导小组,制订了实施方案,召开了全地区排危建校捐资动员大会,决定集资800万元,一次性解决中小学现有的6.5万平方米一级危房。通过扎实不懈的努力,使全地区"排危建校"达到了原定目标。

"全国李氏出陇西"。李氏文化,是定西独具特色的优势文化资源。张国维同志和地委审时度势,积极支持陇西县以"李氏文化"为抓手,打造文化旅游发展新高地,文化搭台,经济唱戏,吸引国内外李氏宗亲为主的客商投资陇西,促进陇西经济社会全面发展。在地区和县上的共同努力、积极推动下,1992年6月18日,省委办公厅、省政府办公厅发文批准修复"陇西堂",并于当年8月成立了陇西李氏文化研究会,从而使"陇西堂""李家龙宫""李氏文化研究会"等李氏文化品牌享誉全球,发挥出了改观念、变环境、引宗亲、招客商、促发展和联络海内外中华儿女神圣感情的独特作用。

根据改革开放进入关键时期、人们思想认识发生重大变化的新实际,地委把学习雷锋活动作为新时期加强思想教育的一项新举措进行全面动员,扎实部署,深入开展。1989年7月,地委成立了学雷锋活动领导小组,统一领导全地区的学雷锋活动;紧接着于9月在临洮县召开全地区学雷锋活动经验交流会,总结经验,进行再动员再部署。定西地区的学雷锋活动得到省委的高度重视。当年12月下旬,甘肃省委在定西召开学雷锋活动现场会,省委书记李子奇、省军区司令员周越池亲临会议予以指导。李子奇对定西地区认真坚持"两手抓"方针,在努力进行物质文明建设、改变贫穷落后面貌的同时,重视加强精神文明建设并取得显著成效,给予了高度评价,说这在全省是具有创造和示范意义的一项举措。全省各地州市委宣传部部长,各市县区委主管书记,省属各厅局、大企业及部分大专院校的负责人100余人参加了会议。人民日报社、新华社、光明日报社、中央人民广播电台、中国教育报社及省地报纸、广播、电视等新闻单位的记者采访了会议,并予以积极报道。1990年,全国学习雷锋活动35周年纪念日之际,定西地委召开学雷锋命名表彰大会,命名陇西县安家门小学校长李兰华、临洮县城关粮油供应站站长阎淑静、定西县中华路小学副校长董芝义为全地区学雷锋标兵；表彰定西县东关小学等121个单位为学雷锋先进集体，王文静等208人为学雷锋先进个人。1990年3月28日，《甘肃日报》长篇报道全国人大代表、陇西县安家门小学校长李兰华的先进事迹，从而使定西地区的学雷锋活动唱响全省。

坦坦荡荡做人

廉洁从政，不搞"一人当官，鸡犬升天"那一套。张国维当专员的时候，组织部门汇报要提拔他的爱人（时任地区扶贫办副主任）担任地区林业处处长，他听到消息后极力反对，坚决地压下来了。这一压，使这位临洮农校毕业的中专生（当时也是知识分子）就在副处级岗位上待了好多年，一直到后来调到省上直属单位，才因工作能力强、团结同志、资格太老，被提拔为处长、副地级巡视员。

张国维的全家与定西根脉相连，并结下了深厚坚实的亲情关系。爱人燕金蓉是定西市下辖的文化大县、洮河之滨的临洮县人；三个儿子的名字也是江苏宜兴与临洮的地名相融而成：大儿子宜临，二儿子宜洮，三儿子宜群。这体现了张国维同志对第一故乡江苏宜兴、第二故乡甘肃临洮怎样的一种情怀啊：不忘生他养他的家乡江苏宜兴，热爱青春与爱情、事业与生活凝聚在此的定西，奉献西北，传承爱国爱民、矢志奋斗的拼搏上进精神！

他的家教很严格，三个儿子学习非常勤奋，做人非常低调，工作非常敬业,都在不同的岗位做出了优秀的成绩。

"天行健,君子以自强不息;地势坤,君子以厚德载物"。张国维的人生履历,充分为中国这一句古老哲言作了完美的注脚。

好人一生平安!

祝愿老领导健康长寿!

戊戌年壬戌月癸未日

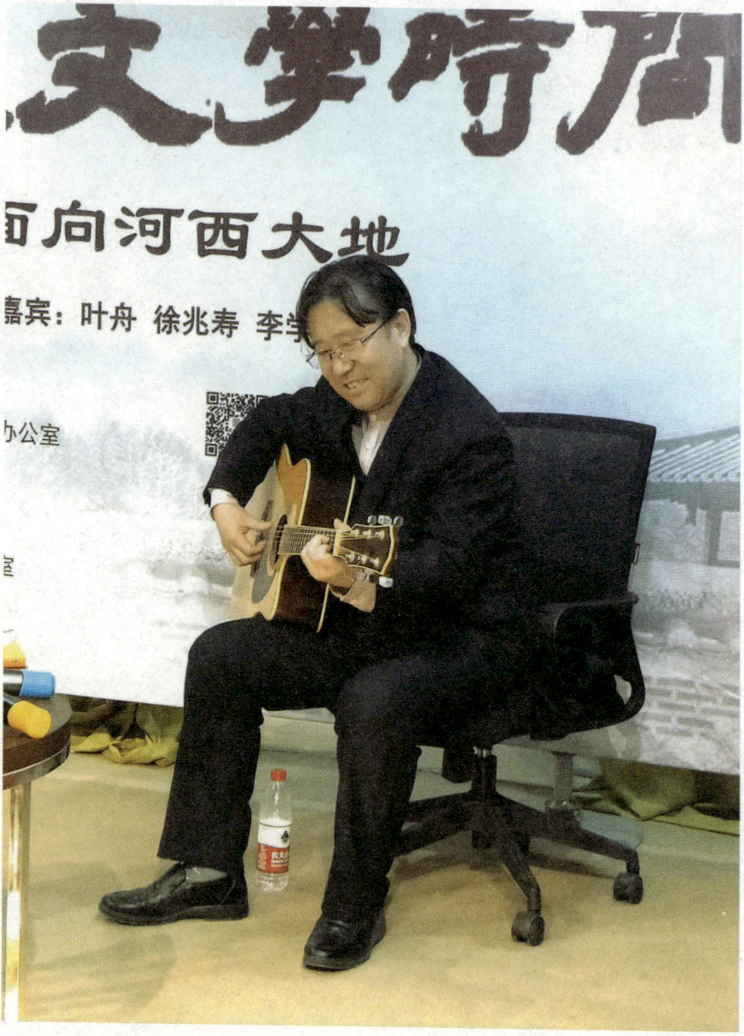
向河西大地
嘉宾：叶舟 徐兆寿

一个至真至善至圣的追求者

——专家、评论家徐兆寿

2012年以来，由于工作的缘故，我一直订阅《光明日报》。在《光明日报》周末版和文学文化版，经常看到甘肃作者徐兆寿的大块整版文章，如《点燃中华文明的香火》《避免西部人才新一轮"孔雀东南飞"》《地域文化浓郁的本土电影如何走远》《夏至玄理道法自然》《中国传统文化中的生态文明智慧》等，内容都是关于传承、振兴中国传统文化方面的，由此我多了一些对徐兆寿先生的崇敬和仰慕，也自此增加了对甘肃文化的自信心和自豪感，毕竟，在全国文化教育界和知识分子心目中最具权威性的《光明日报》发表长篇大论，是一件相当了不起的大事情。

在我人生重启另一扇门的关键时候，我萌生了拜访徐兆寿先生的强烈愿望，理由就是上门拜师，寻求他对于我业余写作的指点、批评与帮助。在未见面以前，徐兆寿先生在我心中是高大的、威严的，因为他是全国有名的作家、文艺评论家，西北师范大学传媒学院的院长、博士生导师。

见贤思齐焉。我在西北师范大学老师的帮助下与他取得了联系，又不揣冒昧，与妻子女儿怀着忐忑不安的心情，于戊戌暮春拜访了徐兆寿先生。徐教授没有我想象中的学术权威的架子，没有某些知名人士的倨傲和矜持，也没有对不速之客突然造访、打乱人家工作节奏的愠怒与厌烦，他热情友善地接待了我们一家人，谦和、坦诚地介绍了他自己的学术、创作成果和里程，对当下全国和全省文学创作的概况做了简要点评，循循善诱地对我的"创作"提出了宝贵的指导意见，指出文学要弘扬正能量，注重细节，善于挖掘人物内心世界的多面性与复杂性，注重地域特色和优势，多学习他人，多研究他人的作品，多阅读当代文学评论文章……浓密的黑发下衬托出的是旺盛的精力，圆脸盘大眼睛闪烁的是人间最珍贵的善良和智慧，中等身材蔓延出来的是坚强与果断，不疾不徐、不高不低、富有磁性的男中音飘逸出的是亲和、甜美与强大的吸引力！闻君一席话，胜读十年书，徐先生的"专题辅导"使"上帝为我另开的一扇窗户"更加开阔又明亮，"窗口"之外的绿水青山更加清新又宜人，特别是他"虽然在兰州工作了近二十年，但骨子里流的还是武威人的血，灵魂深处还自认为是武威人"的自信，唤醒了我沉积多年的"良心"，从此，再不为自己是定西人而自卑，不为自己生在农村而羞愧，更不为自己是农民的后代而抱怨！从此后，我的业余写作之路一直在延伸，我的视角逐步突破了原来的"计划"，特别是我的自信体现在我的字里行间，《大树沟里人的丹阳节》的末尾几句话，可以说就是得到徐先生教诲后的公开"宣言"！感谢徐先生！

　　戊戌季秋，兰州市委宣传部、兰州市文联主办的"金城文学时间"在兰州正常进行，吸引我这个"文艺老男人"赶路两百里到达兰州的原因是，这次沙龙的主题是"面向河西大地"，主讲嘉宾是我钦慕已久的大作家、大教授徐兆寿院长。时令已经凉风刺骨，深沉的黑夜挡不住爱好文学的老中青三代"粉丝"的热情，原本能容纳五六十人的教室座无虚席，参与者挤满了通道；听完主持人的介绍和一个小姑娘的朗读后，我才知道从外地赶到兰州参加这次文学盛宴的不光是我一个人，还有来自西固、安宁甚至白银市的热血"青年"，其中那位小姑娘也来自定西，她姓朱，是安定区中华路小学的学生，她自信满满、声音悦耳、饱含深情的朗读让全场掌声雷动，在朗诵结束后不久，她连夜去赶返回定西的火车；原本计划一个半小时的节目持续了三个多小时，是兰州市广播电视台著名主持人杨婷老师的主题引导使全场气氛热烈活跃，是现场观众的高涨热情使特邀嘉宾、互动嘉宾激情澎湃，是徐兆寿、李学辉、叶舟三位甘肃省文坛巨擘的卓越成就、旁征博引、深邃思想、人格魅力使现场高潮迭起，观众兴味盎然，分外珍惜这一甘肃省文坛的高端盛会！我从中受益匪浅。神秘的文学使我得窥门径，令人仰慕的甘肃文坛大腕让我近距离饱览真容，火花般的钻石思想让我愚鲁的脑洞打开一条细微的缝隙；河西——让我期盼已久的梦中神圣之地在他们的解读下撩起神秘的面纱，荒凉浩瀚的戈壁沙滩原来也可以让鼎鼎有名的大作家大诗人神驰迷恋甚至崇拜，那千古驼铃原来承载着任重道远的伟大使命；徐兆寿先生尊重他人的真诚、浪漫诗人的情怀、怀抱吉他的"帅哥"形象赢得了最高密度的关注和最热烈的掌声，他对传统文化的解析与坚守、思考与展望让大家心悦诚服、尊重有加。更荣幸的是，他欣然应诺为我的小书写一篇序，这在甘肃省文学界都是让人求之不得、引以为自豪的大事。感谢徐先生！

戊戌隆冬，新年伊始，我和朋友又斗胆贸然拜访徐先生。在他办公室书籍林立、求教者敬仰安静的温馨严肃环境中，他热情接待，侃侃而谈，再一次向我敞开了心扉，让我一览那丰富的宝藏。谈人生，不屈不挠，勇于拼搏，永远向上。谈文学，要讲社会担当，道德良知，所谓"文以载道"，不能颓废消极，不能无病呻吟，更不能诲淫诲盗。谈中国文化的当代发展，他深思熟虑，中外结合，古今贯通，对中国传统典籍如数家珍，对《史记》《资治通鉴》《汉书》《后汉书》《论语》《老子》《庄子》熟稔有加，对《山海经》《水经注》甚至《穆天子传》《尚书》了如指掌，纵横恣肆，比照引申，恣意解剖，理成"独家"；对丝绸之路的老话题、新使命，他睿智高远，理念超出芸芸大众，仿佛那不是一条经济贸易之路，而是玉石之路、青铜之路、文化之路、友谊之路，中华民族的生存之路、战略之路；对于中国文化的自信自强，他更是语出惊人——中国文化既不能走复古之路，更不能走西化死路，而是要继承中华文化的精华，也就是儒释道融合形成的"道法自然、天人合一、和而不同、自强不息、包容万物"的精髓，充分吸收世界各民族的先进理念，绝不能只是一味地认同西方的"民主""自由"等所谓普世价值，将中国共产党的"人民至上、民族复兴"等有机结合，形成世界上最强大、最有生命力、最能凝聚人心的价值观。徐先生还对我以后的创作、研究提出了中肯的意见，建议我深挖地方文史资源，着眼当代文化发展，充满信心、脚踏实地地做些实打实的学问。三个多小时的"专题讲座"，引人入胜，醍醐灌顶，耳提面命，如饮甘露。结束时，只感时光如梭，岁月匆匆，又感热血沸腾，中气蔓延、上升。感谢徐老师!

徐先生在戊戌年三次赐教之外,又惠赠了《鸠摩罗什》《问道知源》《言立集》《北色苍茫》四本大作,我认真拜读,仔细咀嚼,品味消化,从字里行间探究他的成长之路、思想轨迹、人生使命。结合我五十多年的撞墙经历,自不量力,得出徐兆寿先生的轮廓印象。

至真,是徐兆寿先生的本色。不论是浪漫潇洒的诗句,还是记事抒情、阐发观点的散文,真实,不加修饰的人生原色,显示了他的内心、他的性格、他的好恶、他的孤独、他的狂傲、他的价值趋向。《超越——写给我即将出生的孩子》中他坦言:"是奇迹还是必然,都无关紧要,重要的是,我是你的父亲。别人都希望你将来做一个诗人,希望你生下来就与众不同,只有我希望你是个普通人——不必出众,也不必拘泥于众。"强烈的舐犊之情、希望之心、慈父之意全然无余地呈现在读者目前。他敢于批评全国有名的所谓文化学者,驳斥他对于敦煌道士王圆箓的过分指责,那位"专家""权威"说王道士是敦煌艺术的叛卖者,把一切的罪责都推在这位手无缚鸡之力的普通老百姓身上。徐兆寿先生公正和实事求是地说,那位对金石学有研究的敦煌县令汪宗翰、前任县令严泽,安肃兵备道道台廷栋,甘肃学政、金石学家叶昌炽,慈禧太后,他们才真正是导致敦煌文物流失的罪人,因为在此之前,王圆箓背着经卷分别拜访了各位地方父母官,几位官居要职的官员都无一例外地是留下经卷若干,嘱咐他好好看守,此外便没有一分钱的支援,也没有一个兵丁的协助,甚至没有向全社会的呼吁,心存幻想的王道士当然也给最高领导人慈禧太后写过求助信,那当然也是泥牛入海。徐兆寿并不是为王道士平反,而是

愤怒地斥责地方当权者的麻木不仁、鼠目寸光、玩忽职守、失职渎职。他的狂傲也是不加掩饰的,《秋天》中他畅想,到高山之巅,用目光将蓝天送向高远,一个人登上离天最近的山峰,向着那蔚蓝的虚空,做一次深深的祭拜。那种与天地合一,与大地苍天还有无穷合一的理想跃然纸上。还有《怀念英雄》中,英雄是我们这样的年华,我们却什么也不能说,什么也做不了,此时我们早已白发苍苍,老泪纵横,怀念英雄,在北方,在这样的年代,我们正值英雄年华啊!这是活脱脱诗人的真性情,诗人的大胸怀,诗人的理想与梦之"蓝"。

至善,这个时代最珍惜的一种资源在徐兆寿先生的热血中汹涌。他悲悯那个拿着刀子向他讨要"灵魂"的青年;他对青春年少、义气奋发而又志大才疏、浮躁不实的莘莘学子殷殷教诲、促膝谈心,告诫他们不要在读书求职的年龄荒废光阴,更不要追求时尚的爱情和华而不实的技巧,免得将来两泪汪汪空悲切。他是教师,是传道授业解惑的引路人，让孩子们身心健康地成长，做一个人格健全、有益于社会的劳动者既是他的职责，又是他最大的善心、善事、善举。《给研究生的三句话》中"敬畏""善""情感"就是他的善心告白。在他的一篇关于新房子水管漏水的记述中，对于定西农村进城打工的水电工始而乖巧讨好、继而"公正"算账、终而诡诈的"讹人"的行为，他从同情、愤怒、"斗争"，到最终的理解、宽恕，可以看出一个当代知识分子的"软肋"，这就是善良、大善、至善。因为，农民工的一句"十块钱对于你们大学教授和城里人不算啥，可是对于我们太重要了"对他触动很大。正是在此时此刻，徐兆寿先生那种对于"诡诈""可恶"农民工的憎恶和抵触，被他的至善人性完完全全"俘虏"了。小处可以见大，细微处显露真情，在这儿，徐兆寿先生的伟大人品、善良本性，无处"隐藏"了。

至圣，当代知识分子应有的精神追求，也是徐兆寿先生的自觉担当。《北色苍茫》中，"我乞讨，在世上最古老的地方，捧着那小小的碗，挨家挨户去装满真理，然后把那真理送往文明的国度，那里需要的不是粮食，而是精神的种子；我乞讨，用我整个的生命和神圣的感情做那战士的宝剑，和一切邪恶与虚假战斗；我乞讨，在那秘密的地方，在万能的造物者面前，乞讨信仰，把它送给那些孤独的正被虚无抽打着的民族。"家国情怀，忧国忧民，先天下之忧而忧、后天下之乐而乐，民族、国家、大众、未来、强国、文化自信自强……这些主题旋律，是徐兆寿先生几本书的灵魂，是他的精神的最高境界，是他的警世呐喊与立功、立言、立德的努力践行。他对本民族语言的传承有着深深的忧虑，在《我们到底缺什么——一个汉语写作者如是说》中，他质问学习英语到底为了什么，现在从小学甚至幼儿园，一直到大学，都是英语至上，参加工作以后晋升职称，英语还是拦路虎、必备科目，而在实际的应用中，从事语文、数学、历史教学，搞中医，搞农业、工业，英语几乎一无用处，他大声疾呼，连本国的汉语言都不好好学，反而在基础教学中师生要拿出几乎一半的时间与精力学习英语，学习外语，这到底是为了什么？在《中国人身体不行了》中，他直言这个社会是缺精神的"钙"，所以人的精神才萎缩，信仰成了瞎子，道德成了残废，法度也成了侏儒。在《理想》中，他谈道："我崇尚英雄，那时中国的市场经济兴起不久，社会风气急转直下，大部分作家和诗人都下了海，看中了金钱。"他面对此情此境，心里充满了愤怒，乃至仇恨，一种救世的情怀突然变得异常强烈，立世要与那些作家分离开来，做一个真正的不为名利所动的作家。还是在这篇文章中，他泄露了作为一个知识分子社会担当、立志为圣的思想基础：一读《春秋》，年少无知，且崇尚力，知春秋有霸，有始皇帝；二读《春秋》，方知有圣贤，且称霸者必以圣贤为辅佐；三读《春秋》，才知自己的春秋，体悟到霸者名利也，圣者道也；四读《春秋》，始知生命的重大事件是那些生命深处爆发的革命，只想做一个"自在"的人。大圣人朱熹之

后的五百年诞生的最后一位圣人王阳明有龙场悟道,徐兆寿先生的几经思索、几经创造、几经浴后重生的心路历程,实证他身上荷载了中国传统知识分子为天地立心、为生民立命、为往圣继绝学、为万世开太平的历史使命和时代责任。他对目下中国启蒙教育全盘西化感到忧心忡忡,中国孩子在幼儿园接受的是亚当夏娃、普罗米修斯等西方神话,而中国开天辟地的盘古、补天阙的女娲、飞天射日的后羿鲜有人知;他们玩的游戏是古希腊神话题材的内容,看的动画片是日本的,崇拜的明星是韩国的,对这种集体性接受西方文化的现象,徐先生深感焦虑。对于中国几千年文明史研究中,许多中国学者"言必称希腊"的引经据典,他反其道而行之,高瞻远瞩地提出"我们为什么不能站在中国看世界"。徐先生之问,是中华文明几千年伟大悠久历史自信之问,是中华民族伟大复兴的自信之问,是对历史虚无主义、丑话抹黑中国和中国历史的假洋鬼子"公知"的当头棒喝!对于构建中国当代文化,他积极倡议应该像汉唐时期迎接佛教一样迎接欧美的文化,然后将它与中国原有文化融为新的世界文化,那就是世界文化的未来。南宋时期,面对奸臣秦桧的淫威,有许多好心人劝状元张孝祥不要为岳飞鸣不平,他当即连发三问,可谓酣畅淋漓、荡气回肠:无锋无芒,我举进士干什么?有锋有芒却要藏起来,我举进士干什么?知秦桧当政我怕他,我举进士干什么?徐兆寿先生当然不是锋芒毕露、恃才傲物之人,而我从他身上看到了中国知识分子以天下为己任、追求真理、传播真理的钢铁脊梁,仙风道骨!

戊戌年乙丑月己未日于定西

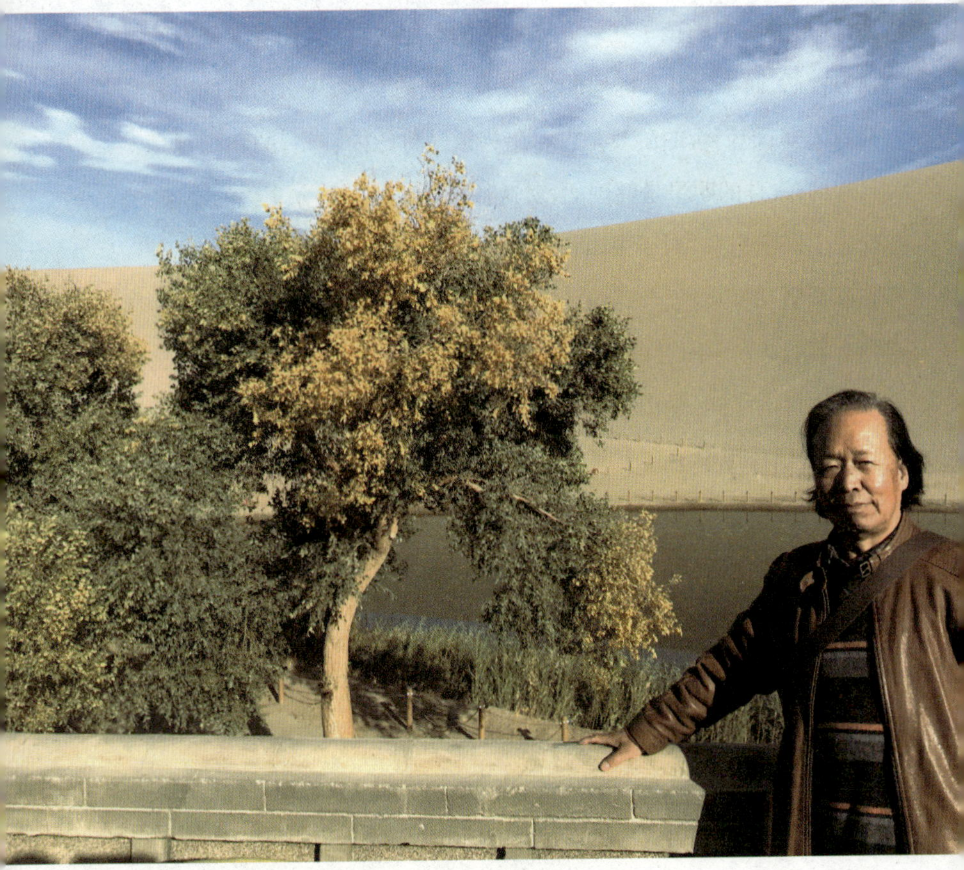

大风起兮

——我所认识的西部文人张卫平

与卫平先生认识之前我就久闻他的大名,他善画油画、国画,是定西市乃至甘肃省有名的画家。后来我又跟着一位马姓朋友去看他的国画,看到一幅描绘着一群不畏风雪霜冻、傲然于茫茫无际高原上的群牛图。再后来,我有幸与他做了同事,做了朋友。

他名声很大,但没有一点目中无人的傲慢,他待人谦和,彬彬有礼,俨然长者之风;他知识渊博,健谈风趣,和他在一起喝酒聊天,仿佛永远都有说不完的话题,每次的相聚,都能使人长见识、开眼界;他对业界的后学晚辈充满关爱、期待、提携之心,循循善诱,举一反三,用古今中外的实例鼓励年轻人增强自信,勇于吃苦,乐于创新,善于走出去,为自己,为定西,为甘肃,为西北,也为中国的优秀文化传承贡献力量,年轻一代自然是从他的亲身经历和艺术成就中,从他的言传身教、谆谆教诲中获得极大的前进动力!

《老子》中说:"道,可道,非常道。名,可名,非常名。"正是卫平先生在积水成渊积土成山的一点一滴积累和漫长而又坚忍不拔的学习奋斗中成就了今日的"大",在润物细无声的鼓励教诲下,桃李不言,下自成蹊,一大批弟子自动追随,尊他为"老",敬他为"师"!这就是我的老兄、老友张卫平先生,第三届、第四届甘肃省美术家协会副主席,第一届定西市美术家协会主席、市文联副主席,定西市文化馆(定西地区群艺馆)馆长,甘肃省美术界领军人才,多项国家大奖获得者,国家一级美术师。我姑且把张卫平先生高超的艺术成就和独特的个人气质比喻为"大风"。

大风源于足下厚实的黄土地。定西所处的西部黄土高原孕育了中华文化的早期文明,如马家窑文化、齐家文化、寺洼文化,成为著名的中华文明发祥地。境内的两条黄河一级支流洮河、渭河流域正是中华早期文明的承载地。卫平先生祖籍临洮县,成长于渭源县,地域的独特文化资源,加上其祖父、父亲、伯父深厚的绘画技艺熏陶,自幼跟着长辈学习画画,从而使他青少年时期就受到了良好的美术教育,打下了扎实的美术基础。后来他更是受到多位名师的指点。他十二岁时就跟着渭源县文化馆盛丽霞老师到各单位、各人民公社画人民领袖毛主席巨幅画像。1970年参加工作,在地区文工团搞音乐、做美工,他又拜定西县文化馆老师秦建军为师,跟着秦老师画布景。地区文工团撤销后他参加了在甘肃省电影学校举办的全省文化系统美术骨干培训班,得到唐一文老师的悉心指点。后来在西北民族学院(现西北民族大学)美术系进修期间,得到周大正老师的谆谆教诲。当年浙江美术学院(现中国美术学院)共有五人来甘肃,其中一人是浙江美院老师(秦建军),四人是浙江美院高才生。幸运的是,张卫平先生就得到浙江美院来甘肃支援工作的五人中四个人的耳提面命,这是多么深的机缘!要知道,浙江美术学院在中国美术界,

可是赫赫有名,人才辈出,是绘画艺术家的摇篮!可以说,张卫平先生就是凭着他的勤奋、天赋、善良、热情,得到了恩师的首肯,接受了正规的美院科班教育,是浙江美术学院的嫡传弟子。在中国艺术研究院研究生院两年的学习期间,卫平先生从学于当代美术大师杜滋龄、唐勇力,他过人的艺术天赋和谦虚踏实的求学态度得到他们的格外垂青,经过老师们的悉心指导、重点培养,他的艺术水平有了极大飞跃。名师出高徒,经过多少年的磨炼、实践、创新,他在定西、在甘肃、在全国都取得了不凡的成绩,不管是油画技艺还是国画技艺,都出神入化,炉火纯青……在他笔下,山岭、树林、溪流呈现出了春季的勃勃生机,农夫、牛羊显得亲切可爱、憨厚朴实,在一般人心目中荒凉、单调、贫乏的黄土高原,更是展现出了厚重、博大、辽阔……

他的作品刊发于《国画家》《美术》《美术报》《中国书画报》等各级专业刊物上；《远古的辉煌》《红军走过的地方》荣获文化部第八届、第十二届群星奖，《流动的山脉》入选第八届全国美展，《五月阳坡》获中国美协纪念毛泽东同志《在延安文艺工作座谈会上的讲话》发表六十周年全国美展优秀作品奖，《陇中雪早》入选中国美协第十五届新人新作展，《郎木隆冬》《远方的歌声》入选第二届、第五届中国美协会员中国画精品展，油画《黄河早雪》入选第三届中国油画展，《翻越夹金山》入选建军八十周年全国美展，《榜罗会议》入选甘肃重大革命历史题材美术作品展；作品还获得甘肃省政府第一、三、四届敦煌文艺奖，多次荣获甘肃省美展一、二等奖，并获甘肃省文联首届金驼奖。

大风发于青藏高原。卫平先生对青藏高原心向往之，不只因为青藏高原是目前全世界最后一块自然的"人间净土"，精神的高地，

还因为"跑青藏、画青藏、反映青藏"是许多全国知名画家的共同向往,是一个艺术和精神的心结,艺术灵感的来源!吴作人、靳尚谊、叶浅予、杜滋龄等,这些在全国赫赫有名的画家都走过这样一条路。张卫平先生在踏着前师先兄的足迹前进。几十年来,他十进西藏,到青海以及甘肃的甘南藏族自治州的次数更是不计其数。在青藏高原,望不尽的是大草原,看不到头的是青海湖,令人惊叹的是神圣雪山,充满神秘的是寺庙,不停旋转的是转经轮,使人震撼的是藏族人民对生活的热爱和对精神生活的纯洁追求……磨破的是皮鞋,刮破的是脚跟,冻红了的是手和脸,饿了的是肠胃……但卫平先生对雪山高原充满了敬畏,对红了脸蛋、裸着右膊的汉子和妇女、少女、老人充满了爱怜,对于牦牛和藏獒,他也是那么的喜爱!画家只有去了青藏高原,才能真正体味生命,感受神圣。

大风升华于敦煌。地处丝绸之路要道和大漠深处的敦煌,是中外许多绘画艺术家心中的圣地;敦煌壁画,更是令许多艺术家魂牵梦绕的艺术瑰宝。艺无止境,但谁能想到,卫平先生在退休前后,毅然暂停给他带来名誉与地位的油画、国画创作,而去朝圣敦煌,拜"敦煌"为师。这等于是从头再来,再造自我,脱胎换骨!他,一个功成名就的花甲之人,到敦煌实地考察,翻阅资料,临摹写生,一步一个脚印,一切重新开始。这使我想起了张大千,他当年远离了城市的喧嚣,放弃所谓的眼前成就,挥别爱妻幼子、亲戚朋友,变卖了所有的家产,置较差的工作条件和卫生环境于不顾,沉醉敦煌,痴迷敦煌,描摹敦煌,探究敦煌……最后,走出敦煌幽暗山洞的张大千将敦煌带到了全国,震惊了世界,才成就了"五百年来一大千"!我相信,卫平先生在学习大千,走着和大千一样的"继承传统、超越自我"的道路。果然,他的画风大变,画中的形象大变,由单纯水墨变为绿、黄、墨兼有,绿黄为主,由块面大写意变为线条清晰的细致刻画,题材由黄土高坡、青藏雪山变为慈祥的菩萨、轻舞曼妙的少女……敦煌壁画,成了他的创作原动力;敦煌神韵,在他笔下又获得了新生!他转型后的敦煌人物画,又一次得到美术家的高度评价,他的转型之路走对了,走成功了,卫平先生实现了"凤凰涅槃"。

大风走出了定西,走出了甘肃,走出了国门。作为省美协副主席和市美协主席(兼市文联副主席),他组织带领省、市书画艺术家多次赴北京、上海、天津、青岛、广州等大城市和新疆、青海、宁夏、广西等省区举办展览交流。2000年,在天津市首次举办定西市绘画、书法、摄影、彩陶、奇石五大类展览,定西地委书记亲自参加并致辞,由此扩大了定西知名度。2014年10月,他组织带领甘肃画院十三位画家参加的"朝圣敦煌"展览在青岛举办;此后又带领在西北师范大学、西北民族大学、甘肃政法学院供职的林斌、张学乾、张大刚、许林、马克及陈小雄、张四民、刘文彪、韩君、陈志平、高明等甘肃青壮年实力派画家十多次到青岛,参加由青岛市委、市政府举办,有三十多个国家艺术家参加的青岛双年展和其他艺术交流展览。青岛在中国近现代历史上有着特殊的地位,是受欧美艺术特别是油画艺术熏染最早、最深的城市。而就在这里,通过走出去、搞交流,甘肃及定西的油画、国画创作引起当地的高度重视,许多画家让青岛美术家刮目相看。不仅仅是在青岛,他还率领省市美术家团队,多次赴天津、上海、北京等地进行展览、交流活动,这一方面反映了发达城市对甘肃和定西艺术界的支持、友爱,另一方面也凸显了张卫平先生的杰出组织、协调能力,他在业界的威信,还有西部艺术家的创作实力。在省内,他率领书画家在兰州、天水、平凉、庆阳、白银、临夏、甘南等市州举办多次写生活动及美术作品大中型交流展览。张卫平先生积极践行国家"一带一路"倡议,充分展示中国文化自信。2016年4月,中国十所大学和日本十所大学绘画艺术研讨、交流展览在日本举办,张卫平先生亲自参加,受到日本社会的广泛好评。2017年3月,作为文化部中德建交45周年文化交流项目,张卫平先生以敦煌题材为主的美术作品展,在德国首都柏林中国艺术中心成功展出,获得国际友人的肯定、钦佩,此展宣传了敦煌,展示了中国文化的魅力。2018年,他的画展又将在美国、加拿大展出!这对于生长于西北的张卫平先生和这块土地上的画家群体是多么大的喜讯和震撼、激励!

大风带动群风。1987年以来,张卫平先生担任定西地区工人俱乐部负责人和定西市文化馆(地区群艺馆)馆长二十多年,积极举办各类音乐、舞蹈、美术培训班,一代代艺术人才成批涌现;针对辖区学校、企业、部队、单位文艺骨干和文艺爱好者举办文艺提高班,提升了本地艺术创作整体水平;积极带领文艺工作者参加文化下乡(进社区、部队、学校)活动,基本跑遍了七县区大部分乡镇,在个别条件艰苦、交通不便的村社,有时候坐着农民的拖拉机进农村,为缺少文化生活的乡亲们送上书法、美术作品。近年来,他多次筹划、组织书画艺术家赴安定区三湾村等深度贫困村开展扶贫慰问活动,在全省文化界引起了强烈反响。此外,他还担任青岛理工大学艺术学院客座教授、硕士生导师,定西师范高等专科学校客座教授,多次担任省市美术作品展览评委,第九届、第十届全国美展甘肃展区评委,《定西市民间曲艺集成》编委,为培养、推介本地人才不遗余力。正是基于这些突出成绩,他曾经连续三年被省上评为"全省优秀文化馆长"。在他担任第一届定西市美协主席期间,由于他的积极推动,全市国家级美协会员由三人发展到二十多人;省级美协会员由五十多人发展到两百多人,各县区很有名望的老画家在他的督促、激励下由"晋升无门"而成为国家级、省级会员;许多青年才俊在他的提携、鼓励下一跃龙门!

大风敦煌画院,是张卫平先生首倡并任总院院长,全国许多知名画家加盟的民间画院,目前除在北京设立总院外,还在黑龙江、山东、安徽、青海等省份和酒泉等市设立了分院。这个画院联盟,将发挥团结同人、教育后学、展览交流、规划实施重大美术创作项目等任务!

一个退休了四五年的艺术家,仅2017年就在国内举办了五次展览。他常年在兰州、北京、青岛、大连、济南等大城市间奔波!他一回到老家定西也是匆匆忙忙、马不停蹄,上午坚持创作,下午晚上高朋满座、雅聚交流,爽朗的笑声是他的基调,业内前沿的动态是大家的期待,"一个星星""三个星星"是他喝酒时惯用的"看家拳"!

在我看来,"一"代表了世界的原(起)点,"三"代表了发展、壮大、成功。大风,是否也是起于"一",细微、萌芽,经过艰苦不懈的努力,最后一鸣惊人的!

定西地处陇右,历史上曾经是"天下富庶"之地,可是后来经过灾荒、战乱，到清末以后却"苦瘠甲于天下"，到现在还是全国深度贫困地区。可在这个经济欠发达的地区，文化却并不贫困，文化氛围甚至超过全国许多经济较发达地区，对这种经济与文化不同步的悖论现象，贾平凹等名人大家都有公论。在甘肃省内，定西市是除省城兰州之外中国美协会员最多、艺术成就最多的第二大美术大市。美术创作，是定西文化最靓丽的乐章，而张卫平先生亲执大纛的定西美术家团队，就是实践、发扬优秀文化的敦煌风、黄土风、中国风！

大风起兮九万里，志士六十狂学习。扎根黄土背昆仑，欧美日韩任游弋！

又记，在本文完稿之际，欣闻张卫平先生获邀参加1月28日由中国国家画院、中央数字电视书画频道在人民大会堂举办的"大美之春"2018书画频道新春联欢会，明天就要启程奔赴北京。谨向卫平先生表示衷心祝贺，并祝愿卫平先生给甘肃、给定西的美术事业发展带来更多的春风，创造更多的美丽！

丁酉年腊月初八于定西

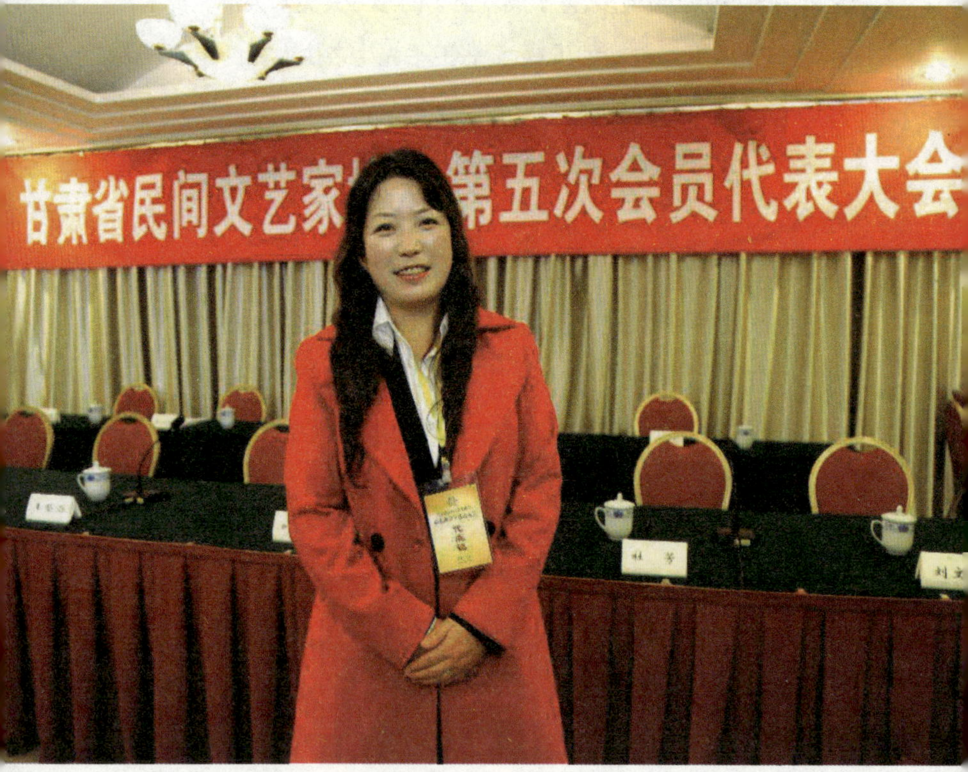
甘肃省民间文艺家
第五次会员代表大会

这个女人不寻常

——我所认识的定西文人汪航

已经有好多人写过关于甘肃漳县盐画艺术家汪航的文章,并把她比作"盐精灵",发表在省内外的各种报刊上。我的笔下该怎么样写,才能写出最本色、最真实的汪航呢?

还是从 2010 年金秋十月在甘肃省博物馆举办的全省首届非物质文化遗产展览说起吧。当时非物质文化遗产保护的概念提出时间并不是很久,有关的法律法规还不是很完善。但省文化厅领导却高瞻远瞩、审时度势,毅然决定举办全省首届非遗展览,对全省西起阳关古道、东至陇东高原、南涵临夏甘南各具特色的非遗项目来了一次大检阅。各市州政府高度重视,从财力上予以保障;各地文化局更是调兵遣将,精心挑选项目,积极参展。我是定西代表团的前线工作人员,就是在这次展览上,我认识了汪航。她的盐画一经展出,就受到了关注,吸引了全省同行、媒体记者、游客、专家教授们的目光,大家驻足观看,啧啧称奇,邵明厅长、王兰临副厅长以及社会文化处负责人王学军等也给予了高度评价。正是由于她的盐画和通渭县李淑兰的剪纸、渭源县李国柱的泥塑、岷县洮砚等一大批功底深厚、特色独具的项目的强有力支撑,定西与庆阳在十四个市州中脱颖而出,获得这次展览的最高奖——特等奖。正是因为这次展览,"盐画"与"汪航",开始频频出现在各种媒体,引起更多人的关注,也开启了她的新事业。

漳县在定西市无论从人口、地域,还是经济规模上来说都是小县,但是漳县的"三宝"却在甘肃省大有名气,这就是汪氏文化、漳盐和陇上名山贵清山。有人曾说:"早知贵清山,何必下江南。"从此可知以秀丽奇绝为特点的贵清山在甘肃省和定西市旅游业领域的独特地位了。汪氏,现在的好多人已经不知晓其来历和当年的尊崇了,可是在中华民族大融合的元代,陇右汪氏为统一的中国做出了杰出贡献,曾经连续出了"三王十公",这是何等的显赫与荣华。漳盐的历史有两千多年,大约在东周秦国时期,就已经煮卤为盐、万灶青烟,成了国家的支柱产业,"先有盐川寨,后有漳县城"名副其实。而一个小女子汪航,竟然与"漳县三宝"都有关系,并且有不解之缘。

汪航者,汪氏也,毋庸赘言。

贵清山以山水秀美著称于陇上,她以描绘家乡、赞美山川为己任,以美景入图入画,写情表意,一切尽在美画中。

而将流传了

两千年,人们习惯于与柴、米、油、酱、醋、茶并列,日常生活中必不可少的平常之物——盐,实现华丽转身,变为中国艺术瑰宝,汪航是全国第一人,为此获得国家专利。

看似容易行来难,鲜花的背后是艰难困苦,是心酸与眼泪,更是不屈不挠的拼搏与不甘失败、没有退路的挣扎、坚守,当然也是坚忍不拔的努力。汪航本是漳县真空盐厂的一名普通工人,人生的道路看似平顺却并非一马平川。幸运的是,她靠自己的勤奋和自幼习画的特长,被厂里抽调到厂部盐史馆搞盐雕;不幸的是,你再有才气,再吃苦耐劳,下岗是无法摆脱的宿命。可贵之处在于,在人生的低谷,就连生活费都没有可靠来源的情况下,她绝处逢生,还走出了一条新路,既是求生之路,也是艺术之路,更是成功之路!

盐,盐,盐,一切都是因为盐。那万户千家餐餐顿顿不可或缺的寻常之物,在她手中开始了"在清水里泡三次,在血水里浴三次,在碱水里煮三次"(出自俄罗斯作家阿·托尔斯泰的《苦难的历程》)的实践与探索,汗水与泪水交织的试验、升华、摘果。有谁能知道,在熬制、晾晒、粘贴等一系列科学严密的工艺流程后面所倾注的耐心、细心,尤其是悟性。

单调的白色食盐在她手中成了绘制飞天仙女的七彩颜料,司空见惯的山山水水、人物花鸟、生活场景成了她的创作灵感。大自然的鬼斧神工在她的画笔下焕发出勃勃生机,普通生活在她的眼中成了开辟一片新天地的灵感之源。是一个叫汪航的漳县中年女性,将漳县的普通井盐盐水和颜料加工粘贴而成为一种新的工艺画种,是传统民俗艺术的新创造,是绘画领域的一个新突破,填补了国内外盐文化和艺术史上的空白。

现在,国家专利获得者、漳县盐画研究会会长、漳县盐画研究中心主任、甘肃省美术家协会会员、甘肃省民间文艺家协会会员、甘肃省青年美术家协会理事、定西市美术家协会理事,等等,这一长串头衔对于她来说是最重要的吗?在她创业维艰、风言风语在耳边回旋、经济陷入困境的时候,是市委常委、宣传部部长王美萍个人资助一千元的温暖让她扬起了生活的风帆,支撑起了继续努力、顽强拼搏的信心;是全国人大常委会副委员长、全国妇联主席沈跃跃等领导(漳县是全国妇联的扶贫联系县)的接见、鼓励,以及许多老师亲友的帮助支持,使她鼓起了百折不回、力争成功的勇气。人世间,雪中送炭比锦上添花更能让人感到温暖,更能促人上进啊!

汪航的脚步没有在"专利"和全国"独家"的盐画上就此打住,而是把目光投向新水墨画的学习、创作和漳县青少年的美术教育方面,并且都取得了一定成绩。

她心里永远铭记着领她入门、帮她提高、给她信心的恩师、导师:莫建成,甘肃省美术界老前辈、中国美术家协会原理事、甘肃省美术家协会原主席;田向农,中国美术家协会会员、甘肃省著名画家、定西市美术馆馆长;许林,中国美术家协会会员,甘肃省美术家协会副主席,甘肃省青年美术家协会主席,甘肃政法学院艺术学院院长;王奇寅,中国新水墨书画研究会会长、清华美院书画高研班导师、中国新水墨冲染法创始人、《当代美术》主编;魏振乾,中国美术家协会甘肃省分会会员、清华美院书画高研班助教……

更难能可贵和令人感动的是,她在家庭发生变故的情况下,十多年来继续关心、看望以前的婆婆,一如既往,无怨无悔。

我在上大学的时候,现代文学老师林玮、许文郁等说,中国女人的命运最艰难,她们背负的责任更沉重,但她们也最坚强、最伟大,对于中国妇女,社会应该给予更多的尊重和关爱。通过几十年社会的阅历,现在我才真正明白了老师的见识、爱恋与悲悯情怀。

《周易》乾、坤二道讲求的自强不息、厚德载物,贝多芬享誉全球的《C小调第五交响曲》回旋的"我要同命运抗争,绝不能被它征服"之精神,在曾经挫折、失败甚至绝望的汪航身上不是得到了最完美的体现吗?

2018年2月11日

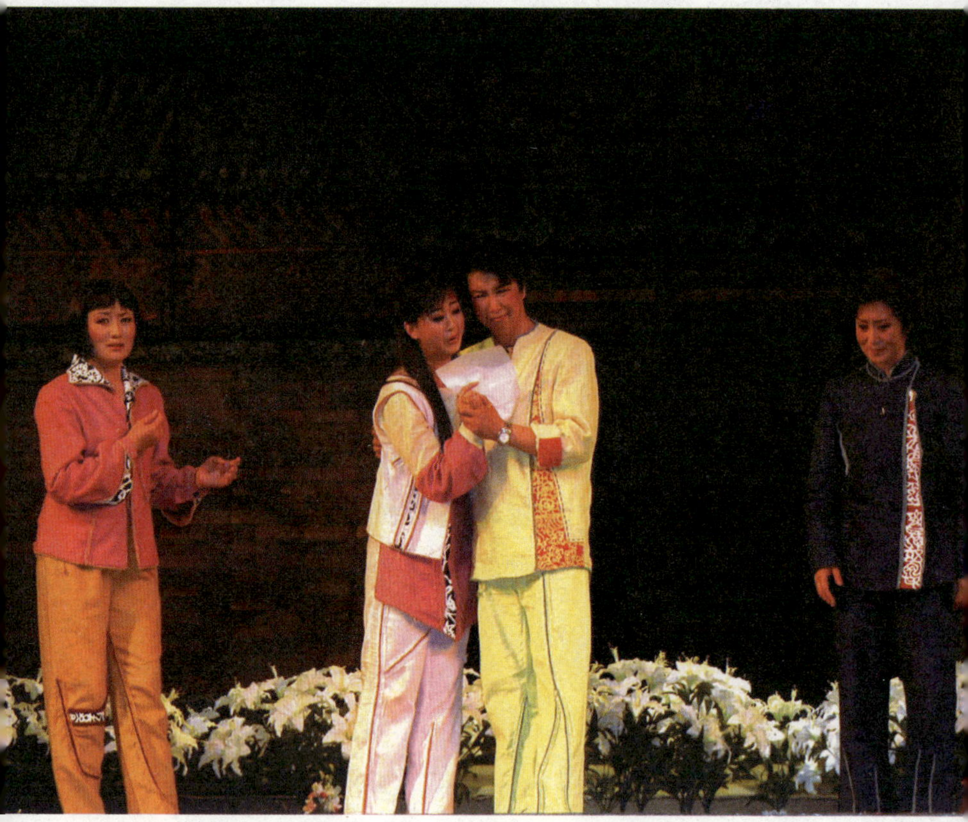

那一朵芬芳的百合花

——我所认识的"定秦"

定西市现在所辖区域在秦汉时期相当于陇西郡的核心部分,在历史上被习惯性地称为陇右(陇山即六盘山,陇右即六盘山以西)。这个地方至唐代天宝年间还是"闾阎相望,桑麻翳野,天下称,富庶者无如陇右"(《资治通鉴》216卷)的繁荣景象。安史之乱以后,经过战乱、干旱、割据等原因,到左宗棠平定内乱、抗击侵略、率大军西征时,其"辖境苦瘠,甲于天下",连军饷都要靠两广、两湖、江浙等东南沿海经济发达地区"协饷"(相当于现在的转移支付)。

就是曾经以贫困而著称全国的定西,党中央经常给予高度重视和关怀。太平村和大坪村,就因最高领导人的亲临视察而声名鹊起、享誉全国。元古堆村,黄河一级支流渭河源头的一个深度贫困村,中共中央总书记习近平于2013年春节之际来这里进行调研、慰问,从而揭开了定西脱贫致富奔小康的新篇章。

就是在这块经济欠发达的土地上,"定秦"精心培育出了芬芳馥郁、美丽璀璨的"百合花"——大型现代秦腔《百合花开》,创下了定西文化史上的新纪录,向全国展示了定西的新形象。

2009年9月,《百合花开》获得第十一届全国精神文明建设"五个一工程"奖,这对一个地市级剧团来说,是破了天荒,是甘肃省地市级剧团中唯一获此殊荣的。要知道,同台获奖的大部分是省级以上剧团,地市级获得全国文艺类最高奖"五个一工程"奖,是稀有的、珍贵的、极其不容易的。

2012年11月30日,《百合花开》在北京梅兰芳大剧院演出,这是甘肃省地市级剧团第一次登上首都北京的大舞台,也是甘肃省自20世纪《丝路花雨》红遍首都、红遍全国以来为数不多的一次全国性表演。

自从2008年《百合花开》创排成功并在兰州首演以来,三四年的时间,剧组人员走遍全省大部分市州,巡演到全国七八个省区,演出160多场,观众120多万人次,这场剧目贡献给群众是精神的大餐……

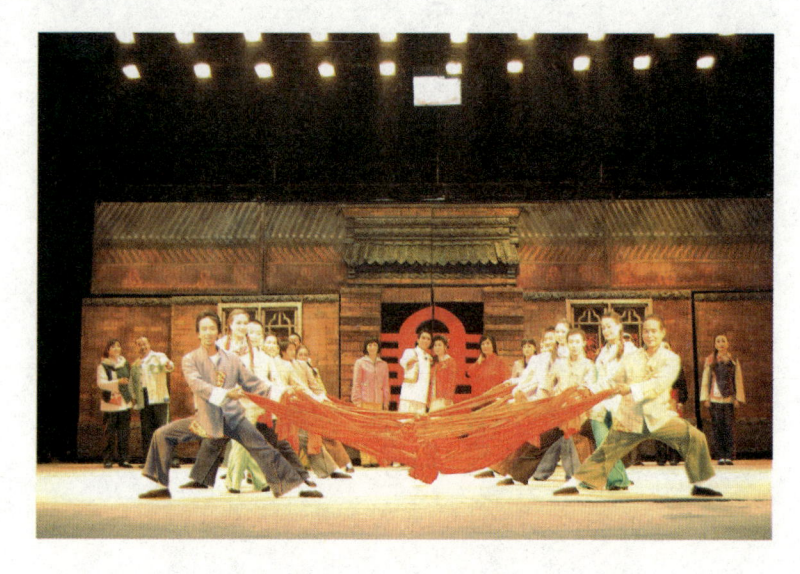

那是一段激情燃烧的岁月,那是一段苦也香甜、累也心甘,汗水与喜悦交织成的快乐日子。全团上下团结一心,群策群力,敢于克服任何困难。在经费"青黄不接"的关键时刻,全团从领导到中层,再到所有员工,一起集资搞创排。在巡演的漫长过程中,大家不分你我,忙个不停。装台、卸台;白天赶路,晚上"战斗";错过了饭点,就用方便食品充饥;演员毛玲因感冒发烧前一秒还打着吊瓶,锣鼓一响就拔掉针头容光焕发上了舞台!

大提琴、扬琴演奏员许全峰是乐队的灵魂,说起"百剧"的创排和演出时会不由自主地哼起"嘟个里嘟、嘟个里嘟",意气风发,神采飞扬!时代发展了,科技在进步,舞台的装备也在快速发展。以前的乐队灵魂"敲梆梆子"被音乐伴奏播放器代替,由乐器到电器,虽然仅有一字之差,但在实践中却是质的飞跃,难度要求更大,精度要求更高。老徐从头学起,左手掌握调音台的几个控键,右手操作音乐伴奏播放器的几个旋钮,熟悉音乐,了解剧情,根据剧情发展和演员唱腔的强弱快慢,伴以准确无误的音乐配合,体现剧情的跌宕起伏和人生命运的喜怒哀乐,从而为《百合花开》的每一场成功演出立下汗马功劳。

剧组的张大姐是后勤采购,为了保证演员的面部皮肤不过敏,购买了最好的化妆油彩和润肤乳!

不管是主角、龙套,还是指挥、司机,都是不分本职内外,抢着干活,许多主角一下场,就放下"公主""王子"的架子,干起了拆灯、搬箱、装车的粗活……

百合花是芬芳美丽的花,花开六瓣,瓣瓣娇艳;芳香诱人,清新高雅。定西市临洮县就以盛产黄色、红色、粉红等颜色丰富的香水百合而驰名。我被娇艳无比的"百合花"吸引着,更被精心培育美丽《百合花开》的"定秦"感动着。

"定秦"不是一个人,是一个班子,一个团队,一个创新、创业、敢于拼搏、勇于"啃硬骨头"的人才群体!

原定西市文化局局长陆平先生,青年时期当过兵,后又担任过县上分管宣传、组织工作的常务副书记和主政一方的县长,善于运筹帷幄,抓大放小,把方向,搞保障,为人豪爽义气,既是老大哥,又是好班长,为《百合花开》的立项、创排倾力相助。

原市文化局副局长孙艾侠女士作为分管领导,作风泼辣有魄力,工作吃苦敢作为,风风火火,事无巨细,以"舍我其谁"的气概协调完成了《百合花开》的一系列工作环节和过程。世界上最难的事情是"要钱",她深知其中滋味。有一次为找省财政厅的一位处长,她和杜建君团长在处长办公室斜对面的洗脸间,悄悄等候了半个多小时;"挖人",找导演、协调演员,有时候需要苦口婆心;一套文武齐备的班子终于搭起来,经费又捉襟见肘,于是,在局办公楼一间办公室里,她买来灶具和餐桌,并亲自下厨四十多天,凭着"家传"的手艺与自己的创意,她的浆水面、煮洋芋、家常小菜、羊肉面片子等"作品"硬是感动了剧组,更激励了士气!兰州来的大编剧、名演员,北京来的"音乐师",都被她"礼贤下士"的那一股子倔劲折服了!

原定西市秦剧团团长杜建君更是拼命三郎。他刚接手时的秦剧团人心涣散、怨气冲天,丝毫没有凝聚力;剧团是"差额拨款",经费难以为继,没有主打剧目,没有发展思路,仅仅靠赶庙会和财政补贴

勉强度日。机遇永远青睐有准备的人,是甘肃省卫生厅防治艾滋病的公开剧目征集活动,使杜建君先生立下了敢于"吃螃蟹"的宏图大愿。搞可行性论证,编制剧本初稿,申请前期经费,然后是请导演、请编剧、请演员,然后是合成排演,吃喝拉撒睡,吹拉弹唱敲,哪一样事情不是需要他参与,哪一样事情不是由他来定夺……2009年初,他到省城兰州联系演出事宜,为了节省住宿费,他连夜赶回定西,结果遭遇车祸,右臂粉碎性骨折,五根肋骨折断!

大编剧曹锐女士牺牲了无数的日日夜夜,匠心独运,终于找到了催人泪下的细节——"误会""歧视"与"人间真情",以及贯穿全剧的"戏眼"——艳丽芳香的百合花;大导演韩剑英的敬业与专业给地市级剧团的演艺人员上了新的一课;来自省陇剧团的"女一号"窦凤琴、"男一号"边肖一丝不苟,与其他演员同甘共苦。

定西市秦剧团副团长李顺合、李亚斌,主要演员毛琳、孟芬、苗丽,剧务胡建军、曹社会、杜秦社,等等,坚守岗位,尽职尽责。

没有领导的支持就没有《百合花开》。中共甘肃省委宣传部和文化厅、卫生厅的领导励小捷、连辑、侯生华、刘维忠、邵明、张瑞民、高志凌、马少青、张明等给予无微不至的关心;定西市委、市政府主要领导杨子兴、许尔锋、常正国现场办公,解决实际困难;分管领导郑宏伟、王美萍、王向机、黄爱菊、李斌有时候亲蹲排练场,发现问题随时解决……

《百合花开》,是贫瘠黄土地上朴实老百姓对美好生活的一种向往,是政府、业务部门、主创人员合力奏出的歌唱时代、呼唤真善美的恢宏壮丽的主旋律,是定西文化战线的工作人员呕心沥血、克服艰难困苦完成的新时代定西之歌!

创新无止境,奋斗最幸福!陆平先生在工作之余苦练书法,在退休之际被评为中国书法家协会会员,完成由官员到艺术家的华丽转身,草书龙飞凤舞,生活多姿多彩;孙艾侠女士被光荣提拔,在更高的层次奉献社会,做一个阳光灿烂的美丽女人;杜建君先生转岗定西市非物质文化遗产保护中心主任,短短几年时间,一套由其主持编纂完成的十二册沉甸甸《定西市非物质文化遗产丛书》呈现在了人们面前……

世上有朵美丽的花,那是青春吐芳华!

2018年2月24日

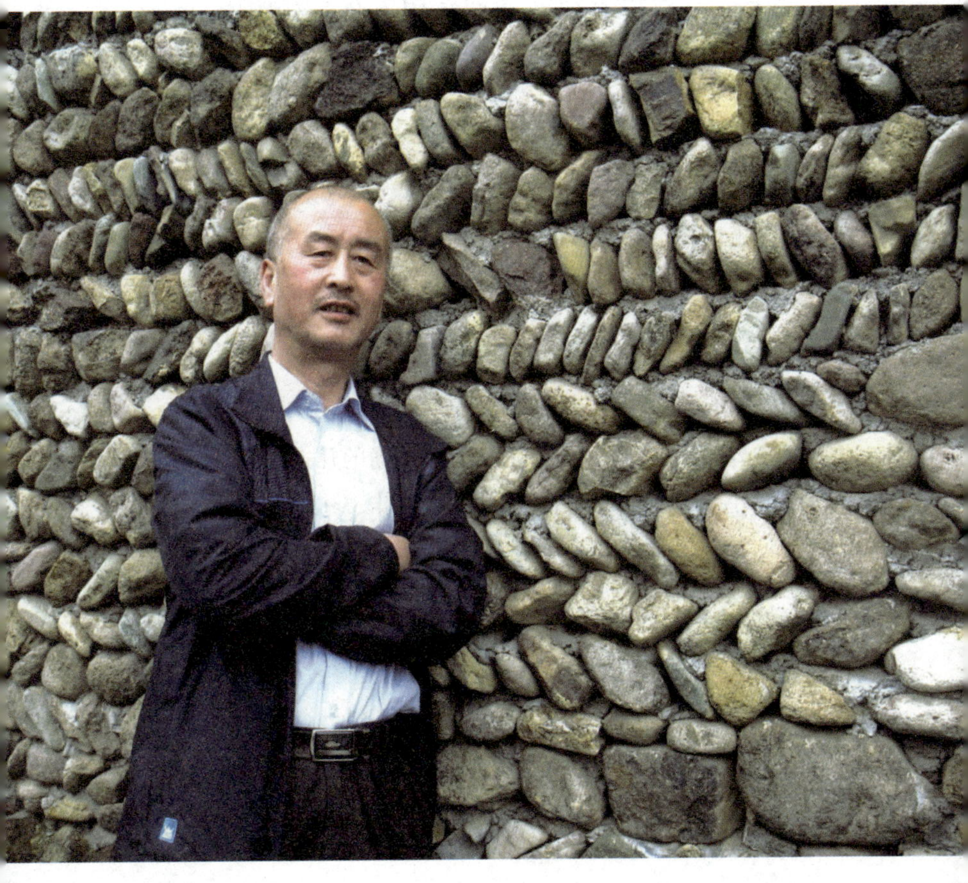

一个歼老汉嘛哟哟

——我所认识的定西文人史彦明

歼老汉,其实一点儿也不老,刚刚退休,六十出头,身体健康,脸色红润,一顿能喝半斤或八两高度白酒,能吃一斤半正宗的西北手抓,精力充沛,激情四射,完全不像人们想象中的歼老汉模样。按照现在时髦的说法,歼老汉目前才进入人生的壮年!

歼老汉大名鼎鼎,如雷贯耳,不是普通的凡夫俗子。说说他的头衔,好几届甘肃省书法家协会理事,定西市书法家协会的创建者、掌门人,连任多届市书协主席,桃李满天下,业界称泰斗。善治印,名闻陇上,各界名人为求他亲手镌刻的名章,更是一掷千金,摩肩接踵;书画家也是以使用他的印章为荣,众多的爱好者也以收藏他的印章作为身份的代表而自豪。工篆书,不论甲骨金文、石鼓石刻、大篆小篆无不精通,研习熟稔,领会深刻,传承精髓,又能融会真、隶、行、草,出神入化,闯出自我,独步地方书坛,成为当之无愧的省内大咖,市域领袖!

歼老汉"老"当益壮,雄心不已,在年届花甲之际竟负笈东行,入中国美术学院深造,忘记了年龄,与二十岁左右的小姑娘小伙子"同学",成为中国美术学院一道靓丽的风景和励志的样板;丢弃了耀眼的光环,忘记了"显赫"的身份,和普通学员一样听课、做作业,从头开始学习传统理论、摩古圣足迹、听名师评点、跟时代脉搏、开广阔胸怀、立时代潮头!租房居住,生活简朴而不觉苦,广泛交流而不孤独,学艺之艰苦执着,令师生感动,为后学楷模!尤为可贵之处在于,除了补上书法篆刻"科班"基本功之外,广辟蹊径,学习国画创作,亲身实践了"中国书画同源,书与画相辅相成、相得益彰"的理论。

尕老汉童心满满,待人接物热情似火,诙谐幽默,乐观风趣,成为男女老少人见人爱的"活宝贝"、老顽童。某日一位艺术家在与几位知己的聚会上妙言"大小的官都是管人的",他情不自禁,笑得弯下了腰,差点"岔气",大家也先是微笑,后是跟着哄堂大笑。某日接待省外有相当官阶的艺术家,大家先是拘谨,在三杯过后,尕老汉抓起话筒,登上一张桌子,"东方——那个——红,太阳——那个——升,中国——出了个——毛泽东……"一曲晋西北信天游,震慑了全场,活跃了气氛,拉近了尊客与地方东道主的感情距离!他介绍说,这就是传遍全国的著名歌曲《东方红》的前身,调子与陕北的信天游有相近之处,但是在吐字的音韵、曲调的跌宕起伏等细节上是有所不同的。在文化艺术界好多的雅聚上,正是有了这个"宝贝"的山西信天游,使陌生的朋友成为相知,使索然无味的"工作餐"成为艺术交流的平台,使毕恭毕敬的上下级和同事感情融融……

可爱贪玩的尕老汉者,史彦明君,笔名晋石先生也;可亲可敬的尕老汉者,甘肃省定西市画院前副院长也!

黄永玉老先生一生爱玩。古人说,仁者寿。我更同意黄永玉先生的人生信条——善玩者寿!这个"玩",不是玩世不恭的"玩",不是玩弄人生、玩弄权术的"玩",而是对人生的一种达观,对现实生活的一种超脱,也是对他人和社会的友善!

"一个尕老汉嘛哟哟……"这是广泛流传于甘肃、青海一带的一种著名酒歌酒调、乡音野曲,当地的男女老少随口能哼能唱,充满喜庆欢乐的兴味。

祝愿史主席艺术生命常青,带给人更多的教益、乐趣!

2018年1月19日

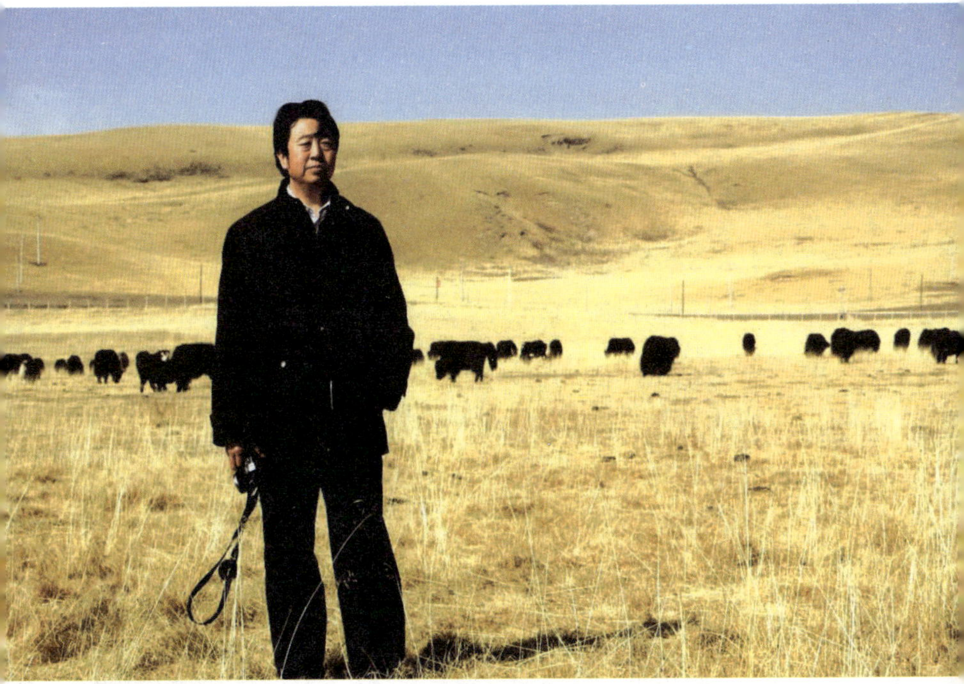

像大海一样宽广,像高山一样峭拔

——我所认识的定西文人汪海峰

曾经多次建议海峰先生为他的著作举办一个首发式暨研讨会,他说不是邀请不来省内的名家,也不是没有人提供赞助,更不是没有朋友、弟子来捧场助兴,他说主要是不愿意麻烦别人。就这样,他的书正式出版四个多月了,始终没有听到他搞"仪式"的消息。

然而,作为朋友,我不说几句话,感到对不起他厚重的书、他精致的美文,更对不起他的人。

最早听到他的大名,不是因为他的"馆长"和"教授"头衔,而是大家口口相传的他在全国获奖的散文《九寨,绝版的美丽》,不善文、学了一点文而又崇拜文的我,便对他刮目相看了。

以后便主动

结交，或饮酒，或借书，或闲谝。交往越久，感触越深，受益越大。海峰先生待人谦虚低调，就像他的笔名"简淡"，不趋炎、不鄙弱，平等相待，温暖如春；内涵丰富而兴趣广泛，天文地理无所不知，摄影作诗，妙趣天成；文笔优美，功底深厚，篇篇佳作，堪称珠玑，反复阅读，韵味无穷，像《瘦诗人》《吃凤爪》《九寨沟》《假牙》等；随感而发，生动活泼，真实反映生活，又为地方民俗文化留下宝贵记录和哲思，如《跳佛爷》《漫花儿》《放羊灯》《罐罐茶》《难忘洋芋》《晨光中的馍馍》等，激起许多本乡同龄人的共鸣；饮酒不疾不徐，言谈不急不躁，如饮醇酒，越品越有味，如峻峰大海，越接近越崇拜而亲切……

海峰先生，是我的好酒友、好兄长、好老师！祝贺先生的《汪海峰作品集》正式出版发行！

2018年2月9日

（本文摄影作品全部由汪海峰先生创作并提供）

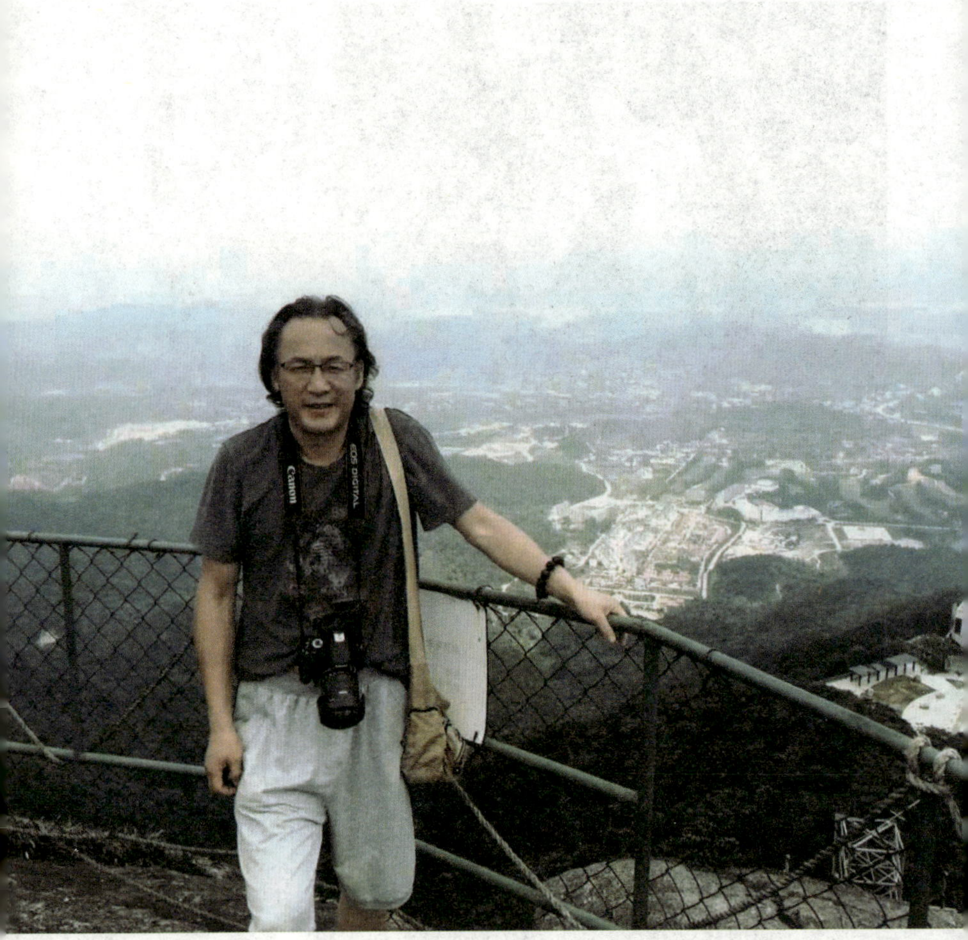
Canon
EOS DIGITAL

青年才俊，旱塬蛟龙

——我所认识的定西文人夏野

画家夏野先生，本名靳汉龙，生长于甘肃，发展于北京，周游于全国。

其人，童真可爱，性嗜酒，朋友遍天下；尊重妇女，有绅士风度；侠义肝胆，待人忠诚！

其画，师从中国山水大师李可染传承人李小可，起点甚高，视野开阔；学艺勤奋刻苦，造化足迹遍布大江南北，更以黄山、青藏雪山为尊；作品气

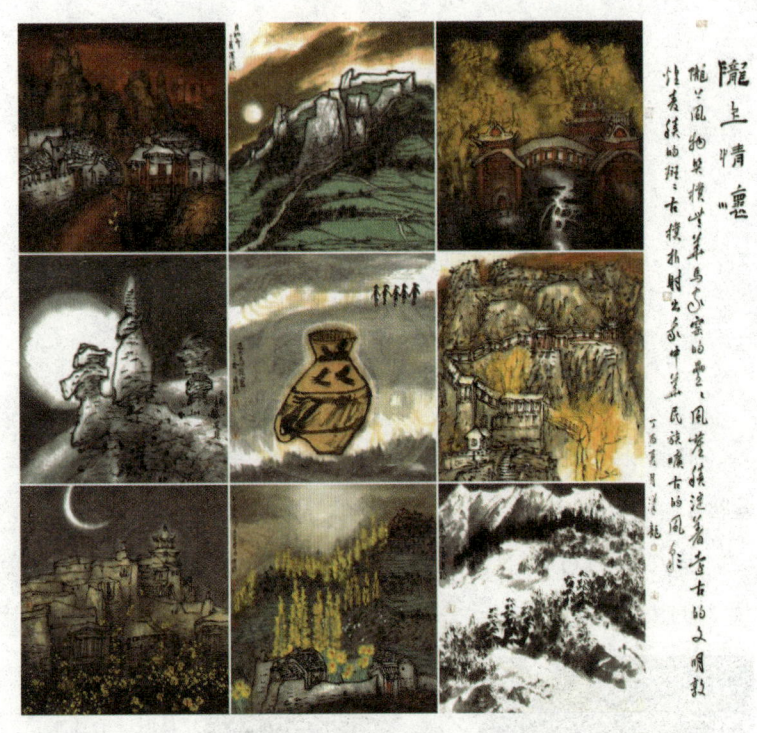

势磅礴,是心源的自然流露,更是做人有大家风范的综合体现。

夏野先生其人就像他的名字,是艺术家中的龙,是西北旱塬之龙。预祝夏野先生山水画展(东莞)圆满成功!

2018年2月5日

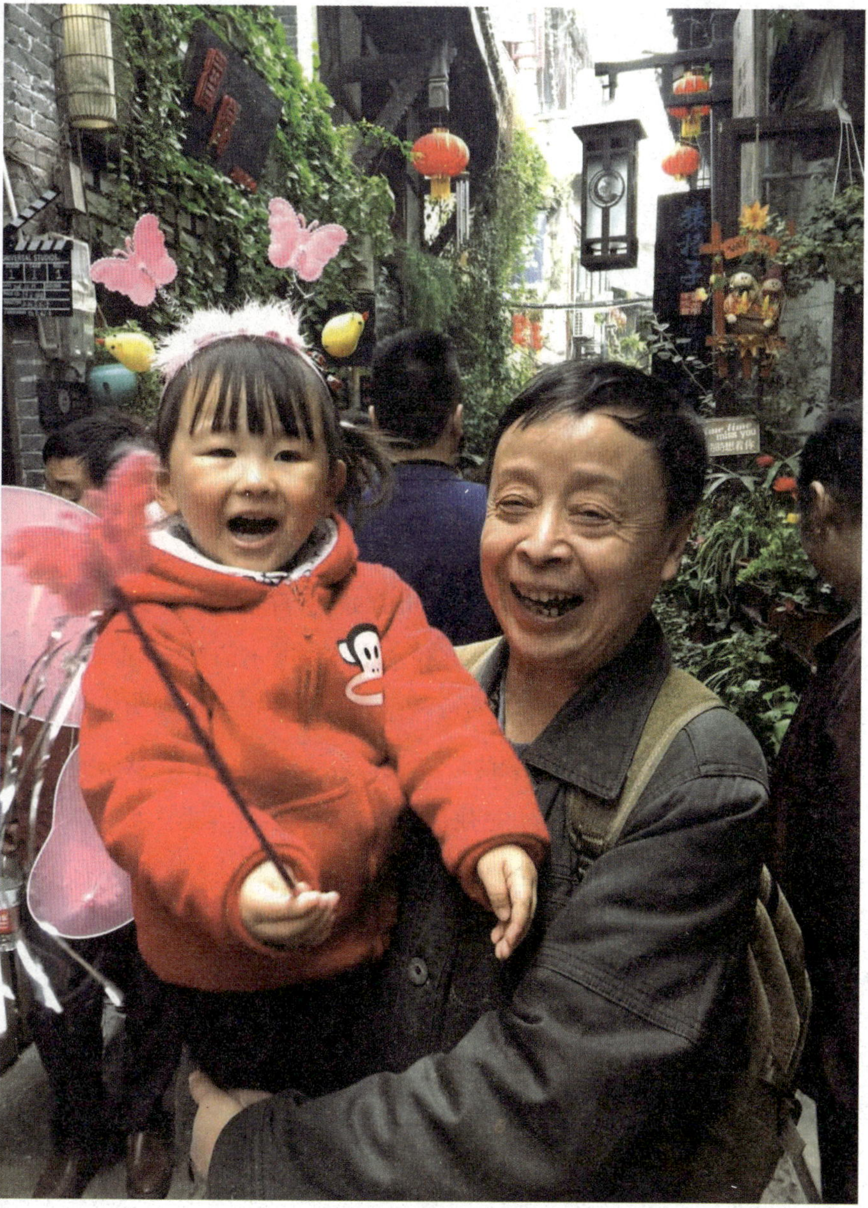

来自嘉陵江边的感动

——我所认识的重庆文人王余生

今年有幸加入中国西部散文学会。作为初学者的我,在著名作家、主席刘志成邀请下加入西部散文群以来,更是毕恭毕敬,对群里主编、编辑推荐的文章,和作者自己发表的作品都是时时关注,认真阅读。因而有幸认识了许多其他省市的文学爱好者,其中不乏功底深厚、文采斐然、成就突出的诗人、作家。他们当中有的青春年少,然而才思泉涌,大有雄气冠世之气概;有的早已经著作等身,成为全国有名的作家……更让我敬佩的是《嘉陵江边的故事》的作者"歌乐听涛",通过和他聊天交流,知道他是普通工人出身,又是退休几年的老同志,而他那种锲而不舍的创作劲头,和他写作的迷人故事,使我对他敬佩有加,产生了强烈的拜访冲动,急切地想探究他创作灵感、创作动力背后的"秘密"。

今年春节过后,我一提出拜访他的"申请",他爽快地答应:"欢迎,欢迎!"并发来了他和孙女的两张照片。然而由于各种原因,我始终未能成行。前几天,一个时机促成了这次拜访,我在微信上给他刚一留言:"您是否方便,我近日来访。"他马上回音:"你啥时候到,随时欢迎。"语气中充满了真诚和热情。

在我启程时间确定后,他又反复询问我到达重庆的时间,我又再一次留了他的手机号码,他也索要我的手机号码(虽然以前我们就互相留过),还发来了他和老伴、孙女及全家的照片!

我在途中,他留言给我,下车后打车到他的住址。到达重庆西站后,我很快就接到他的电话,他通过电话给我"导航"。此时我正询问车站工作人员到他那儿的走法,那位名叫"单箫"的年轻女同志热情耐心,她建议我,用不着打车,坐公交车,换乘一次,就能很快到达。

我坐上公交车不久发现他又给我留言,告诉我换乘的具体公交线路。

按照他们的指引我顺利地到达"歌乐听涛"指示的公交车站,车还没有停稳,我就透过车窗看见他们夫妻等候在站台。

一眼就能认出对方,互相称呼着"老师",他爱人叫我"张师傅",我感到分外的亲切和温暖。

领我住到名叫"归巢"的宾馆后,他们邀请我到家里参观。他们小区就在宾馆外面,我们很快就到了他家。客厅宽敞,装修简洁雅致,主卧温馨朴素,次卧新潮时尚,大床边还搁着带了围栏的小床,显然是小孩儿的"摇篮"。我提出想看看他的书房和电脑,其实书房就是那间朴素的主卧,电脑就是一台 Ipad 和手机!

哦,《嘉陵江边的故事》《最终幻想 18》《穿越眼镜》等长篇小说,还有其他散文集、诗集,就是在这儿诞生的!

那引人入胜的文学作品,就是一个出生于 1954 年的仅有初中文化程度、身高不到一米六的精干重庆汉子写出来的!

站在宽宽的阳台上眺望这个小区,楼群密布,桃花盛开,树木蓊郁!幼儿园、活动场所配套,环境非常优美!

虽然我是第二次到重庆,但第一次并不算是真正来过,那次仅仅是到重庆转车,当时我利用从重庆站到重庆北站换乘的几个小时空余时间,在西南政法大学附近和一个老乡的孩子匆匆忙忙吃了一个小火锅,更没有时间去闹市和旅游景点逛,也没有时间敬拜歌乐山渣滓洞、白公馆、烈士陵园!因此,这一次,算是真正来到了重庆。

尊敬的"歌乐听涛"大哥熟练地背起了双肩背包,和他恩爱情深的老嫂子麻利地拿起保温水杯,他俩陪我去逛"红岩洞"(后来证明我听错名字了),我心中敬仰的"红岩"!

从平安站乘坐地铁二号线到临江门站下车,穿过一两条熙熙攘攘的街道,便到了目的地。在嘉陵江边,一座大桥横跨南北,由于汛期没有到来,水位较浅,但宽阔的河道证明着嘉陵江的雄伟壮观,几艘大型游船也诉说着嘉陵江的深沉与厚重。

坐电梯到"江底",有十一层的高度。到了底楼才发现人头攒动,热闹非凡,商铺林立,五花八门,真个是繁华的"上海滩"!向上仰望,层楼叠叠依山而建,巧夺天工,可谓人间奇迹!半山中有几个遒劲大字"洪崖洞",我才发现,是自己之前听错了,想当然把"洪崖洞"误以为"红岩洞"了!看了各层的商铺景致,我才知道,洪崖洞是重庆市一处非常有名的旅游景点。每到节假日和旅游高峰期,这里都是人山人海,摩肩接踵,原因是这里集中了巴渝文化、陪都文化的精华,人们因而心向往之,所谓"不到洪崖洞,等于没有到重庆"!我作为一个外乡人,如果不是"歌乐听涛"伉俪的热情向导,我怎么能深入大重庆的"腹心"呢?

大哥虽然个头较小,但脚步轻盈,精明睿智;大嫂中等身材,朴实善良,一路上抢着买地铁票、矿泉水、桃片、锅巴、香豆干、陈氏麻花,那种利索和盛情,让人倍感亲热。

穿越马路的时候,大哥和大嫂随时招呼着我,让我紧跟他们的脚步,有时候还手牵着手过街。那份贴心,就像关心着自己的乡里亲戚或者未成年的弟妹!

边走边聊,我了解了他的更多经历和成长故事。

晚饭是在市中心国贸大厦六楼的"小天鹅火锅城"吃的。说起小天鹅餐饮,那在重庆是赫赫有名、人人皆知的,他们一直以来自主研发底料,严格把关食材,不断改进口味。

"歌乐听涛"大哥的女婿是小天鹅餐饮公司的计算机系统维护

师,英俊潇洒,为人厚道。我见他的调料碗里只有简单的香油和陈醋,就问他原因,这下打开了他的专业宝藏,给我上了一堂正宗重庆火锅的普及课:为什么叫"老"火锅;适合涮烫的食材有毛肚、黄喉、腰片、鲜切肉片,该怎么调料碗;各种食材烫煮时间与火候把握……听了他的讲述,我才明白,我以前对火锅是胡吃一气,这次算是到火锅的发源地来补课,如此,才能不"暴殄天物"!

他的女儿自主创业,小有成就,带着重庆人的好客与爽快,不厌其烦地给我介绍重庆的小吃、景点与交通。

小孙女活泼可爱,吃了不多几口就拉着爷爷的手到处溜达,充满好奇与天真。我提议给他们一家照相,小姑娘很自然很大方地做出了象征胜利的手势!

啊,幸福美满的重庆一家人!

有了这和谐幸福、真诚好客的重庆一家人,我才觉得自己不是过路的游客,而是"归巢"的亲戚或者主人,没有了怯生和冷漠,而是与重庆结了缘,并且通过他们,触摸到了重庆这座城市的心跳节律。

歌乐山、渣滓洞、白公馆、红岩魂广场、烈士陵园,等等,这些耳熟能详的地名在我眼前逐个经过;江竹筠、许云峰、陈然、杨虎城、黄显生、小萝卜头的塑像在我心中一一印证;烈士视死如归、对革命前途的美好向往和必胜信心,让我两眼湿润……

重庆,是红色之都,是红岩魂的故乡!

完成灵魂的洗礼,才算真正到过重庆!

歌乐山,不是以峰高山奇而著称,而是"有仙则灵"。这仙,就是为革命牺牲的先烈;这灵,就是烈士鲜血凝成的远大理想、坚强斗志和无私的奉献!

　　长篇小说《红岩》的作者罗广斌、杨益言,都是越狱成功的幸存者,他们都是《红岩》中的革命同志和见证者。由于他们的成长经历,我大胆推测他们的受教育程度不可能过高,但是,血与火的淬炼就是他们的文凭;牺牲与苟且偷生的对比练就了他们的文胆;教育年轻一代的神圣使命,就是他们创作的动力!

　　于是,一部震撼了几代人心、熏陶了多少辈人的伟大著作横空出世,风靡全国,广传世界,成了久盛不衰的红色经典!

　　"歌乐听涛",大名王余生,1954年出生。一名2009年退休的重庆特殊钢厂电焊工,从去年起连续写出了长篇小说《嘉陵江边的故事》《最终幻想18》,主编了《汤圆作家》,创作了散文集《往事只能回味》、诗集《天上飘着棉花糖》、长篇小说《穿越眼镜》。而他,当年仅仅上到初二!是什么原因,使他灵感迸发、佳作连连,并且题材多样、块头巨大!我为此而感动,而惊奇,而思考!

　　他对文学的执着,是他成功的关键!从小喜欢阅读文学书籍,参加工作后笔耕不辍,始终坚持写诗、写小说,虽然无果而终,但那是九十九次的磨炼。

　　观察细致入微,是他成功的前提。他笔下的人物小芳、瓜娃子、陈伯伯等等,各个活灵活现、生动逼真;描述历史事件准确无误,细节真实,这与他几十年的观察思考密切相关。

　　强烈的社会责任感,是他激情澎湃的加油站。他的成长经历,重庆独特的红色文化氛围,他的原单位重庆特殊钢厂多种多样的生产活动、政治活动、文化体育活动,都给他提供了丰富的素材和情感,促使他拿起笔记录历史,启迪人心!

　　个人的勤奋好学、坚忍不拔,给他插上腾飞的翅膀。作为六十多岁的"老人",他学会使用手机创作,学会微信、QQ 聊天,与文友们广泛交流,还学会使用"汤圆创作"。这正是学无止境,老有所为!

　　家人和朋友的支持,使他的事业有了坚强后盾!老伴儿知冷知热,关怀备至;女儿在他生日之际给他配备了 Ipad,使他与时代同步,并领先于潮流;女婿提供全方位的技术支撑!还有他的同事、亲戚、朋友们的鼓励支持!

　　啊,幸运的歌乐听涛,青春永驻的王余生老师,祝您志在千里,继续讴歌我们伟大的时代!

2018 年 3 月 30 日

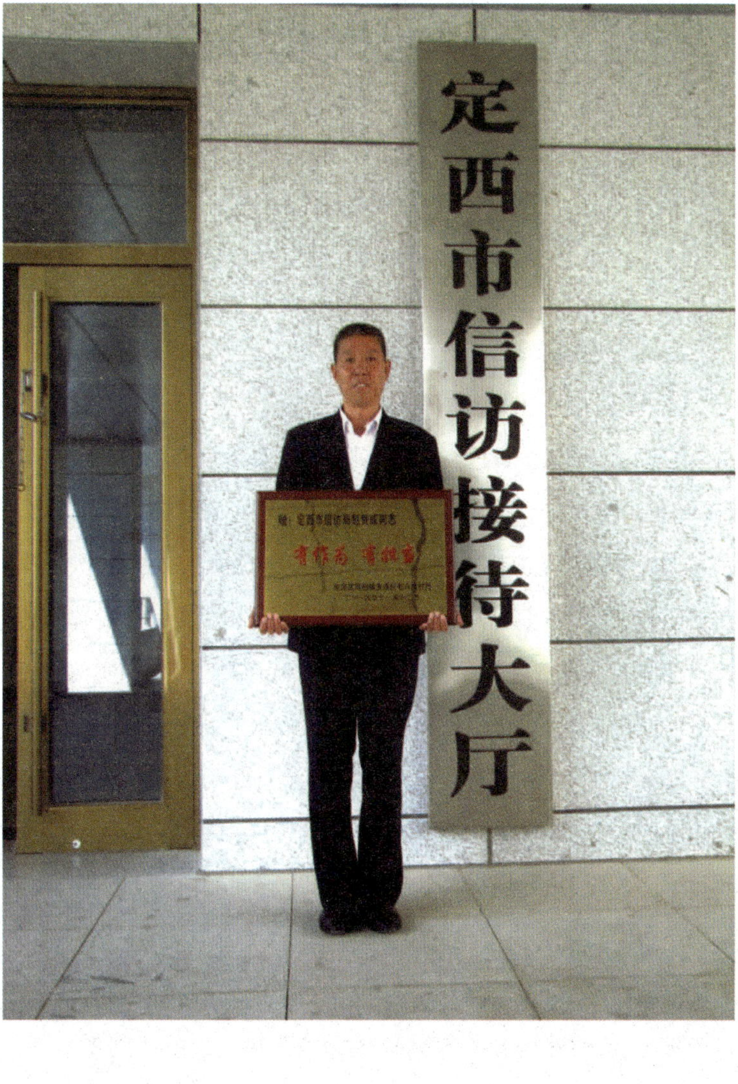
定西市信访接待大厅

用真情连通民心

——我所认识的定西"官员"赵贵成

我的人物纪实系列写作计划中原本没有写官员的打算,可是3月28日赵贵成同志在机关的十九大辅导报告暨党课讲座使我有了写他的想法。那场报告进行了整整两个小时,全场静悄悄的,没有丝毫躁动,对"总书记三个多小时没有喝一口水"的描述,使大家对人民领袖的大国风范充满敬佩;报告中236次"发展"、203次"人民"的反复出现,使同志们对"以人为本"的发展有了更深刻的了解;结合他担任定西市信访局副局长期间做好群众工作的理念和实例,特别是他从群众送他的锦旗"敢于担当,为民解困"的赞颂话语中得到启发,因而将微信昵称改为"担当赵贵成"的公开承诺,更是展示了一名优秀的公务员和全国党代表应有的风采。

4月2日下午,我亲眼见证了他主持召开的信访办公会,议题是讨论"定西市安定区西川居民安置点13户搬迁群众因冬季自来水管道埋设过浅而冻结,在冬季吃不上水"的问题。参会的有市水务投资集团、区住建局有关负责人,有群众代表。赵贵成同志主持会议,他没有客套,而是开门见山,直面群众诉求,一针见血地追问参会部门:挖掘渠道、恢复路面该谁负责,需要多少钱;埋设管道该谁负责;多长时间能完成?有关部门认真做了相应的回答。最后他拍板形成"决议":一是由区住建局负责筹集两万元,实施渠道挖掘和路面的恢复;二是由市水务投资集团负责更换自来水管,并且要保证质量;三是由区住建局负责尽快接通居民巷道路灯电源,恢复照明;四是所有工作必须于二十日内完成。听到以上决定,住户代表露出了满意的微笑,两个部门也愉快地接受了任务。不到半个小时的办公会,厘清了责任,制订了方案,解决了经费,高效率地议定了该安置点2009年建成以来,由于有关部门职责不清、推诿扯皮,十三户群众近十年冬季吃不上水的"老大难"问题。我对赵贵成这位"敢啃硬骨头"、勇于维护群众利益的好党员、好干部心生敬意。

血,是红的

　　老赵口头经常讲的一句话是:"作为一名共产党员,就要把群众的利益放在心中,时时处处为老百姓办实事、办好事,不能讲任何的条件和要求。"

　　他的群众观不是空穴来风,不是忽冷忽热,而是植根于他的成长经历,得益于他人生观、世界观、价值观的形成,源于他全心全意为老百姓服务的理想和对党忠诚的坚定信念。

　　他出生于美丽的陕西柞水县。农村的艰辛生活使他能充分认识到农民谋生不易、办事求人下话更不易。农村人朴实正直的品行让他自小豪爽、仗义、诚信。

他父亲是一名老党员,原则性极强。从幼小的年龄开始,他耳边经常回旋的声音就是:"长大后要做一个好人,假设有机会做一个'公家人',将坚决不能难为百姓,而是要为老百姓做好事。"直到现在,每次和儿子通电话,老父亲都会叮嘱他,一定要把老百姓的事办好,要牢记我们共产党人的根基就在老百姓中。

1987年当兵入伍后,他勤奋学习,刻苦训练,乐于助人,很快在部队这个革命的大熔炉里得到成长、提高。上军校,提干,当政工干事、中队指导员、大队教导员,从士兵到营级干部,一步一个脚印,踏踏实实,稳稳当当;作为政工干部,理论水平、工作作风、党性观念、群众观念,更是他的特长和看家本领。

他对父亲的无数份来信记忆犹新,迄今珍藏的五封家信中,封封都是父亲的谆谆教诲。即使他转业后,不管是当科长,还是副局长(副局长级别相当于副县长,在老家乡亲们眼里那可是很大的官啊),或者是获得全国性荣誉,越是在他顺水顺风的时候,老父亲打来的电话中叮嘱就越多:"要守住本分,不忘过去,不忘百姓,要老老实实给群众办事情,绝对不能给个人谋取私利。"

面对新时期男女老少、各行各业不同群众的不同诉求,他永远牢记着信访部

门上联党委政府、下联人民群众的特殊职责,信访工作者维护党和政府形象、代表群众利益、促进社会和谐的神圣责任,将党的培养、父亲的教诲、组织的信任,通过细致入微的每一件信访案的处理得到体现。

"公门里面好修行",作为一名政府机关工作人员,特别是信访接待人员,他深深知道自己的责任所在,他常说:"人无难事不上访。群众上访是对党和政府相信的表现,我们信访干部的作风、纪律、态度就直接体现着党和政府的形象,要时时处处严格要求自己,尽力为群众办实事,解决他们的合理诉求,可不能让群众失望。"

耐心要有。搞信访接待,挨骂受冤枉是常有的事情,这些年来挨打也遇到了不少。每当遭到上访人围攻、鄙视时,很想发怒的赵贵成总是提醒自己换位思考、将心比心,进而又会平心静气地再次耐心劝解……

坦然更不能少。当赵贵成在接待上访群众而遇到上访群众录音、录像时,赵贵成感觉到浑身不自在。但他认真听诉求,讲政策,果断处置,合理调度,身正不怕影子斜,坦坦荡荡地面对可能成为"网络名人"的后果。

做一个清白的人。多年来他给上访群众和老板解决了许多疑难问题,出于感激之心,有一个上访户曾经塞给老赵两条烟,被他客气而坚决地拒绝;有一个老板在今年春节的时候,拿着"红包"给他拜年,他态度严肃地说:"你算算定西市有几个全国党代表。"听了这话,那个老板无话可说,充满敬意地走了。

用生命在拼。老赵自转业以来,每天都是提前半小时上班,连续多年主动放弃年休假，节假日和双休日期间加班几乎成了"常态"。有位同志算了一笔账：老赵十年来加班的工作量相当于其他人二十年的工作量，甚至可能还要多。

"枯燥的数字"代表着勤勤恳恳、兢兢业业。自2006年转业到市信访局的12年时间里，他亲自接待上访群众4万多人次；协调解决了6000余件信访问题；帮助农民工讨回拖欠工资1.3亿多元，仅2017年就达7000多万元；化解重大社会矛盾和群体性事件300多件……

组织上对他的工作给予了充分的肯定。他是全国信访系统唯一的一名十九大基层代表，同时他还是甘肃省党代表、定西市党代表，全省优秀共产党员、全市优秀共产党员，全国信访系统先进工作者（人力资源和社会保障部、国家信访局评），等等。

骨头，是硬的

站位高，是做好群众信访工作的前提，一切从维护群众利益和改革、发展、稳定的大局出发；讲科学，是搞好接访工作的硬功夫，学好政策，把握心理，讲究技巧，他认为在接访工作中要先解决情绪再解决问题、先听群众诉说再给群众解说、将心比心换位思考，这样一来取得的效果就很好；搞"大信访"，发挥部门的联动左右，巧用"尚方宝剑"……这一切，都是为了把群众的事当成自己的事，给群众一个满意的交代，给群众一个明白的说法。

定西是全国扶贫开发实验区，"推动地方经济发展"是老赵搞好信访工作的出发点。定西华成国际青年城房产项目项目于2012年立项，2013年开工，后来由于资金链断裂成烂尾，导致165万拆迁户过渡安置费无法支付、协议构房户无法购房、拆迁户无法安置、开建的幼儿园项目5年不能使用，由此引发社会矛盾，160多户群众多次到市委、市政府上访。经过老赵先后四次的艰难协调，终于解决了拆迁、补偿、资金调度等核心问题，该项目有望最近启动建设。

为了解决问题，他从来不怕得罪比他级别高的领导和"强势部门"。有时，有些责任单位拖延、推诿、不派人来现场接访，他就骑上自行车，直奔责任单位找相关领导，"揪"他们到现场来答复群众。一次在接待集体来访时，某一部门的领导接到通知后迟迟不到位，导致上访人员长时间在市委、市政府滞留，直至数小时后才等来了一名领导。他当着上访群众的面狠狠批评了这位领导，尽管这位领导当时面子上有些过不去，但此举却稳定了群众情绪。事后这位领导专门向他进行了说明，而当时他只是一名科长，被批评的领导则是正县级干部。还有一次，他协调解决安定区南山根拆迁户（昌林花苑）上访问题，通知早上九点开始的会议，可到了十点还不见责任单位的领导，于是，他就带着十几名上访群众直接走进分管区长办公室。这些年,为了群众的利益,他批评了不少领导干部,也得罪了不少部门,许多领导在受到批评后认识了他,也重新认识了信访工作的重要意义,反过来更加理解和支持信访工作。

为了群众利益,他不惧老板的财大气粗和侮辱,不怕问题的艰难,勇于迎难而上。前年冬季,他协调解决了1940万元农民工工资拖欠问题,有四家欠薪数目较大的建设方老板都是被他"骂"到现场来的。安定区宏祥购物中心老板在装修时擅自改变房屋用途、改变主体结构,引发小区住户三百多人围攻老板的群体性事件,建设方和住户发生多次肢体冲突,事态万分紧急,他第一时间赶到现场进行紧急处置。群众要求查看老板改变了内部结构的房屋,老板借口拿钥匙的人不在,说你们从窗口爬进去吧。他责令老板十五分钟打开房门,结果不到十分钟门就被打开了。经过将近四个小时的艰苦工作,终于平息了事态。

碰上蓄意闹事的,他没有胆怯退缩。一次,在接待几名上访群众时,有个喝醉酒的精神病人怀揣斧子闯进信访接待室,提出种种无理要求,老赵义正词严地按政策进行了答复,可那人突然拿出斧子进行威胁。老赵一边周旋着安排其他人赶紧离开,一边自己伺机退到门外。闹事者紧随其后,抡起斧子叫嚣着欲劈市政府的牌子,当过武警的他毫不畏惧地擒住闹事者,成功制止了对方的违法行为。

心,是热的

每天上班,赵贵成不是坚守岗位、接待上访群众,就是忙忙碌碌往返穿梭于各机关单位之间上报信访动态、请示有关领导、协调责任部门、督办案件落实。他的心,始终是火热的。

他对待群众脾气很好。无论情绪激动的上访群众怎么拿他出气、甚至撕扯,他总是不计较,耐心接访。有一回,安定区牛某某等人集体上访,一进门,不听任何劝解,抓住赵贵成的衣领一阵乱打。衣服被撕破了,手上脸上被抓破了,他作为一米八的魁梧汉子,却只是躲避,骂不还口,打不还手,一直积极协调责任单位,最后圆满解决了问题。牛某某等人被赵贵成的作风深深打动,对自己的行为后悔不已,含泪致歉。

他从来不嫌弃上访人。有些常年在定西打工的外地人因为没有条件洗澡,拖家带口、成群结队上访的时候浑身的气味可想而知,但是老赵把他们当作亲人,一视同仁,热情接待。有一次,安定区一位70多岁的老太太被儿媳妇用自行车驮到信访接待室后扬长而去,

丢下婆婆一个人。没过多久，老人内急又行动不便，把小便尿到了接待室的拖把桶里。他不嫌脏、不埋怨，认真帮老人擦洗，及时打扫清理。老人感动得直掉眼泪，连声说："就是我的亲儿女，都没这么好。"当下就放弃了过高的上访诉求。

有时候还会遇到上访的外国人。2011年8月2日，定西市委、市政府门口来了两个特殊的上访者。两个男人低头不说话，胸前挂着"商家耍无赖，请政府主持公道、帮讨货款"的标语，经过了解，原来这是名叫康锡焕、李哲昊的两个韩国人。他们反映安定区某厂拖欠电热膜货款13万元。他一方面四处找关系寻找翻译，一方面奔赴兰州等地做好调处，仅用三天时间，就将拖欠的货款解决了。

"购房的时候，我正在怀孕，孩子6岁的时候终于住上了房子。"一个妇女说。安定区凯华西水湾房地产项目因开发商资金链断裂，延迟7年交房，引发数百名协议购房户和拆迁安置户群体性上访。他先后22次深入项目建设现场实地督办，17次召开协调会议，耐心向开发商和施工方做工作，对有关企业负责人做事互相推诿、"破罐子破摔"的错误思想给予了严肃批评，并提出了由政府监管资金、开发商房产抵押和质押、承建方垫资完工的化解思路。经多方努力，终于将濒于烂尾的西水湾房产项目盘活，房地产企业开发于去年底向业主交了房，那位妇女无奈和喜悦的心情足以说明此项工作的艰难程度。

农民工的血汗钱拖欠不得。安定区"中和教育世家"房地产项目承包商庄某某拖欠300多名农民工工资600多万元长达4年之久，这是一起信访积案。上访人在讨薪无望的情况下，曾经发生欲用汽油点燃自焚事件，老赵和大家迅速制止，依法处置，将恶意欠薪的庄某某移送公安机关立案侦查，通过将近两年的艰难推动，于2017年1月20日将637万元拖欠工资全部筹措到位，老赵到现场亲自核对发放。许多农民工领到工资后都含泪致谢。一名上访群众激动地说："欠薪这么多年了，确实没法给老婆孩子交代呀，实在是走投无路了，真想不到这笔血汗钱赵局长还能够帮我们要回来！"

局长还尿床。有一天他前后接待了五批集体上访者，疲乏不堪，深夜回家后昏睡过去，第二天起床时，发现自己竟然小便失禁尿床了。他是笑着给同事说的，但听的人心里却是感动和敬佩。

一壶浆水表心情。浆水是定西老百姓最普通的家常食物。一位农村大娘在她的信访问题得到解决后，专程给赵贵成送来一大瓶浆水，动情地说："赵局长，这一罐浆水里的苦菜是我自己在大碱沟采摘的，就是希望你任何时候都要为官清廉，时时刻刻牢记着老百姓的疾苦啊！"

老赵时刻牢记着信访部门的职责，了解民情，集中民智，维护民利，凝聚民心！

担当赵贵成，和谐社会需要你，定西的群众需要你！

2018年4月6日

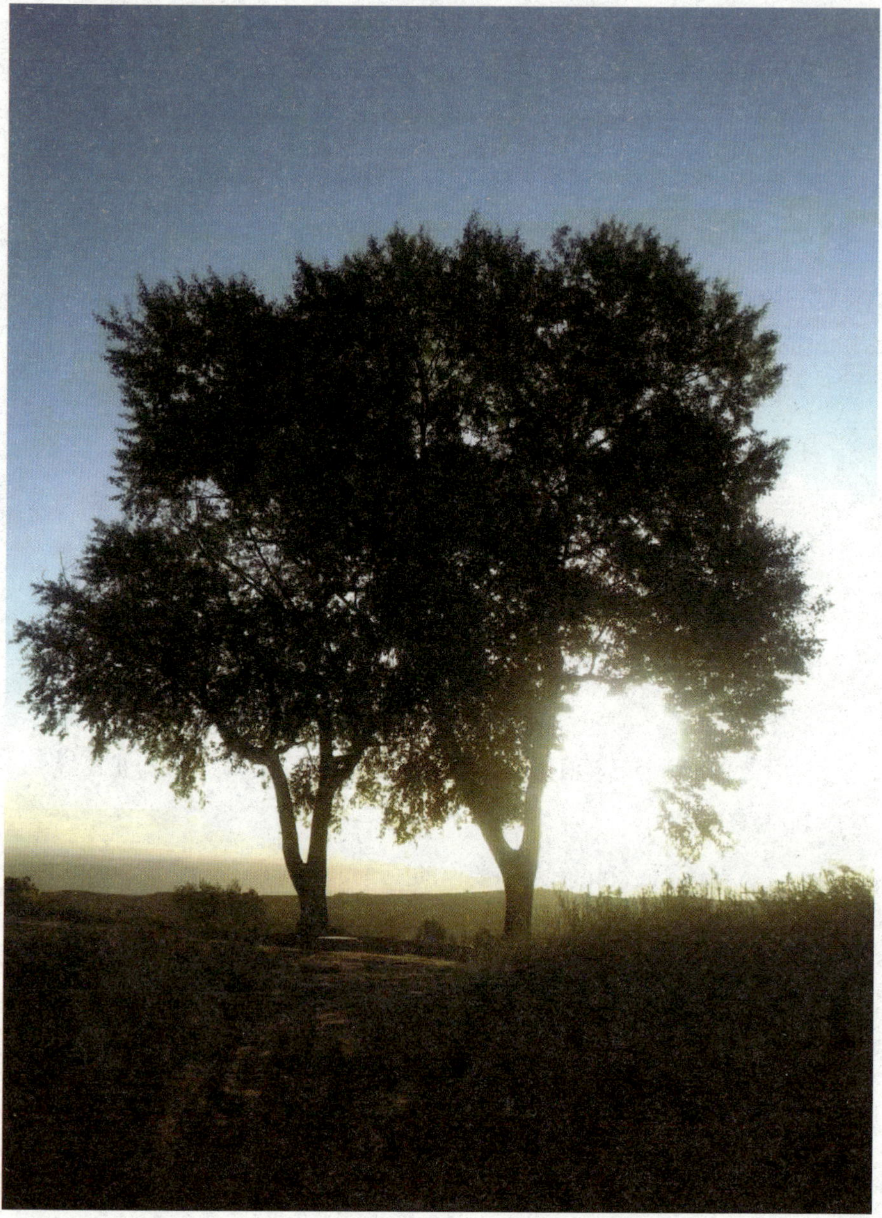

乡愁断片

——丁酉除夕有感

小城的喧嚣渐渐冷寂
滚滚的车轮扬起回乡的尘泥
店铺暂歇业机关门紧闭
城里的人们纷纷上山下乡走亲戚

大年三十为何有如此的魅力
纵使志未酬业未竟
官学商工千里万里也要把家回
一点儿也不嫌弃乡村的泥土味

哦,我忽有所思偶有所悟
乡村里有着太多的牵挂
太多的财富
这就是所谓的"乡愁"……

乡愁是乡音

一声狗蛋碎孙周擦疙瘩好着么的问候

爷爷奶奶大大姨姨的方言土语把儿召唤

瞬间卸下了在外奔波的苦肠和心酸

乡愁是一顿饭

扁食长面徽饭搅团猪骨头加大蒜

酸辣苦咸随意吃

怎么吃都不拉肚子不落病就是个舒坦

乡愁是庄前屋后戏水打闹的涝坝

是大柳树上老鸦垒的窝

是猪羊鸡鸭还有小狗的哇哇汪汪

烟熏火燎的土炕怎么也不会患上失眠

乡愁是尕老汉的罐罐茶旱烟袋

是老奶奶流传千年口口相传的古今

是欢快秧歌滑稽小调黑脸包公青衣香莲

还有桃园三四季红七巧来财的美好祝愿

乡愁是四合院的炊烟

一家来了亲戚庄里人都当盛情的执客

是一家有了事邻里都来帮的责任与义务

是他爸他婶子亲如一家的温暖互助

乡愁是没有完全被污染的最后自然美景
乡愁是金钱还未完全主宰的世外桃源
乡愁是善良温情依然存在的寂静山林
乡愁是安放我们灵魂的最佳庄园

大年三十
回家过年
魂兮归来
将游子的心安

2018年2月15日

后　记

　　三十多年的职业生涯,使我习惯于"甲乙丙丁""子丑寅卯"的程式化作业,文学性写作对于我来说纯属意外。虽然我不是记者,更不是作家,但是父兄辈陕西背粮、养家糊口、顽强生存的经历和乐观面对生活的精神,始终在我心里盘旋、萦绕。不吐不快,因缘巧合,于是就有了 2017 年 12 月份一气呵成的《陕西背粮》,并且在 2018 年第七期的《飞天》杂志全文刊登。

　　《陕西背粮》在微信朋友圈和 QQ 空间发出之后,引起了一定的社会关注。天水一位馆长给定西师专图书馆馆长、著名作家汪海峰教授的回信中评论说:"老汪好,张老师的《陕西背粮》写得太好了,太真了,是我们这一代人活生生的生活写照,是一篇感人肺腑的活教材,是一首不忘初心、催人奋斗的生命之歌,是一部非常真切感人的乡土教材,对经过这段生活的人来说是苦涩的回忆,对浮躁的社会是警钟,如编辑成电影,可以和路遥的《平凡的世界》媲美。生活是艺术的源泉,一点不假,看如今文艺作品,粗制滥造,胡编瞎凑,没有一点生活基础,应该叫他们好好

后 记

学学,什么叫创作!"这位馆长对我的《陕西背粮》评价明显过高,但《陕西背粮》自从在网上推出以来,浏览量超过一万九千人次,获得了很多好评。我熟悉的好多人都说他们被感动得哭了,让他们回忆起了那段难忘的岁月,认为我做了一件有意义的事情,可以对青年一代起到教育作用;有许多"七零后""八零后"的老师说自己已将这篇文章作为一个时代的资料收藏;更多的领导、朋友、乡亲们给予了我鼓励和支持,让我坚持写下去。网络上较高的浏览量、众多阅读者的共鸣性评论、许多好心人的激励,让我深受感动,备受鼓舞。

《陕西背粮》写出来之后,我突然感觉到自己几十年的生活积累被掏空了,再也写不出有份量和像样子的东西了。在焦灼困扰的"难心"时刻,母校兰州师专(现兰州城市学院)文史学院的高原院长、白晓霞教授,调往京城工作的著名作家、当年给我们上当代文学课程的许文郁老师,他们从挖掘题材、写作技巧、锤炼语言等方面给予我细致入微的指导;西北师范大学传媒学院院长、教授、博士生导师、知名作家、评论家徐兆寿先生给予了我导师般的谆谆教诲,耳提面命,鼓舞意志,使我增强了对文学写作的信心;人民日报社甘肃分社社长、兰州大学新闻学院院长林治波先生是一位有强烈正义感、责任感的爱国主义者,有忧国忧民之心的真正知识分子,他像鲁迅一样,完全可以说是"民族脊梁",他一直在鼓励我"坚定为老百姓代言、为正义呐喊"的写作方向,做一个有良心、有社会责任感的堂堂正正的文化人。还有好多领导、朋友、同学、同事、亲人的殷切希望和热心督促……正是大家对我的帮助、批评、激励，使我终于能坚持写作，每过一段时间，都有业余习作面世，给关心我的朋友们一个汇报。

从此，我熟悉的家乡，外面人一直当作贫穷落后代表的定西进入了我的文章中；生我养我的高峰乡也理直气壮地存在于我的笔下；我上小学初中、接受启蒙教育的麻地湾被我倾情描绘；小的时候放牛放羊、挖药材拾麦穗、吹着《红星照我去战斗》的笛子眺望远方的经历，还有让我成长、让我成熟的小村庄——大树沟的一水一石一草一木都成了我富足的"奶水"；朝圣令我深情仰望、心驰神往的马寒山的梦想终成了现实，又融进了文字。我熟悉和敬仰的老领导韩正卿、张国维，他们为了让定西的老百姓过上好日子，倾注了无数的汗水，定西人民不会忘记他们，我也不揣冒昧，敢于记述他们的伟大贡献。艺术家张卫平先生，他对中华文化充满自信，将中国国画艺术带到欧洲和美洲，在德国、美国刮起了一股强劲的"敦煌大风"；中国盐画专利创造者汪航，善良好学，德艺双馨；定西民俗"丹阳节"，定西方言"俄大""仡佬""辣辣"；我的父亲，一个一辈子只知对任何人微笑面对，只知道勤劳操家，一辈子酷爱栽树护树的老实人……这些都在我的笔下出现了，我记录下了熟悉的定西之人和事，我觉得这是我的责任，也是我的义务。

特别感谢西北师范大学甘肃省地名研究中心的各位领导、老师、同学，自我被聘为"专家"、加盟这个团队以来，开阔了眼界，增长了见识，学到了严谨的科学态度，他们是我的良师益友，我感激他们。是他们，让我回到了"青春洋溢"的求学岁月，我疯

后 记

狂地买书，仅仅从孔夫子旧书网就淘到了一两百册甘肃地方文史图书，从此闲暇之余，我的精神生活更加充实；是他们，让我看到了定西之外更广阔的世界，丝绸之路、河西走廊、祁连山、马鬃山、扁都口、鹯阴口、吐蕃、羌族、月氏、乌孙、匈奴、张骞、班超、马超、鸠摩罗什，等等，这些以前书本上、古籍中的地名、人名、民族名称开始占据我的大脑，陈年往事在我的心中复活，为我的写作开辟了新的路径和丰富的素材；他们年纪轻轻，学有所成，都是教授、博士，是行业内的翘楚，如党国锋、武江民、武优善等，他们学问广博精深，待人谦和友善，与他们在一起，如沐三月里轻柔温情的和暖春风，如饮杜康亲手酿造的回味千年的甜美佳酿，他们探究真相一丝不苟，寻求真理严肃认真，使我深受教益。

感谢马成俊、郭春旺、李斌、马永强、高维田、张宜临、王宏、韩建斌、党国锋、曹向平、陆志宏、郭景虎、张全有、田学荣、李菁华、黄万林、李建林、李军、朱军生、刘锐、谢昀峰、陈希良、王盛祥、杜建君、马庆、杨文海、苏建军、杜周义、张恩、苟正昌、杨学文、王平、孙彦林、王军、鲁占林、吉旭东、王宏宾、陆凤梅、张琼心等领导、同事、亲友的鼎力支持和精神鼓励，没有你们的帮助、关怀，我的这本《定西纪事》目前就没有面世的可能性。

感恩我脚下的这片浑厚的黄土地！

感恩帮助我的所有高人、贵人、好人！

张 剑
2019 年 3 月 8 日于定西